材料与注释

洪子诚 著

图书在版编目(CIP)数据

材料与注释 / 洪子诚著. —北京：北京大学出版社，2016.9
（洪子诚学术作品集）
ISBN 978-7-301-27059-2

Ⅰ.①材… Ⅱ.①洪… Ⅲ.①中国文学—当代文学—文学史—史料 Ⅳ.①I209.7

中国版本图书馆 CIP 数据核字 (2016) 第 079279 号

书　　名	材料与注释 Cailiao yu Zhushi
著作责任者	洪子诚　著
责任编辑	黄敏劼
标准书号	ISBN 978-7-301-27059-2
出版发行	北京大学出版社
地　　址	北京市海淀区成府路 205 号　100871
网　　址	http://www.pup.cn　新浪微博：@北京大学出版社 @培文图书
电子信箱	pkupw@qq.com
电　　话	邮购部 62752015　发行部 62750672　编辑部 62750112
印刷者	天津联城印刷有限公司
经销者	新华书店
	660 毫米×960 毫米　16 开本　18.75 印张　250 千字 2016 年 9 月第 1 版　2018 年 12 月第 2 次印刷
定　　价	58.00 元

未经许可，不得以任何方式复制或抄袭本书之部分或全部内容。
版权所有，侵权必究
举报电话：010-62752024　电子信箱：fd@pup.pku.edu.cn
图书如有印装质量问题，请与出版部联系，电话：010-62756370

目　录

自序 ……2

材料与注释

1957年毛泽东在颐年堂的讲话 ……3

1957年中国作协党组扩大会议 ……21

1962年大连会议 ……64

1962年纪念"讲话"社论 ……105

张光年谈周扬 ……128

1966年林默涵的检讨书 ……152

1967年《文艺战线两条路线斗争大事记》……196

"当代"批评家的道德问题 ……213

当代文学史答问

关于作家协会的答问 ……233

当代文学史教学及其他 ……245

文学史写作：方法、立场、前景 ……257

关于当代文学史的答问 ……282

自 序

收入本书的是近年来写的一组资料性文章。最初的想法是，尝试以材料编排为主要方式的文学史叙述的可能性，尽可能让材料本身说话，围绕某一时间、问题，提取不同人，和同一个人在不同时间、情境下的叙述，让它们形成参照、对话的关系，以展现"历史"的多面性和复杂性。从2010年开始到现在已有六七篇。因为材料掌握上的限制，也因为对这一写作方式的合理、有效性产生怀疑，就不想再继续下去。现在将它们收集在一起出版。除个别文章外，大部分都已在刊物上发表。这次收入集子有少量增删修改。

《1967年〈文艺战线两条道路斗争大事记〉》一篇，已见诸《我的阅读史》(北京大学出版社，2011年，原题目为《思想、语言的化约与清理》)一书，本来不应该重复收入。但是，它有助于读者了解书中材料的来源，有助于了解我在处理这些问题时的态度和情感，知道我其实也经历过那样的年代，对这些文章涉及的人物的处境不是完全隔膜、无知，所以还是将它放在这里；它也可以看作本书的"代序"。

另外四篇有关当代文学史问题的答问，也一并放在这里。

胡双宝先生在书稿审读中，更正不少史实上的错误，也建议修改若干表述不准确的地方。我曾与胡双宝先生共事过，对他的学识，他做事和学问上的认真细致，以及超强的记忆力十分佩服。这里衷心致谢。我的几本书都由黄敏劼担任责任编辑，她认真、细致、一丝不苟的工作，让人感动。这里再次表示感谢。

2016年6月

与注释

1957年毛泽东在颐年堂的讲话

1957年2月16日上午11时至下午3时半,毛泽东在中南海颐年堂召集相关人士,谈文艺、学术和百家争鸣方针等问题。关于这次会议和谈话内容,已经有不少文章、回忆录涉及[1]。

---

[1] 如当年会议参加者张光年的《在颐年堂听毛泽东谈双百方针》(刊《百年潮》1999年第4期)。关于这次谈话,郭小川在他的日记中有这样的记述:

1957年2月16日:"十时半出来,本想去改陈(引者按:指陈企霞)的材料,但严文井他们还在周扬同志处汇报创作问题,我也想去听听,就去了,刚谈半小时,周扬同志接乔木同志电话,叫他、默涵、光年、文井去颐年堂,后来周扬同志叫我和荃麟也去。我们就乘车到了中南海的颐年堂。刚脱下衣服,主席就出来了。

这是意外的会见。已经太久没有这样近地见他了,他握了手,问了姓名,说了很多诙谐的话。以后人越来越多了,有张奚若、胡耀邦、邓拓、胡绳、杨秀峰、北京各报的负责人。大家坐下来,他就谈起来。

主要是对于王蒙的小说《组织部新来的青年人》和对它的批评,主要是李希凡和马寒冰对它的批评。主席特别不满意这两篇批评。

材料与注释

    1967年春天,我曾在中国作家协会看到这次谈话比较完整的记录。记录稿为会议参加者手写,无记录人署名。题目为"毛主席讲话(1957,2,16上午11时—下午3时半,颐年堂)"。记录稿只记录毛泽东的讲话,未记录相关人士的回应;但个别地方有在座中央或文艺界领导人的插话(用括号【】标示)。下面是记录稿原文,分行和段落均为原来样式。对讲话中涉及一些人、事,我做了一些注释。

    王蒙是什么人?

＊　＊　＊

    要同他谈谈。

＊　＊　＊

它们是教条主义的。他指出:不要仓卒应战,不要打无准备、无把握之仗,在批评时要搜集材料,多下一番功夫。而在批评时,应当是又保护、又批评,一棍子打死的态度是错误。

    三点半钟离开了中南海,又在中宣部周扬同志办公室商量了一下,决定下礼拜二开个小组会。(《郭小川全集》第9卷,第37—38页,广西师范大学出版社,2000年。)

这次谈话参加者共28人。除上面提到的外,还有周恩来、朱德、邓小平、陈伯达、康生、钱俊瑞、陈沂等。

黎之在《文坛风云录》中写到:"2月17日毛泽东找周扬、林默涵和作家协会的负责人谈话,重申双百的重要性……"(《文坛风云录》,第72页,河南人民出版社,1999年),疑黎之对日期的记忆有误。

我在《1956:百花时代》一书中,将这次谈话时间误写为1957年3月16日(山东教育出版社,1998年,第113页;北京大学出版社,2010年,第90页),特此更正。

今天谈文学、艺术、学术思想等百家争鸣的方针问题,文艺有了缺点应该如何对待。

* * *

王蒙写了一篇小说,赞成他的很起劲,反驳他的也很起劲。但是反驳的态度不那么适当。[2]

---

〔2〕指王蒙发表于《人民文学》1956年第9期的小说《组织部新来的青年人》(下简称《组织部》)。王蒙当时在青年团北京市东城区区委工作,发表的小说除《组织部》外,有短篇《春节》和《小豆儿》,长篇《青春万岁》部分在报纸刊载。毛泽东在1957年初的几个月间,在不同场合多次谈到王蒙和这篇小说。如2月27日在最高国务会议第十一次(扩大)会议上的讲话,3月在全国宣传工作会议上的讲话。宣传工作会议期间和文艺界代表的谈话中说到:"我看到文艺批评方面围剿王蒙,所以我要开这个宣传工作会议。从批评王蒙这件事情看来,写文章的人也不去调查研究王蒙这个人有多高多大,他就住在北京,要写批评文章,也不跟他商量一下,你批评他,还是为着帮助他嘛!要批评一个人的文章,最好跟被批评人谈一谈,把文章给他看一看,批评的目的,是要帮助被批评的人。可以提倡这种风气。"毛泽东这里说的"围绕王蒙",指的是小说发表后在读者和文艺界引发的热烈争论,特别是批评性的意见。在1956年末和1957年初,《文汇报》(上海)、《人民日报》《北京日报》《中国青年报》刊发了评论文章,《中国青年报》和中国作协主办的《文艺学习》杂志组织了讨论。《文艺学习》讨论专栏从1956年12月号持续到次年的3月号,连续4期,其间收到一千三百多篇稿件。12月号《文艺学习》讨论专栏的"编者按"称,这篇小说发表后"引起了强烈的反应,在某些机关和学校里,人们在饭桌上、在寝室里都纷纷交换着各种不同的意见"。李长之、彭慧、刘绍棠、康濯、从维熙、邵燕祥、马寒冰、艾芜、唐挚、刘宾雁等都在《文艺学习》

＊　＊　＊

　　我们的官僚主义就是没有整垮，应该批评。过去有一个片子【"荣誉属于谁"】，没有演，那不是因为批评了老干部，要保护老干部，而是因为在那个片子里，那官僚主义没有整垮。[3]

　　＊　＊　＊

　　《星星》里面有几首诗还是好的，有几首是不好[4]，要酝酿一下，不

讨论栏发表文章。《中国青年报》1957年1月还召开了这篇小说的座谈会。座谈会为与会者印发了王实味的《野百合花》，暗示在作品政治性质上的关联。1月29日，中国作协党组专门召开对这篇小说的讨论会，党组成员以及张天翼、周立波、艾芜等作家参加。据郭小川日记："总的认为这小说是有毒素的。"不过，在毛泽东多次谈话后，中国作协不再持"有毒素"的看法。另外，虽然毛泽东在这个阶段保护王蒙，但王蒙后来还是被定为右派分子。

　　[3]括号【】内为当时在场的中央或文艺界领导人插话（下同），记录稿没有标明插话人姓名、身份。电影《荣誉属于谁》，东北电影制片厂1950年出品。编剧岳野，导演成荫。1957年3月毛泽东在同文艺界代表的谈话中说："有个电影叫《荣誉属于谁》，里面有一个铁路局局长，是个官僚主义者，可是他的局长还照样当，这样的干部应该撤职……"在"文革"期间，一般认为这个影片当时受到批评，是因为影片中将荣誉归于照搬苏联调车法的局长，而"否定毛泽东领导的中国人民的创造"；另外也有这部影片是歌颂高岗的说法。

　　[4]《星星》由作协四川分会主办，1957年1月创刊于成都。1960年停刊，1979年10月复刊。创刊时刊物负责人为流沙河、石天河、白航，他们后来都成为右派分子。创刊号引起争议，后来受到批判的诗，一是被认为渲染色情的《吻》（曰白），另一是流沙河的散文诗《草木篇》；后

忙骂。

对那些写了坏作品的作者要帮助,要调查。

* * *

对起义将领,傅作义,对荣毅仁,我们都是帮助、改造。这样做了,他们就同我们合作。

* * *

坏小说,无非里面有资产阶级思想,唯心论,只要作者在政治上同我们合作,就和胡风有区别,不能一棍子打死。

* * *

王蒙是不会写。他会写反面人物,可是正面人物写不好。写不好,有生活的原因,有观点的原因。[5]

李希凡说王蒙小说写的地点不对,不是典型环境,说北京在中央附近不可能出现这样的问题,这是不能说服人的。[6]

者在反右期间,被认为是攻击社会主义,发泄"杀父之仇"的毒草。毛泽东在1957年3月8日同文艺界代表的谈话中说,"不要怕。出一些《草木篇》,就那样惊慌?你说《诗经》《楚辞》是不是也有草木篇?《诗经》第一篇是不是《吻》?……不要因为有些《草木篇》,有些牛鬼蛇神,就害怕得不得了!"另外,《星星》创刊号的稿约,因为表达了创作上多样化的主张,也受到批评,第二期就从刊物中消失。

[5]"正面人物",指王蒙《组织部新来的青年人》中的林震、赵慧文,"反面人物"指刘世吾、韩常新。

[6]李希凡《评〈组织部新来的青年人〉》,刊发于1957年2月9日《文汇报》。文章中非难这篇小说"环境"的真实性、典型性,说它"激烈地批评了一个党委机关,一个具体化到北京的一个区委甚至在它影射的锋芒上,还不止于此",说人们从小说中得到的结论"只有一个":"在党中

* * *

中央里面就出了坏人,像张国焘、高、饶、李立三、王明。坏人多了怎么办?照他们的意思就要用油锅煮。

* * *

对如何处理人民内部错误的党的方针,很多同志实际没懂。对这方针,十个部长大概有九个反对。

* * *

王蒙的小说有小资产阶级思想,他的经验也还不够。但他是新生力量,要保护。批评他的文章没有保护之意。

* * *

是有官僚主义。我们党的威望大,靠党的威望,官僚主义就横行霸道,违法乱纪,是不是应该揭发?

* * *

中国是一个小资产阶级的大王国,小资产阶级一共有五亿五千多万之多……这就是客观实际。[7]

央所在地,党的生命核心的北京,党的工作的各个环节上的所有领导干部,都是大大小小的官僚主义者……"类似观点也体现在马寒冰的文章中:"也许这种官僚主义者漫天飞的、干部的衰退现象到处都是的党的区委会,在离开中央较远的地方,或是离开其直接上级领导机构较远的地区,还有若干可能性,但在中共中央所在地的北京市果然有这样的区委会,中央和北京市委居然不闻不问,听其存在,这是不能相信的……"(《准确地去表现我们时代的人物》,《文艺学习》1957年第2期)。这种有关"典型环境"的批判性论述,也见诸反右期间张光年批判丁玲《在医院中》的文章《莎菲女士在延安》(见《文艺报》1958年第1期《再批判》)。

〔7〕据1953年6月第一次全国人口普查,全国人口为六亿零一百余万。

说共产党的缺点不能揭发，这观点不对。

* * *

党的统一战线政策，实际赞成的人很少真正懂得的人很少。整，不能服人。

* * *

现在王明还是有选票，他也还是中华人民共和国的公民，而不是一脚把他踢倒。"一脚踢倒"是老办法，那很容易，喜欢用这办法的人，最好开枪，开机关枪，那是国民党的办法。[8]

* * *

在中国，无产阶级化了的人约有两千多万，其他都是小资产阶级，这是客观现实。

现在是大变动的时期，有的人不满，农业合作化，富裕中农就不满。

但是不满的人过去还是拥护抗美援朝，他们不搞"匈牙利"。当然，个别想搞匈牙利事变的人也是有的。[9]

* * *

我们的同志就是怕，怕匈牙利事件。我看匈牙利事件也没有什么不好，要讲辩证法，要懂得事物的两面性，不这么一闹，就没有真正好的匈牙利。

* * *

---

〔8〕1956年9月中共八大，经毛泽东提名，会议选举当时居住在苏联的王明为中共中央委员。

〔9〕指匈牙利发生于1956年10月23日至11月4日的政治事件。首都布达佩斯爆发大规模游行示威，后演变为流血冲突。期间，苏联两次派兵干预、镇压。当时中国认为这是一次反革命事件，支持、推动苏联的出兵干预。

我们的同志有教条主义，用片面性反对片面性，用形而上学反对形而上学。

* * *

王蒙是片面性[10]，只有反官僚主义的一面。我看他的文章写的相当好，不是很好。

他暴露了我们的缺点，不能用李希凡那样的批评。

* * *

李希凡现在在高级机关，当了政协委员，吃党饭，听党的命令，当了婆婆，写的文章就不生动了，使人读不下去。文章的头半截使人读不懂。[11]

---

[10] 毛泽东关于王蒙"片面性"的说法，后来反映在《文艺学习》1957年第3期诸多讨论文章中，也反映在该期总结性质的《编者的话》里："……出现在作品中向否定现象作斗争的林震、赵慧文二人，却是带着很浓厚的小资产阶级灰暗情调的。作者对于这种情调也不能从更高的角度去观察和批判，作品是有片面性的。"

[11] 李希凡1954年与蓝翎合作撰写《关于〈红楼梦简论〉及其他》，受到毛泽东重视，被认为是向胡适资产阶级唯心论开展斗争的"小人物"；成为红楼梦讨论和胡适批判运动的开端。因此，1955年1月他被调到《人民日报》文艺部任编辑，次年成为第二届全国政协委员。这里说的"文章"，指李希凡刊发于《文汇报》（上海）1957年2月9日的《评〈组织部新来的青年人〉》。1957年4月20日，毛泽东给时任《人民日报》文艺和副刊部主任袁水拍的信说，"李希凡宜于回到学校边教书，边研究。一到报社他就脱离群众了，平心说理的态度就不足了。你和他商量一下。"（《建国以来毛泽东文稿》第六册，434页）不过李希凡并没有离开《人民日报》，后任文艺评论组长、文艺部副主任、常务副主任等职。

＊ ＊ ＊

马寒冰是什么人？也是一个什么官长，总是一个什么军长级的干部吧？他在《文汇报》的文章就写的不好，教条主义。

但是这样的文章还是可以登，这样就有了材料。〔12〕

＊ ＊ ＊

陈其通、马寒冰等四人联名写的文章没讲清楚原因，没有办法。〔13〕

---

〔12〕马寒冰，祖籍福建海澄县，1916年8月生于缅甸勃生城，1937年抗战爆发后归国参加抗战，同年10月抵达陕北。历任陕北公学政治部宣传科干事、军委卫生部秘书主任、三五九旅野战医院代理院长、《晋察冀日报》编辑部副部长等。新中国成立后任新疆军区宣传部部长、总政治部文化部编审出版处处长等职。50年代初，将马步芳军队82师政工处上校处长王洛宾引荐给王震，王洛宾遂被委任为王震的一兵团宣传部文艺科科长。50年代流传甚广的歌曲《新疆好》《我骑着马儿过草原》的词为马寒冰所写。1957年6月28日（也有材料说是7月7日）服毒自杀身亡，终年40岁。但具体细节原因未见翔实材料。《王林日记》1957年7月22日有如下文字："22日刘白羽同志来津。方纪听鲁荻说马寒冰自杀了。工余问刘，刘说一个月以前的事。方说他是个'老油条'，为何如此？真想不通！原因是什么？方说：去年出国闹男女问题，为围王蒙事，受到毛主席批评，这次参加世界青年联欢节，本拟叫他带队，临时被谭政撤消，心疑是上次同出国的那个人告他。其实那位同志刚归国后提出过批评，这一次并没有。"王林（1911—1984），河北衡水人。1932年参加左翼戏剧联盟，40年代在冀中根据地工作。50年代后历任天津市文联、中国作协天津分会职务，著有长篇小说《腹地》等。

〔13〕指陈其通、陈亚丁、马寒冰、鲁勒刊发于1957年1月7日《人民日报》上的《我们对目前文艺工作的几点意见》的文章。陈其通等四人，

* * *

陈沂[14]，你写了几篇文章？

* * *

有没有教条主义？出一个"选集"吧！全面的检查一下。

教条主义的文章干巴巴，简单化，不能说服人。教条主义滋长，是因为当了政。[15]

当时均任职于解放军总政治部文化部。在这篇文章中，他们"出自对社会主义文艺事业的责任感"，表达了对1956年开展百花齐放方针后文艺现状的忧虑和不满。如"为工农兵服务的文艺方向和社会主义现实主义的创作方法，越来越很少有人提倡"，在反对"公式化、概念化"的口号下忽视作品思想性、政治性，忽视反映重大政治斗争题材，等等。文章发表的当天，毛泽东就指示时任中共中央办公厅主任杨尚昆"请将此文印发政治局、书记处及月中到会各同志"。"月中"会议指1月18日至27日中共中央在北京召开的各省市自治区党委书记会议。从1957年1月到3月的不同场合，毛泽东多次点名批评这篇文章。如3月8日全国宣传工作会议期间与文艺界代表的谈话，"陈其通他们的文章我就读了两遍，他们无非是'忧心如焚'唯恐天下大乱"。1957年8月21日，陈其通、陈亚丁在《人民日报》发表了《克服教条主义，投入反右派斗争》的文章。其时，马寒冰已经自杀将近两个月。

〔14〕陈沂(1912—2002)，时任解放军总政治部文化部部长，少将军衔。反右运动中被定为右派分子。

〔15〕在1957年初这几个月，毛泽东批判的重点是"教条主义"；这次讲话也主要在坚持百花齐放，反对教条主义。不过到了四五月间，情况发生逆转，毛泽东的立场也发生骤变。1957年5月他撰写了《事情正在起变化》[原稿题为《走向反面（未定稿）》，此文当时为内部秘密文

＊　＊　＊

马、恩驳杜林，很用了一番心思。但是当了政的斯大林就不一样，批评不平等，很容易，像老子骂儿子。"一朝权在手，便把令来行"。批评不要利用当政的权力，需要真理，用马克思主义，下工夫，是能战胜的。[16]

＊　＊　＊

应当研究、分析人家的文章。

当了政有权，骂人像骂儿子一样，不好。

当政党同人民的关系，不应当是老爷同人民的关系。

教条主义不是马克思主义。

＊　＊　＊

件，1977年4月才在《毛泽东选集》第5卷公开发表]中说，"几个月以来，人们都在批判教条主义，却放过了修正主义。教条主义应当受到批判，不批判教条主义，许多错事不能改正。现在应当开始注意批判修正主义。教条主义走向反面，或者是马克思主义，或者是修正主义。就我党的经验说来，前者为多，后者只是个别的，因为他们是无产阶级的一个思想派别，沾染了小资产阶级的狂热观点。有些被攻击的'教条主义'，实际上是一些工作上的错误。有些被攻击的'教条主义'，实际上是马克思主义，被一些人误认作'教条主义'而加以攻击。"（《建国以来毛泽东文稿》第六册，第469—470页）。

[16] 指恩格斯1876—1878年的《反杜林论》。恩格斯对杜林的小资产阶级社会主义主张的批判，得到马克思的支持。毛泽东这里说的那种利用当政权力"老子骂儿子"式的批评，自然不仅存在于斯大林时期的苏联，也存在于许多时候的当代中国。毛泽东这篇讲话在这个问题上，就显露出其内在矛盾。

过去批评胡适,取得很大的成功[17]。开头我们说,不能全抹杀胡适,他对中国的启蒙运动起了作用。康有为、梁启超也不能抹杀。

* * *

胡适说,我是他的学生。他当教授,我是小职员,工资不一样,但我不是他的学生。[18]

现在不必恢复胡适的名誉,到 21 世纪再来研究这个问题吧。过去因为是斗争,所以讲缺点,今天也不必平反。今天他是帝国主义走狗,到 21 世纪,历史上还是要讲清楚。

* * *

【对地主、资产阶级要安排、改造,何况对小资产阶级?我们写文

---

〔17〕指 1953 开始对胡适政治、哲学、文学、史学等展开的批判运动。运动发表的批判文章,收入生活·读书·新知三联书店(北京)1955—1956 年出版共 8 册的《胡适思想批判》文集中。下面毛泽东说等到 21 世纪再来讨论恢复胡适的名誉,事情也出乎毛泽东的预料;在中国大陆,"恢复胡适的名誉"的时间提早到 20 世纪的八九十年代。

〔18〕毛泽东大约在 1918 年秋到 1919 年春(准确时间不详)在北京大学图书馆任助理员。北大当年教授的月薪约为二三百元,毛泽东月薪只有八元。美国记者斯诺在《西行漫记》中有毛泽东的回忆:"我的职位低微,大家都不理我。我的工作中有一项是登记来图书馆读报的人的姓名,可是对他们大多数人来说,我这个人是不存在的。在那些来阅览的人当中,我认出了一些有名的新文化运动头面人物的名字,如傅斯年、罗家伦等等。我对头面人物很有兴趣,我打算去和头面人物攀谈政治和文化问题,可是他们都是大忙人,没有时间听一个图书馆助理员说话。"在 50 年代批判胡适的运动中,胡适最主要的两项政治罪名,一是"美帝国主义走狗",一是"蒋介石御用文人"。

章常常笔下不留情。教条主义的本领是带帽子,骂人,片面性,不是从团结出发,目的也不是团结,不是帮助改造缺点,达到真正的团结。

对人民内部的错误,要同对待敌人的错误严格地区别。对敌人无情斗争,对人民是从团结出发,经过斗争达到新的团结。否则就容易杀人。】

* * *

应当"刀下留人"。

* * *

过去延安整风,我们不是说过"惩前毖后,治病救人"吗?我们有些同志不喜欢治病救人,而是庸医杀人。对小资产阶级应当用适当的方法将他们改造。【那么多小资产阶级,我们靠他们吃饭,要把他们改造成无产阶级。】

* * *

我们有百分之五六十的同志不了解中央这个方针:批评团结,治病救人。

* * *

他们就是怕闹事。

清华有个学生,说要杀几千万人。这太多了。这个学生也不要开除他的学籍。

学生闹事有理由,但也不提倡大罢课。他们反国民党反成了习惯。

* * *

不允许工人罢工是不正确的。宪法上没禁止罢工。贴标语是言论自由,开会是集会自由。

对闹事的人不应当通通叫他们写悔过书,也不要写检讨。

因为有问题,还是闹一下好。

学生闹事不等于造反。

六亿人，一年有一百万人闹事是正常的，六百分之一。

闹事的人根本不能说是反革命，可能其中有个别反革命。

* * *

对付官僚主义，最好是罢工、罢课、打扁担，因为老不解决问题嘛。

当然我也不登广告，提倡全国罢工。

这些矛盾是暂时性的矛盾，不是根本性的矛盾。

* * *

出了事情，要看两面。【闹事的人也有两面性，警惕我们[19]，有脓疮，出脓就好了。】

说老子是"老革命"，不能反对；国民党也是"老革命"，比我们还老。我们不能采取国民党对人民的态度。

* * *

马克思主义都是同敌人作斗争发展起来的。同资产阶级思想作斗争，从资产阶级思想内，取合理的部分，发展起来的，这样才形成了马克思主义。

* * *

现在的危险是以为天下太平了，因此看见王蒙的批评就不高兴。

只是打，是锻炼不出文学艺术的。

* * *

是不是只允许香花，不允许毒草存在？百花齐放应允许毒草存在，允许风格不同。

毒草是毒人的，但是香花是同毒草斗争才发展起来的。[20]

---

[19] 记录稿原文如此；可能是"引起我们的警惕"。

[20] 在思想、文化领域划分"香花"和"毒草"，这些在当代影响极大的概念和划分标准，是毛泽东在这个时期提出的。不过，划分标准总

* * *

粮食地里有许多野草,庄稼是同野草作斗争才发展起来的。苏联建设了几十年社会主义,地里一样有野草。有野草不要紧,一翻过去就是肥料。

是毒草可以说明。有的人主张写:"此是毒草,不许尝试。"苏联的办法是只要香花,不要毒草。其实许多毒草是假香花之名以生。我们的主张是,毒草与香花齐放,落霞与孤鹜齐飞。

* * *

斯大林有唯心论,有唯物论,他有片面性。

苏联同志改不过来,喜欢采用高压的办法。

* * *

对王蒙作品赞美、骂,都是片面性。

王蒙有两重性,一是好处,一是缺点。

一点里有两点,一个事物包含两个不同的侧面。

商品有二重性,王蒙也有二重性。

* * *

《文汇报》上姚文元的文章好。【《教条与原则》很有说服力。】[21]

是个麻烦问题。在1957年6月19日正式发表的《关于正确处理人民内部矛盾的问题》中提出了六条标准。在50年代末到60年代初,思想文化界提出"中间"作品,"中间"人物,"无害作品"等,是在特定时期对这种"香花""毒草"划分的某种修正。

〔21〕姚文元(1931—2005)的《教条与原则——与姚雪垠先生讨论》刊于1957年2月6日《文汇报》(上海)。反右运动开始时,他的另一篇短文《录以备考》(上海《文汇报》1957年7月10日)也受到毛泽东的赞赏,并被《人民日报》转载。

＊　＊　＊

不能说以前都是教条主义。国民党曾经一家独鸣，所以打倒他们后，共产党也有一阵一家独鸣。这个一家独鸣是应该的，现在就不同了。

＊　＊　＊

【东欧出乱子，就是这原因。现在情况变了，必须要有百家争鸣。要争鸣就要有准备，通过争鸣来教育改造，而不是自由主义。一切不要一脚踢开，对错误要批评，也要承认二重性。】

＊　＊　＊

可以对大家讲清楚，不要仓促应战，不要仓促写文（章）。打仗不是说不打无准备之仗吗？没有把握的也就是无准备，现在打的仗就是无准备的。

＊　＊　＊

有资产阶级、地主、富农的残余，有从那里出来的小资产阶级分子，有思想斗争，有对他们的教育责任。

我们现在是以少数教育多数。[22]

---

〔22〕上面这些观点，毛泽东在这个期间在不同场合反复宣讲。毛泽东1957年3月6日晚上在九省市宣传、文教部长座谈会的讲话，称"马克思主义是无产阶级思想，中国知识分子，要他们相信马列主义不容易的，如三个五年计划，有三分之一知识分子信了马克思主义，就是很大的胜利。知识分子可以接受社会主义，因为他们没办法，不能不接受，但思想上不是很服。他们政治上可以跟我们走，但要相信马列主义不容易。有的搞康德、黑格尔几十年，可以逐步改变，有的一辈子不改变的。""我们对资产阶级思想和小资产阶级（思想）有两条：一，必须批评；二，必须批评得好。因此必须要有准备，要有说服力。毒草在中国长了几十年，再长七八年也不要紧。""因此，对问题必须研究，要用脑子，要学习，重要的

＊　＊　＊

不要以简单的方法,开除。

他们可以当教员,很难找到这样的教员。

＊　＊　＊

马寒冰、李希凡的文章也有两重性,是教条主义,但可以促起注意。他们实际不赞成百花齐放,百家争鸣的方针。

＊　＊　＊

实际上,一万年以后还有非马克思主义。

而且,有一天马克思主义自己也要完毕。五百年以后怎样设想?

＊　＊　＊

将来的世界,阶级斗争完了,马克思主义有些东西就没有用了。

宣布自己是永恒真理,就不是马克思主义。

将来没有阶级斗争,但有新的斗争。那时社会科学领域内就会有新的学说出来。

＊　＊　＊

当然,有的东西是不能推翻的,如同说地球旋转而太阳不旋转,是地球绕着太阳转,而不是太阳绕着地球转。但是地球有一天还是要烂的。

是在斗争中取得经验。……放,还要放一个时期,要总结经验。有两点:一,对毒草估计过分了。几千年来,人民就这样容易毒倒?人民是有分辨能力的,不怕!让它放一下吧。党员(领导干部)不要先说话,先让民主人士写文章,让党外充分讨论。二,过去搞阶级斗争我们是有办法的,现在是思想斗争,不能再用老办法了。"这里,"还要放一个时期","不要先说话"等,透露了当时的策略考虑。

人类也会被否定,有一天这样的人类不适合了,就一切毁灭,但这样的宇宙进化有好处。

* * *

三千年前,人类还用石头,以后进化到用钢铁,一直到用机器。人类历史五十万年,章太炎在《訄书》里就讲过,铜器时代否定了石器时代,人类在地球上就是挖地皮过日子。谁也没有选举人类当地球的主人,许多野兽、动物没有选举人类……[23]

(原刊于《现代中文学刊》2014年第2期)

---

[23] 谈话似乎并未结束;记录稿应该有残缺。

1957年中国作协党组扩大会议

不论是对于文艺界的反右派运动,还是50—70年代的当代文学史,1957年中国作协党组扩大会议都是重要事件。从当年的6月初到9月中旬,三个多月的时间里,匪夷所思地召开了25次会议。最初参加者二三十人,最后的大会竟有千余人之众。会上受到批判,并被定为右派分子的有丁玲、陈企霞、冯雪峰、艾青、罗烽、李又然、白朗等作家。这次扩大会议当时被看作革命与反动的文艺路线之争,事实上核心问题是已经政治结构化的文艺权力阶层,借助路线之争在权力分配上的较量。80年代以来,围绕这个事件展开的资料搜集和问题研究,已有不少成果。这里不是要全面讨论这个事件,而是对若干了解到的材料,加以编排和注释,来显现事情值得关注的某些方面。材料处理和注释的重点在两个方面,一是人、事的背景因素,另一是对同一事件,不同人、不同时间的相似或相异的叙述。让不同声音建立起互否,或互证的关系,以增进我们对历史情境的了解。

主要引述的材料是:

一、邵荃麟写于1966年10月16日的《关于1957年我在作协整风动员会上擅自宣布摘掉丁陈反党小集团帽子的罪行》(下简称"邵荃麟材料一");

二、邵荃麟写于1966年8月19日的《关于为三十年代王明文艺路

线翻案的材料》(下简称"邵荃麟材料二");

三、冯雪峰写于1966年8月8日的《有关1957年周扬为"国防文学"翻案和"鲁迅全集"中一条注释的材料》(下简称"冯雪峰材料")。

引述的其他材料还有林默涵、张光年、郭小川等写于"文革"刚发生时的"检讨""交代",以及中国作协1957年9月内部编印的《对丁、陈反党集团的批判——中国作家协会党组扩大会议的部分发言》(下面简称"发言集")[1]。正如我在《"大连会议"材料的注释》[2]中说的,这些作者在写这些材料的时候,是"以'走资派'、'黑帮分子'或'修正主义分子'的身份被审查、批判,他们的'交代材料'是巨大压力下的产物,对人、事性质的认定,以及事实的真实性等方面存在着需要细心辨析以判明真伪的问题"。对于邵荃麟、林默涵、郭小川来说,1957年他们居文艺界权力高位,"文革"中身份却出现逆转。冯雪峰的情况又不同,无论是1957,还是1966,都处于被审查的位置——只不过,在1966年,审查重点转移到在1957年审查他的那些人(周扬等)身上。身份、处境的复杂变化,是阅读这些材料的时候需要留意的。

---

〔1〕"发言集"收入这次党组扩大会议39人的发言35篇(部分为联合发言),包括周扬、林默涵、邵荃麟、郭小川、夏衍、刘白羽、茅盾、许广平等。"发言集"由当时作协党组成员、作协书记处书记郭小川负责编辑。按照事先拟定体例,多次发言者只收入一次发言。收入时,有的经过修改删节。被批判者的发言、检讨则一律未予收入。"发言集"虽然没有公开出版过,但它在研究者中流传甚广。

〔2〕刊于《海南师范大学学报》(社会科学版)2011年第4期,收入本书。

一　修改"反党集团"结论

1955年8月3日到9月6日,中国作家协会召开共16次的党组扩大会议,揭露、批判丁玲、陈企霞的"反党活动"。当时作协党组书记、副书记是周扬和刘白羽;这次的批判主要在他们的主持下进行。会议最后形成提交中共中央的《中国作家协会党组关于丁玲、陈企霞等进行反党小集团活动及对他们的处理意见的报告》。该报告对丁、陈事件定性为"以丁玲为首,并以她和陈企霞为中心的反党小集团"。但是这一结论宣布不过几个月,它的真实性就受到多方面质疑,即使是批判的策划、主持者也不得不同意对结论进行修改[3]。

邵荃麟("邵荃麟材料一"):

1957年5月26日,我在作协整风动员会的报告中擅自宣布丁、陈反党小集团的结论不能成立,是件严重的反党罪行。1955年作协党组关于丁玲、陈企霞反党小集团的报告,曾经中央批发全国各地党委。我竟然在党内外群众面前[4],擅自宣布这个结论不能成立,这是违反中央的

---

[3] 结论受到质疑,面临修改,与1956年提倡"百花齐放、百花争鸣"方针所形成的政治气氛有关。在这一新的情势下,丁玲、陈企霞等当事人不断提出申诉,撰写"辨正书"。另一重要原因是,1955年对丁玲、陈企霞的批判,在中宣部内部就存在不同意见。中宣部机关党委李之琏、张海等就不同意对丁陈作"反党集团"的指控。

[4] 作协党组的报告,于1955年12月15日由中共中央批发到"上海局、各省、市委、自治区党委、中央各部、委,国家机关各党组、各人民团体党组、中国人民解放军总政治部"。但是这次会议和所做结论,文艺界只在党员负责干部的小范围传达,没有公开宣布,情况也没有见诸

批示,破坏组织纪律的罪恶行为。这个罪行反映了我当时严重的资产阶级投降主义的思想,它和同一时期中我在浙江、上海、北京的一些反动言行[5]以及下半年我在党组扩大会议上积极参与了为30年代文艺翻案的罪恶活动,是一贯的反党思想的表现。

关于我在整风动员会上擅自宣布丁陈反党小集团的结论不能成立[6]一事,我事先并没有和党组商量过,这件罪行应该完全由我个人负

公开发行的报刊;甚至1956年第1期《文艺报》的诗配画《万象更生图》上,丁玲还兴致冲冲地走在深入生活的路上。因为批判是秘密进行,因此这里有"竟然在党内外群众面前"的说法。

[5] 身为全国人大代表,邵荃麟1957年4—5月到浙江视察,召开浙江文艺界联合座谈会、浙江越剧团座谈会等会议,随后到上海,参加上海市委召开的贯彻"二百"方针座谈会。反右派运动开始后,浙江省委宣传部1957年8月23日发函中宣部,在《对邵荃麟在浙江放火给中央宣传部的报告》中称:"邵荃麟来浙江视察,声言是来帮助文艺界打开一个缺口……刚到杭州不久,即召集郑伯永、陈学昭(均党内右派分子)、董湘渠前去汇报情况,要郑等替他安排座谈和视察日程,并指示郑伯永积极起来,要在困难的环境下,很好坚持。在文艺座谈会上,邵荃麟两次发言,……对浙江文艺界的右派分子的反党进攻,起了鼓动作用。"郑伯永(1919—1962),浙江乐清人,30年代参加中共领导的革命活动。1957年期间任浙江省文联秘书长,划为右派分子后,全家被遣送农村,1962年病逝。陈学昭(1906—1991),浙江海宁人,曾参加浅草社、语丝社等文学团体,1927年赴法国留学,回国后曾任延安《解放日报》副刊编辑、《东北日报》副刊编辑,著有长篇《工作着是美丽的》等小说、散文作品。1957年被划为右派。

[6] 指1957年5月17日作协机关全体人员整风动员会。据会议记

责。至于要摘掉丁陈反党小集团的帽子，重新起草关于丁陈问题的结论这件事情，则是在1957年初首先由周扬提出[7]，作协党组赞同和执行，并经陆定一、张际春的同意。而在重新起草丁陈结论的过程中，我又是主要的负责者，我也应该负较多的责任。我就这一事件的经过和我当时的思想状况交代如下：

1955年作协党组批判丁陈反党活动的会议我因病没有参加。（从55年4月到57年初，我一直离职休养，没有担任工作）56年初，我在病中看了中央批发的作协党组关于丁陈反党小集团的报告。当时我完全同意这个报告。1956年秋天，我在青岛疗养，中宣部机关党委派了一个女同志（已记不得其姓名）来向我调查丁陈的材料。据说，丁玲、陈企霞对于55年作协党组的批判向中宣部机关党委提出了申辩，党委认为要进行调查。我因为没有参加55年的会议，只能就53年到55年初的一段时期中我所知道的丁玲、陈企霞的反党活动提供了材料。……

又过了不久，大约在10月或11月间，刘白羽又到青岛来看我，他告诉我以下几件事情：(1)作协党组在检查55年肃反工作中，陈企霞、李又然等人带头攻击党组，接着丁玲、陈企霞又向中宣部机关党委提出

录，邵荃麟动员报告在谈到宗派主义、党内团结等问题时说，"比如陈企霞、丁玲同志的问题，过去说是反党小集团，现在这条结论不能成立"，"要坐下来好好谈"。

[7] 似乎要早于1957年初。张光年1966年12月9日撰写的"交代材料"《我和周扬的关系》中说："应该是1956年底，右派大举进攻前，一天晚上，周扬在东总布胡同22号召开作协党组扩大会议，打算跟丁、陈、冯等达成妥协，进行肮脏的政治交易。会上周低声下气地检讨了1955年对丁陈的批判……"张光年当时任《文艺报》主编，侯金镜任副主编；北京东总布胡同22号是当时中国作协机关所在地。

关于55年党组对他们反党小集团批判的申辩[8]。中宣部决定由张际春主持,对这一问题进行调查研究;(2)周扬提出不兼任作协党组书记,中宣部决定要我回去担任党组书记;(3)作协书记处也要重新改组,改由茅盾担任第一书记(原来的第一书记是刘白羽)。……

---

[8] 丁玲1956年8月9日向中宣部机关党委提交《重大事实的辨正》的申诉书。在给中宣部党委的信中丁玲说:"去年在作协党组扩大会上,不少同志发言,提出了有关我的一些事实,其中有的事实是完全没有科学根据、不合乎事实情况的。过去不容我就这部分事实做任何更正,有的即使及时更正了,还不为当时的会议领导人所理睬。"在此期间,因1955年肃反、审干运动中作为"托派嫌疑"被隔离审查的陈企霞、李又然,因证据不足在1956年5月恢复自由,也分别以口头和书面方式向中宣部机关党委提出申诉。丁玲"辨正"的具体内容,可参见周良沛《丁玲传》(北京十月文艺出版社,1993年),里面有详细摘引。到了1957年4月26日,丁玲又给作协党组、中宣部党委写信,要求加速纠正、平反工作。据1956年分配到《文艺报》工作的阎纲回忆:"(我)1956年刚到作协《文艺报》的时候,丁玲正为审干一案上告中央,中国作协负责甄审。年底,评论组组长杨志一带我到颐和园云松巢探望丁玲(副主编侯金镜后来对我说,杨志一和我是《文艺报》党支部临时委派的,作协党组让每个支部都要派人看望丁玲)。丁玲平卧在躺椅上养神,听说《文艺报》来人了,不屑一顾,扭过头去,一言不发,问她什么,她不吭声,傲气十足,我大为惊诧,戳在一边发愣。过后不久,作家协会召开审干总结大会。刘白羽刚刚讲完,陈企霞跟着跳上讲台,疾言厉色地大吼:'一定要说有多少收获的话,那么,一座官殿烧毁之后,还能收获一堆木炭吧!'有人跳上讲台驳斥陈企霞,陈企霞又吼了一嗓子:'补充一句:还是一小堆木炭!'"(《多福巷16号》,载《文学教育·下半月》2008年第11期)

我回到北京，约在57年春节前后[9]，刘白羽因病住了医院，我去看了周扬，谈到丁陈问题。他告诉我宣传部本来决定以张际春为首成立一个研究组来处理此事，这个研究组包括中宣部机关党委和作协党组的负责人。但除了派人进行调查外，研究组从来没有开过会[10]。现在调查工作已经结束，也还没有处理。现在你回来，张际春可能会找你。我说我刚回来还不清楚究竟主要是什么问题。他说主要是改写丁陈的结论问题，是否还用反党小集团这个帽子。我问他的意见，他说这个问题可以考虑，但是丁陈的关系和错误究竟是什么性质，总得有个明确的概念。

---

[9] 邵荃麟1957年1月28日从青岛回到北京。1956年3月，在中国作协理事会第二次（扩大）会议上，正式成立作协书记处，刘白羽任第一书记。12月，书记处改组，茅盾任第一书记，老舍、邵荃麟、刘白羽、曹禺等为书记，郭小川任书记兼秘书长。同月，邵荃麟接替周扬任作协党组书记，刘白羽、郭小川为副书记。

[10] 1956年6月，中宣部成立以常务副部长张际春为组长的审查"丁陈事件"的小组。小组成员有刘白羽、杨雨明、张海等。时任中宣部机关党委书记的李之琏称："在审查丁玲的历史问题上，周恩来总理曾有过指示，他说：'由于周扬和丁玲之间成见很深，在审查时要避免周扬和丁玲的直接接触，以免形成对立，不利于弄清是非。'在审查过程中，张际春组长是认真执行这个指示的。专门小组同丁玲本人谈话时都没有让周扬参加。"到12月，"调查核实结果是，作家协会党组1955年《关于丁玲、陈企霞等反党小集团的报告》中所揭发的丁玲反党事实，主要问题都与事实不符，绝大部分属子虚乌有"，并提出中宣部需明确："究竟应该根据落实的结果，实事求是地处理，还是按过去定性的'反党小集团'结论处理？"（《我参与丁、陈"反党小集团"案处理经过》，《文坛公案：秘闻与实录》，团结出版社，1993年）

曾经要郭小川根据调查报告起草一个结论草案，意见也不明确。他要我考虑一下这个问题，等刘白羽出院后再一起商量。

　　过了一两天。张际春打电话给我，说丁陈问题以后由作协党组来处理。我说宣传部不是决定以他为首的研究组来处理吗？他说，研究组是个空的机构，这个问题本来是作协的问题，应该由作协党组提出具体意见，宣传部才好考虑。我要求和他面谈，他说，现在也谈不出结果，还是你们先研究一下再约谈吧。这时我感到问题有些复杂，向郭小川了解一些情况。据郭小川说，主要是中宣部机关党委对55年的批判有些意见，现在张际春、周扬都没有明确的态度，却要他来起草结果结论，他感到很难办[11]。我问他中宣部机关党委的主要意见是什么，他说，先是在肃反中间，刘白羽怀疑陈企霞有政治历史问题，通过公安部的命令把陈企霞隔离起来，后来又拿不出根据，弄得很被动。去年丁玲提出申辩以后，经中宣部机关党委调查，关于丁玲、陈企霞的有些事实也有出入之处，这样就产生了改写结论的问题。

　　我把张际春的意见打电话告诉周扬，过了几天，周扬约了林默涵、刘白羽、郭小川和我到他的办公室里去商谈。周扬说了这样几点意见。

---

　　[11] 郭小川并未参与1955年批判丁陈事件会议，但让他撰写审查结论。在这件事情上，他既面临作协党组和中宣部党委在这个问题上的分歧，也受到陈企霞等施加的压力（郭小川日记："到自己的办公室坐下，陈就来电话，他问我什么时候能搞完，我给他解释，他不听，态度恶劣立即给予回击。他骂我官僚主义，不负责任，我说你尽可以向中央控告我去。"），因此郭小川在日记中多处表达厌烦情绪。如1957年3月17日日记："许多情况不清楚，困难极了，同时也烦极了。精神上尤其特别疲惫。对于这个工作，我简直是一点兴趣也没有了。这简直是一种刑罚。"（《郭小川全集》第9卷，第38页）

他认为结论可以改写,但是55年的批判基本上应该肯定,反党集团的帽子可以不用,但要有一个恰当的帽子,要大家斟酌一下。再则是丁陈的政治历史问题可以不写入结论中间。他问我的意见,我说没有考虑成熟,如果不用反党集团的帽子,至少应该是搞党内宗派活动。他说应说明是什么性质的宗派活动,他提出可以改为"对党闹独立性的宗派结合"[12]。大家同意他的意见,接着讨论如何起草。……决定仍由郭小川先起草陈企霞的结论。……大概是4月初,我和郭小川、黎辛找了陈企霞谈话,征询他对于这个结论草案的意见。陈企霞坚决拒绝,要求全部平反[13]。这样就无法谈下去。……

---

[12] 据郭小川"文革"中的"交代材料",这次商谈是在1957年2月15日,在中宣部周扬办公室讨论郭小川起草的陈企霞结论的第一遍稿。"他们对我起草的结论稿,基本上还是肯定的,因为并没有完全否定1955年的斗争而且认为陈企霞还是有严重错误的;但是,他们觉得口气太软,而且不能一般地说成是'宗派主义'、'自由主义'的问题,更不能'赔礼道歉'。……大约就在这天晚上,谁想出了一个'向党闹独立性的宗派结合',周扬也表示同意,甚至可能是他想出来的。"郭小川说,讨论时"他们谁也不分析研究材料,只在词句上打圈子"(郭晓惠等编:《检讨书·诗人郭小川在政治运动中的另类文字》,第77—78页,中国工人出版社,2001年。以下简称"检讨书")。郭小川说的在词句、概念上"打圈子",是当代中国政治文化的重要特征。

[13] 作协党组起草的《关于陈企霞同志的错误问题查对结果的结论》,据郭小川说前后斟酌修改了四五遍,参加修改的还有邵荃麟、刘白羽、林默涵等,也多次征求周扬意见。结论认为,陈企霞的错误,之一是在《文艺报》工作期间骄傲自满,"在若干重要问题上犯了拒绝党的领导监督,向党闹独立性的错误";之二是"和丁玲之间的关系上,由于他们两人都有

材料与注释

　　4月底,中央发布了整风的指示,我在5月中旬回到北京。我和刘白羽、郭小川到周扬处去商量丁陈问题在整风中怎样搞法。当时决定专门召开党组扩大会议,吸收丁、陈及55年参加批判的作协党员参加。关于会议开法,周扬指出要把团结的旗帜主动地掌握在手里,通过团结—批评—团结的方式来解决问题。如果丁玲、陈企霞愿意团结,愿意考虑党组新草案的意见,党组对于55年的批判也可以作适当的自我批评。要是他们坚持,不肯承认一点错误,那就是他们自己违反整风指示的精神和团结的原则,我们就处于主动了。……

　　这时,我对怎样处理丁陈问题,确实感到没有把握。在我起草整风动员报告提纲时,我想到万一丁玲、陈企霞等不顾党组的决定,把1955年批判丁陈反党小集团的问题,先在非党群众参加的整风会上提出了,进行煽动和攻击,那时就会打乱党组的部署,使我们更陷于被动,不如主动地宣布这个结论不能成立,关于丁陈问题的错误性质要在党内平心静气坐下来讨论,自以为这样可以避免被动。这是当时自己的表面想法,实际上是投降主义。

严重的宗派情绪,因而他们在某些时候和某些问题上形成一种宗派性质的结合,向党闹独立性,损害了党的团结。他们这种宗派主义性质的错误是严重的,但还没有发展到反党小集团的程度,因此不应作为反党小集团论"。这些文字,确实是花费不少心血,极富心计的构撰成果。据郭小川日记,4月16日下午,"三时,与陈企霞谈话。他对党组的草稿意见极多,基本上不同意,但他如此主观,很多都不假思索加以反驳,而且尖锐地攻击了起草人,最后,我们回答了他提出的一些问题,但态度似乎还好。"(《郭小川全集》第9卷,第78页)黎辛(1920—)河南汝州人,毕业于抗日军政大学第四期和鲁迅艺术文学院文学系第三期,1942年后任延安《解放日报》文艺编辑,50年代这个时间,为中国作协机关党总支书记。

二　转向：从道歉到反击

6月初党组扩大会议前三次会，主题是整风，检讨1955年处理丁陈事件的失误，提出改写丁、陈事件的结论。第三次会之后，反右运动在全国展开。从休会一个多月后的重开的第四次会上开始，主题发生逆转，变为对丁玲、陈企霞、冯雪峰等的"反击"。

郭小川日记（对前三次会议情况的记载）[14]：

6月6日，下午二时半，开讨论丁、陈问题的党组扩大会议，会上邵荃麟、刘白羽、周扬三人先讲了话，然后是一些人谈感想，然后是一片对周扬的进攻声[15]。陈（企霞）又乱骂人是作假报告[16]。他说："你们是高级干部，你们作了假报告！"会议十分紧张，空气逼人……对于丁、

---

[14] 参见《郭小川全集》第9卷，广西师范大学出版社，2000年。

[15] 会议参加者作家徐刚四十多年后回忆："1957年6月初召开作协党组扩大会，是小规模的，在二楼北侧小会议室（按：指王府大街的文联大楼），约有二十多人参加，周扬和党组的几个负责人，都主动表示1955年对丁玲的批判是不应该的。'反党小集团'的结论是站不住的，并且向丁玲等同志道了歉。在会上，李又然说：'我是个小人物，大事件落在我的身上，我就是大人物。'陈企霞说：'房子都烧焦了，成了木炭了，还有什么可说的。'……会上有十多人发言，提出1955年的错误结论应予撤销，要总结教训避免再犯等意见。丁玲在前两天的会上一言不发，到了第三天，丁玲说话了，开头是：'我是从坟墓中爬出来的人，是一棍子被打死了的人……'也是在追究领导的责任。"（邢小群：《丁玲与文学研究所的兴衰》，第129页，山东画报出版社，2003年）

[16] 指中国作协党组1955年给中央的丁陈事件的报告。

材料与注释

陈,不知怎的,我有一种厌恶之感。无论怎样,我是不同情他们的。

6月7日,下午开讨论丁、陈问题的第二次会议,有陈企霞、唐达成[17]、唐因、韦君宜、黄秋耘、李又然、张松如发言,指责去(前)年的会议是根本错误的。

6月13日[18],……下午开党组扩大会议。丁玲发了言,态度尚平和,但内容十分尖锐,极力争取康濯'起义',追究责任,想找出一个阴谋来。□□马上作了一个令人作呕的发言[19],此君的自我保护欲十分之

---

〔17〕唐达成(丁陈调查小组成员)在发言时尖锐指出作协党组在处理丁陈问题上有三方面"严重的错误":1955年作协党组扩大会"缺乏明辨是非,搞清楚问题的精神",把会引导到"揣测这背后一定隐藏着什么重大政治问题或者一种不可告人的阴谋",会上"不容许丁玲、陈企霞同志声辩(申辩),不容许说不同意见的话,只能挨斗";会后,又不对会上提供的事实采取认真的核对,"而是匆忙地堆起了许多骇人的罪状写成了向中央的报告","中央根据这个还未经核对、未经实事求是地研究过的报告作了批示,决定在党内向全国文艺界通报"。中央批示后,党组也没有采取对同志负责的态度,"又立即召集全国文艺界负责同志进行传达"。发言最后引了泰戈尔的话:"虚伪不能凭借它生长在权力中而变成事实"。唐达成后来说,周扬对这句话"耿耿于怀,念念不忘,他不止对一个人说:'唐达成竟然用资产阶级的语言来猖狂向党攻击。'"唐达成发言记录,见陈为人:《唐达成文坛风雨五十年》,第39—41页,溪流出版社(香港),2005年。

〔18〕一般认为,头三次会在6月6、7、8三天召开。但据郭小川日记,第三次会是6月13日,6月8日召开的是党组"碰头会","一致认为还需要大鸣大放"。

〔19〕这里的"□□",在《检讨书·诗人郭小川在政治运动中的另类文字》中作"康濯"。1955年作协党组给中央的报告中说,"康濯同志在

一个时候(主要是指他担任中央文学研究所秘书长时间)也曾参加了这个小集团的活动,但他在检查《文艺报》的斗争中,以及后来在肃清胡风集团及其他一切反革命的斗争中是表现积极的,他在运动中提高了自己的认识,感觉到了丁玲过去的不少言行是反党的,他和丁玲的关系是不正常的,因此他在会前就自动向党提供了丁玲的材料,在会上对自己的错误作了严肃的自我批评",因而不被追究,不列入"反党集团"成员。1955年积极揭发丁、陈的康濯,后来政治风向一变就向丁陈靠拢。这里说的"令人作呕"的发言,详情未知,推测是转而投向丁玲所作的表态,所以郭小川就有丁玲"争取'起义'"的说法。韦君宜90年代的回忆对康濯有这样的记述:反右期间,"在给我定罪(党内严重警告)之前,有一次作协开会讨论到一位反复无常的人(一会儿靠到丁、陈方面,说周、刘这边的坏话,一会儿又靠到周、刘方面,揭发丁、陈的'罪行'),我实在忍不住了,我说,'像那样的行为,你们就给予嘉奖吗?如果这样办,下回他又翻过去,你们将如之奈何?'这几句直率的话倒是使主持会议的刘白羽一再领首……"(《思痛录》,第49页,北京十月文艺出版社,1998年)。侯金镜"文革"期间写的有关"大连会议"的材料,也曾称康濯为"臭名昭著的投机分子"。当年在文学研究所(中央文学讲习所)工作的徐刚谈到,1955年批判丁、陈的会上,康濯"一再揭发丁玲的反党暗流问题",但"1956年甄别丁、陈反党问题时,康濯带了河北特产红枣去看丁玲。1957年6月初,在王府井大街64号2楼北小会议室开小型党组扩大会,当一些同志对那位1955年给中央打'报告'的主持人(按:指周扬)进行批评并追究责任时,康濯……推倒了他过去对丁玲的批判。但是,1957年7月底开始批斗'丁陈反党右派集团'时,康濯又上台激烈地批判丁、陈。当时,中国作协党组成员韦君宜不顾会场上的强大压力,横眉冷对康濯,大声地批评康濯的反复无常。"(邢小群:《丁玲与文学研究所的兴衰》,第117—

材料与注释

强,就又露出他的嘴脸来。

邵荃麟("邵荃麟材料一"):

到了6月6日,第一次党组扩大会上,我又一次宣布丁陈反党小集团的结论不能成立,要求大家重新来讨论丁陈错误的性质,得到公平合理的结论[20],可见绝不是偶然的想法。在这次会上,周扬也作了一次发言,承认55年的批判有过火地方,是有斗争无团结,说他要负主要责任。其次是刘白羽,并且也承认55年党组向中央的报告是不慎重的,他要求大家采取严肃态度,辨清是非,增强党的团结等等。这些发言,当时都有记录可以查。我认为除了我个人应负责的罪行之外,周扬和作协党组在57年上半年对待丁陈问题上也是采取调和妥协和投降主义的路线,直到中央注意到这个问题,找了我们去开会,作出明确的指示,才把局势扭转过来。

118页)此后,康濯在大跃进、反右倾和60年代初调整时期,也都有不断翻覆转向的表现。这虽属于个人品格,但一定意义上,也是某种社会、政治制度的产物。正如韦君宜所言:"按政策,他们还是不能苟(苛)求这样的人,这人仍然出任方面。"权力既需要,也鼓励产生这种性格,但又卑视他们;这是矛盾的方面。

[20]据会议记录,6月6日邵荃麟的报告称:"今天的会,是整风中解决问题的会,不是斗争会……要求真正解决党内不团结的问题。""前年的党组扩大会议后,当时党组向中央写了报告认为丁陈是反党小集团,经过去年几个月的调查,肯定这个结论是不能成立的……这个帽子应该摘掉","前年向中央报告中涉及到丁陈的政治历史问题,这个问题已经做了结论,应该向大家交代清楚。""希望大家不要保留,畅所欲言。对过去看法,认为要修正的可以修正。"

邵荃麟（"邵荃麟材料二"）：

党组前三次会，是在 1957 年 6 月 6 日至 6 月 8 日举行的。……第三次会正是《人民日报》发表《这是为什么？》社论那天。陈企霞、李又然等进攻尤烈。这天散会后刘白羽十分紧张，晚上和周扬赶到我家里来，要我通知暂时把会议停下来，另作布置。……这期间，整个反右斗争已经开始，党组也就搜集了冯雪峰等人一些反党活动的材料，在陆定一那里谈过一次[21]，有周扬、林默涵、刘白羽和我参加。陆定一要我们组织队伍，进行反击。这样就召开了第四次小型党组扩大会，由周扬作了反击的发言。这次发言仍然是软弱无力的，也还没有点到冯雪峰[22]。……

---

[21] 据郭小川日记，第三次会议之后到第四次会议之间，陆定一与作协党组相关人员谈丁陈问题有多次。如 6 月 8 日日记："十时半，到白羽处，陆部长找白羽谈了话，陆说要有韧性的战斗，人家越叫你下去，越不下去！他认为周扬没有宗派主义，人们太不注意这是一场战斗，文艺方向的斗争，他认为，丁陈斗争要继续，不要怕乱。"6 月 14 日日记："三时，到白羽处，上午他同荃麟一起见了陆定一同志，定一同志坚持地认为丁、陈是歪风的代表，主张开展一个斗争，坚决把文艺界整顿一下。"6 月 16 日日记："得通知，四时到周扬同志处开会，定一、际春、之琏、崔毅、张海等同志都到了。周扬同志先讲了他的发言内容，言下甚为激动；后来定一同志谈到，看人要看关键，现在党内外有股右的潮流，显得十分猖獗，我们的目的，就是把它放出来，然后加以克服。他认为，丁玲、陈企霞对党是不忠诚的，而陈企霞如果最后还坚持他的错误，就应当坚决把他开除。"

[22] 休会一个多月后，第四次会议 7 月 25 日举行。第一次会议上，周扬、刘白羽等都认为 55 年的批判有过火的地方，是有斗争无团结，表示要承担责任。第四次会议（7 月 25 日）上，周扬便疾言厉色了："上次

此时中央注意到作协的问题，有天晚上由总理、小平同志通知我们去汇报，去的人有周扬、林默涵、刘白羽和我，在座的还有康生同志、胡乔木同志和陆定一。……周扬就将我们事先商量过的，把冯雪峰、艾青等人也作为斗争对象，以及他们的反党活动的情况作了汇报。这样就把斗争对象确定下来。决定从第五次起召开几百人的党组扩大会议。

三　现实问题与历史清算

　　从第四次会议开始的反击、批判，自然是针对丁玲、冯雪峰等的"反党"现实问题。不过，值得注意的是，周扬等一开始就将事情引向"历史"的清算[23]。

会开了三次开不下去了，有人将了军，提出责问，要追究责任，因此我不能不讲话了"，"前年对丁陈的斗争，包括党组扩大会，给中央的报告和向全国传达，我认为基本上都是正确的"，"前年的会是思想斗争，也是政治斗争，……我们给中央的报告是根据会议的真实情形写的，会前请示了中央，会后给了中央报告，这完全是合法的"。邵荃麟说周扬发言仍"软弱无力"，指的是他有的地方仍承认1955年对丁陈的斗争"有缺点和某些过火的地方"，"这个斗争是完全必要的，但斗起来就没有充分注意到团结的一面，对会上揭露的材料没有及时地加以查对研究"等。但"反击"的基调已经确立。1957年《文艺报》第19期（8月11日）的长篇报道（《文艺界反右派斗争深入开展，丁玲、陈企霞反党集团阴谋败露》）也说，从第四次会议开始，回击了丁玲、陈企霞他们的"疯狂的挑战"。

〔23〕将事情导入历史清算的轨道，是周扬等在1955年和1957年批判丁、陈、冯的自觉策略；虽然与丁玲、冯雪峰等的矛盾，主要根源于现实权力分配（当时的说法是"保卫文学事业的社会主义方向和巩固党的

邵荃麟("邵荃麟材料二"):

经中央指示后,第二天[24]即由周扬召集林默涵、我、刘白羽、严文井、郭小川、黎辛等人在作协开会,讨论大会如何安排。决定先攻陈企霞、丁玲,然后斗争冯雪峰、艾青、李又然等人。记得当时周扬就提出这场斗争是三十多年来文艺上两条道路的斗争,要搞各人在几个历史阶段的反党材料,搞清各个历史阶段中的问题,如丁玲南京叛变,冯雪峰在上海的分裂党的活动等等[25]。周扬说起要分别找郭老和茅盾、老舍党

领导")。在周扬等看来,之所以现实问题需要借助历史清算来解决,一是可能意识到所揭发的现实"罪证"的脆弱,另一是,鲁迅在当代迅速"政治神化"的情境下,30年代与鲁迅关系问题,成为周扬确立其权威地位难以绕开的障碍。这次批判涉及的最主要的历史问题是,丁玲的"南京叛变"和冯雪峰1936年在上海的活动。

[24] 指周扬等向周恩来、邓小平汇报后的第二天。

[25] 丁玲在南京被捕这一历史问题,自1940到1984年,中共中央组织部先后进行过六次审查,其结论因为不同情况而有不同,详情参见徐庆全:《丁玲历史问题结论的一波三折》(《百年潮》2003年第7期)。这次批判会在没有提出新的有力证据的情况下,就坐实"叛变"的事实,采用道德审查这一在当代政治斗争中经常使用的手段;批判会也一度成为"道德法庭"。(方纪、刘白羽对陈企霞、柳溪的批判,对个人感情、婚姻等隐私情节的揭露,成为批判者们认真挖掘、津津乐道的"道德攻击"手段。参见《发言集》第6—26页。)

对于丁玲,"忠诚"问题在这次批判中一开始就被显要提出:

周扬在第4次会议的反击发言中,首先将丁玲问题归纳为她历史上三次"对党不忠"(南京时期、延安时期、北京时期)。刘白羽第8次会议(7月31日)发言中也宣称"丁玲最严重的问题就是对党不忠诚"。

林默涵第12次会议(8月6日)详细描述丁玲三次"不忠"之后,将性别作为另一攻击点,说"丁玲对冯达,是没有什么仇恨的,那时,她只记得自己是一个女人,根本忘记了自己是一个左翼作家,更忘记了自己是一个共产党员。冯达养病时,丁玲对他的照顾是很好的,据说在他的床前经常都有鲜花。同志们大概都看过'伏契克'这出戏,这里面也写了一个出卖同志的叛徒,他也出卖了自己的革命的爱人,当那个女革命者在监狱中看见那个过去的爱人现在的叛徒时,她给了他一个多么响亮的耳光……我不知道丁玲同志看到这个场面时,她心里有什么感想。""我们知道,丁玲的第一个爱人胡也频同志是在丁玲被捕的头一年被国民党杀害了的,时间不久,胡也频同志尸骨未寒,而丁玲却好像完全忘记这件事情了。""因为她曾经向党不忠诚,而且后来隐瞒这种不忠诚,因此,他就可以继续不忠诚,而且迫不得已要继续不忠诚,因为她只好用后来的很多不忠诚来掩盖过去的不忠诚。"

夏衍在第17次会(8月14日)上对丁玲的道德评价,使用了骇人的词汇,说"我亲眼目睹的和找到一个极其虚伪、极其狡诈、又是极其阴狠的两面派的典型","丁玲同志被捕之后,上海有一种很普遍的传说,这就是说,冯达被捕之后几小时之内就叛变自首,带了特务去捉丁玲,其目的是为了要从雪峰同志手里夺回丁玲。因为这时候雪峰同志和丁玲有了不正当的男女关系。——从以后的结果看,冯达的目的是达到了的。……丁玲、雪峰都有很阴暗的一面,我怀疑他们是不是灵魂深处有什么不可告人的地方。"(以上周扬、林默涵、夏衍发言均引自"发言集")这里,不仅将"传说"当作事实,而且将个人私隐作为政治斗争的手段来运用。

但"忠诚"问题也内化为"包围丁玲的梦魇",有研究者认为,"对'忠诚'的证实也几乎成为她生命的最主要内容和'内驱力'":"她三年囚禁后决心奔赴延安,与其说是实现自己的政治抱负,不如说是为了证明自外的作协主席、副主席说明要开大会的目的和情况。当时没有提到许广平，约许广平参加是周扬后来加的。

邵荃麟（"邵荃麟材料二"）：

第5次党组扩大会前几天的一个早上，周扬约定在茅盾家里开在京的主席、副主席的会。我先到周扬家里（他当时和茅盾住在同一院子里），他告诉我，还约了许广平，因为许广平和丁玲、冯雪峰都是上海时期的熟人，让她了解情况。当时我体会到他的意图是要许广平到大会上去批判冯雪峰。……到茅盾家里，由周扬向大家说明，谈到冯雪峰在上海一段时，装作很激动很受委屈的样子，说冯雪峰1936年从陕北出来像钦差大臣一样，不找自己同志，封锁中央消息，却先去找了胡风，勾搭一起，打击他们，搞分裂活动。他避开谈到鲁迅和两个口号论争问题而是用种暗示的手法，妄图利用反右派斗争的空气，使许广平同志相信冯雪峰那时就和胡风一起搞反党活动而鲁迅则是受了他们的蒙蔽。在周扬谈话中，我也插了话，说冯雪峰在1937年抗战开始后，怎样和博古吵

己的清白"（吴舒洁：《知识分子与"大众化"革命》，2012年博士论文，存北京大学图书馆）。正如她80年代回忆南京被捕之后的心境："我已经受尽了罪，如果就此死去，好像对我倒是一种解脱。人世间任什么我都可以不留恋，都不牵挂，母亲也好，孩子也好，我都能狠心丢掉。但我只有一桩至死难忘的心愿，我一定要回去，要回到党里去，我要向党说：我回来了，我没有什么错误。我在什么时候，什么地方，什么条件下都顶住了，我没有做一件对不起党的事。但我知道，由于敌人散布的谣言，现在我处在不明不白的冤屈中，我得忍受着，无法为自己辩白，洗清倾倒在我满身的污水，我还陷在深井里。"（《丁玲全集》第10卷，第72页，河北人民出版社，2001年）

材料与注释

架，自动脱党回家[26]……最后周扬希望大家准备在大会上去作发言。

冯雪峰（"冯雪峰材料"）：

……现在回想起来，周扬企图推翻毛主席关于三十年代文艺的历史总结和对鲁迅的评价，要对鲁迅进行反攻倒算，实在蓄谋已久。解放后我在北京遇到他，他就不止一次的对我说过这样的话："我同鲁迅关系没有搞好，是我终生的遗憾！"……我记得1957年作协党组扩大会最初的十多次会中，主要的是斗争丁玲、陈企霞。同时也揭发了我的严重的反党错误，其中最严重的一条是我支持了丁陈反党集团的翻案阴谋，但还没有把我明确地划到丁陈反党集团中去。记得在8月初，可能在第11、12次会上我做过一次未起过发言稿的初步检讨发言，……在承认我对周扬有宗派主义错误时，还说了一句很错误的话，说周扬是代表党来领导文艺工作的，以后就应该团结在"周扬的周围"把文艺工作做好。这次初步检查，许多人不满意，有人批评我虚伪，特别指出说："应该说'团结在党的周围'怎么说'团结在周扬周围'？"因而不少人认为我仍在耍花招，说自己只是反对周扬，并不真的承认反党。[27]

---

〔26〕第16次会议（8月13日）邵荃麟的长篇发言，除批判丁玲之外，还重点谈了冯雪峰的这一"历史问题"。郭小川当天日记称"这一部分讲的特别精彩"。邵荃麟发言见"发言集"第89—102页。

〔27〕"宗派""反党"等的定义和界限，在50年代批判胡风、丁玲、冯雪峰时，在界定上都颇费口舌。会上虽然批判了冯雪峰的这个说法，但又有许多发言者，把周扬看作党的化身并进行颂扬。典型的如曹禺第9次会议（8月1日）发言："……我看见在我们面前的有两种人，一种人是透明的，使人看得见他的心；另一种人是浑浊的心中七窍都堵塞着泥巴"，"读了周扬同志的发言，我感到就是透明的，诚恳的，是真正的党员在说

……就在二、三天之后，周扬叫人（邵荃麟或别人）打电话给我，叫我到文联大楼办公室叫谈话[28]。我到时，周扬、林默涵、邵荃麟、刘

话。看见反党的活动，就一定要揭发，要斗争。这是光明磊落的。但丁玲、陈企霞的话就都使我感到是一片乌糟糟，很不干净。"（"发言集"第34页）曹禺的这一描述，林默涵在12次会议（8月6日）上作了进一步发挥。郭小川、林默涵、邵荃麟等在发言时也都谈到"党"与具体人的关系。在冯雪峰写的这份材料中，林默涵的看法是："党不是抽象的，总是通过具体的领导同志来代表的。周扬代表党领导文艺工作，说只对周扬有意见，只反对周扬，而不是反对党，这是说不过去的。丁玲玩的就是这种手段。……起码也应该维护领导人的威信。"邵荃麟说，丁玲说他们只是反对某个人，不是反对党，"这是一种很无原则也是极端阴险的话，这就是一种'清君侧'的战略，胡风就用过这个战略"。他针对丁玲的"党是在他们那一边"这个说法批判道："好像党是一个皮球似的，可以踢到这一边，那一边。你们为什么不说'他们是站在党的一边'呢？而且既然懂得这个，为什么还要反对这个'他们'呢？"这种诡异的分析，倒是透露了问题的症结："反党"与否，有时候端看"党"被谁放在了哪一边。

[28] 据郭小川日记，谈话在8月11日下午。郭小川"文革"写的"检讨书"说：他知道会议要为"30年代"翻案，"确实是从8月11日下午四时周扬与冯雪峰谈话开始的。因为，我清楚地记得，周扬谈的左联问题，我当时感到非常惊讶，闻所未闻。而在这次谈话之前，周扬们是做了充分准备的。"谈话参加者除周扬外，还有林默涵、邵荃麟、刘白羽和郭小川，历时三小时。"记得，周扬问过冯雪峰：'你从陕北出发前是谁交代你的任务的？'冯雪峰说：'洛甫同志。'（张闻天）周扬问：'他怎么说的？'冯雪峰答：'他说上海没有党的组织，党的组织都被破坏了。'这以后，周扬才谈到他从日本回来后到处找党的组织，结果只找到了'特科'组织（即

材料与注释

白羽四人已经在那里等我，空气很严肃。周扬先说，态度很严厉："找你来，是要告诉你，也把你在大会上进行批判！斗争丁玲，不斗争你，群众是不服的！……你要摸底，这就是底！"林默涵说："斗胡风时，没有批判你，党内党外都有人有意见。"当时四人向我提出了一些我必须交代的问题，记得其中就有说我在上海曾经诬蔑周扬、夏衍是"蓝衣社、法西斯"的问题。

后来邵荃麟告诉我，斗争我，这是中央的指示。本来作协党组扩大会就准备要做总结了，但中央认为还没有斗争透。又说："陆部长（陆定一）也说，不斗争冯雪峰作协问题是不能彻底解决的。"〔29〕（上面这些话，都是在斗我的中间，我做检讨之前，我思想上有些未通找邵荃麟谈话时，他对我说的。）

情报组），这样才搞起来一个摊摊，发展了党员。周扬还说：'我们孤军奋战，我们这些人又比较幼稚；可是你可以看么，我们总是按照共产国际的指示、按照党中央的宣言提口号、搞工作的。你一来，就一下子钻到鲁迅家里，跟胡风、萧军这些搞到一起，根本不理我们，我们找你都找不到，你就下命令停止我们的活动。'……周扬极力'描写'他们的'困难'，外有白色恐怖，内有冯雪峰的打击，简直必欲置之死地而后快。说到这时，周扬哭了。然后，他告诉冯雪峰：'要经受一次批判。'冯雪峰表示，他怕搞成小集团成员。周扬又说了一段话意思似乎是着重批判思想，暗示不一定要搞成小集团成员。并叫冯雪峰准备在会上作检查。在这次谈话中，我记得，林默涵、邵荃麟、刘白羽只偶然插几句话，并未做长篇大论的发言，冯雪峰也很少插话，我则一声未吭。"（"检讨书"第199—200页）

〔29〕虽然"中央"可能有这样的布置，但将冯雪峰列入重点批判对象，在7月25日第四次会议之后周扬等就已确定。"群众""中央"云云，在这里只是一种托词。

四　夏衍"爆炸性"发言

8月14日第17次党组扩大会议上,精心策划的夏衍的发言引起轰动;被看作会议的"高潮"。

邵荃麟("邵荃麟材料二"):

冯雪峰(第一次)检讨前后,周扬召集了一次小会,有林默涵、我、刘白羽、严文井、郭小川等人参加,商量对冯雪峰斗争的布置。我把自己准备发言的要点向他作了汇报。我主要讲冯自动脱党以后在国统区一些对党关系极不正常的事实。……周扬认为这些材料也很重要,但主要关键是在1936年上海那一段,要有个有力量的发言。他提出要夏衍来讲。大家当然赞成。此外我们还计划当时在北京的参加过左联的一些作家,如周立波、陈荒煤、沙汀、艾芜可以发言,由当时领导会议的核心小组(我、刘白羽、严文井、郭小川和黎辛)去具体布置。夏衍则由周扬去约。……这是关于布置批判冯雪峰的第一次黑会。

夏衍发言之前,又开过一次会,参加者多了一个夏衍,主要是讨论夏衍发言内容。夏衍讲了很多1936年的情况,……他讲得有声有色。周扬把他的话概括起来,大意是冯雪峰在文艺思想上是修正主义路线,组织上是分裂党的反党行为,要他着重讲冯雪峰勾结胡风挑拨离间搞分裂党的活动,和鲁迅答徐懋庸信是冯雪峰执笔,捏造事实,蒙蔽鲁迅等等。这样就为夏衍发言定了基调。

当周扬讲到"鲁迅答徐懋庸信"的问题时,他很肯定地说,这封信的原稿就是冯雪峰的笔迹,鲁迅只改了四个字,原稿就在鲁迅博物馆,你可以去看看么。我看他说得这样肯定,也就完全相信。会后,我就用自己的口吻告诉了张光年,说我去看过。其实当时我并未去鲁迅博物馆……

夏衍在第 17 次大会上作了发言[30]，煽动性很大，楼适夷当场大哭，空气十分激动，形成了一个翻案的高潮。接着许广平站起来发言，驳斥了夏衍关于鲁迅答徐懋庸信的胡言[31]，是鲁迅看过亲自改过才发表的。

---

[30] 夏衍的发言有所改动后收入作协党组 1957 年 9 月编印的"发言集"，但从未公开发表过。当时刊发于《人民日报》《文艺报》上的会议长篇报导和重点发言选登，也都没有夏衍的这个发言。这应该是周扬等当时有所顾忌。当时由作协党组编写的会议报道，刊于《文艺报》上，对此仅有笼统叙述："1936 年，冯雪峰从陕北到了上海。他不信任当时的上海地下党组织，却把正在反对党的胡风一度拉入党内。他在上海的宗派活动对党所领导的文艺事业起了分裂作用。"郭小川（当时负责编"发言集"并为报刊提供报道）在"文革"间写的"检讨书"说，本来给《人民日报》的报道，引了夏衍和许广平的发言，"但 8 月 29 日《人民日报》发表的那段消息，则把 30 年代那一段删去了。我估计是周扬删的。因为，这时我仿佛听他说过：'两个口号的问题，还是等中央讲话，我们自己不要讲。'（大意）显然，他是怕他的阴谋败露出去而不敢过早公开。另一件事是：17 日的消息清样中，发言人名单里有我，登出以后就没有了。我估计这也是周扬的阴谋，他大约也觉得我的发言过了头，故意把我的名字删掉。"（"检讨书"第 131—132 页）

[31] 从这些材料看出，夏衍发言是经过精心策划的。关于鲁迅"给徐懋庸信"，夏衍说："我不能不想起 20 年前的一桩公案。我们几个人被诬陷了 20 年，今天要在这里讲一讲。""直到今年 8 月为止，我们一直以为'答徐懋庸并关于抗日统一战线'这篇文章是鲁迅先生的手笔，现在雪峰承认了这篇文章是他起草的。请在座的同志们重新读一遍这篇文章。别的问题不谈，我只谈其中有关所谓'内奸'问题的一段……真实的情况是这样：有一次，周扬、田汉、阳翰笙和我四人，——这就是那篇文章

中所说的'从汽车中跳出来的四条汉子'——为了左联的工作去找鲁迅先生,在内山书店老板的客厅中见了面,起先谈得很融洽,鲁迅先生还给左联筹了款。后来谈到胡风问题,田汉同志因为胡风在国民党办的'中山文化教育馆'工作,对他表示有一点怀疑,鲁迅先生听了很不高兴,接着我把话岔开了。当天没有谈到'一个青年被指为内奸'的事。这个青年是什么人,就是彭柏山。事实是1934年底或1935年初,彭柏山被捕,不久,彭柏山的爱人静子叛变了,带了包打听捉人,再不久,彭柏山也变节了。党组织知道了以后,就决定通知和彭柏山有关的同志,不要和彭柏山接触,我奉命去通知和彭柏山最亲密的周文——即何谷天同志,周文同志不相信,说不应该怀疑好人。于是我告诉他,这是组织上的决定,你假如不听,将来发生任何后果要你自己负责……周文同志把夸大和歪曲的事实告诉了胡风,胡风再夸大歪曲了一下告诉鲁迅先生、雪峰同志,这就是答徐懋庸信中所说的一个青年被诬陷为'内奸'的事实真相。20年后,在前年反胡风斗争中党审查彭柏山历史的时候,从发现的档案证明,柏山和静子的叛变是事实,这件事,彭柏山已经承认而做了结论了。由此可以证明我们没有诬陷'一个青年',而雪峰同志却诬陷了我们达20年之久。""请同志们想想,雪峰同志用鲁迅先生的名义,写下这一篇与事实不符的文章,听胡风一面之言,根本不找我们查对。缺席判决,使我们处于无法解释的境地,而成为中国新文艺运动史的一个定案,究竟是什么居心?造成的是什么后果?这究竟是谁的宗派?"

彭柏山(1910—1968),湖南茶陵人,30年代参加左联,后到新四军。50年代担任上海市委宣传部长。胡风事件中被诬为"胡风分子"。"文革"期间在河南被残酷迫害,自杀身亡。1980年上海市委正式为彭柏山平反,推翻加在他身上的"叛徒""胡风分子"的结论,恢复他的党籍。

她激动得哭了起来。当时会场上气氛很紧张。[32]散会后,周扬立即留

---

〔32〕关于夏衍发言时会场情况,当时和后来多有描述,列举几则如下:

郭小川(当天日记):"二时开会,先是蔡楚生发言,然后是徐迟,紧接是夏衍发言,讲了雪峰对左联的排斥,他的野心家的面孔暴露无遗了,引起一场激动,紧接着许广平、沙汀发言,楼适夷发言,会场形成高潮。"

冯雪峰十年后1966年写的"交代材料"讲到会上许广平痛斥他是个大骗子,而周扬则厉声责问他对周扬的"政治迫害"。

黎辛(当年作协机关党总支书记)40多年后1995年回忆:"会上,夏衍发言时,有人喊'冯雪峰站起来!'紧接着有人喊'丁玲站起来!''站起来!''快站起来!'喊声震撼整个会场。冯雪峰低头站立,泣而无泪;丁玲静立哽咽,泪如泉涌。夏衍说到:'雪峰同志用鲁迅的名义,写下了这篇与事实不符的文章,究竟是何居心?'这时,许广平忽然站起来,指着冯雪峰大声斥责:'冯雪峰,看你把鲁迅搞成什么样子了?!骗子!你是一个大骗子!'这一棍劈头盖脑地打过来,打得冯雪峰晕了,蒙了,呆然木立,不知所措。丁玲也不再咽泣,默默静听。会场的空气紧张而寂静……爆炸性的插言,如炮弹一发接一发,周扬也插言,他站起来质问冯雪峰,是对他们进行'政治陷害'。接着许多位作家也站起来插言、提问,表示气愤。"(《我也说说"不应该发生的故事"》,《新文学史料》1995年第1期)

黎之(李曙光,当年中宣部文艺处干部,40多年后的回忆):"第十七次会议上夏衍作了文艺界熟知的'爆炸性的发言'……他讲话声音不大,有条有理。但马上引起会场上的骚动。有喊的,有叫的,还有哭的。一位前辈作家哭着从我身后挤到台上,说冯雪峰欺骗了他。……夏衍发言后许广平的发言倒使我十分惊讶。我记得当时许也坐在主席台上坐在周扬右边。她站起来走到冯雪峰面前,流着泪说:'今天把一切不符合事

下我们几个人（林默涵、夏衍、我、刘白羽、严文井、郭小川等），又开了一次小会。周扬对夏衍发言觉得很好，当面还称赞了他，对许广平的发言，周扬有些沉闷，似乎不愿意去评论。大家议论的也不多，只是夏衍辩解了几句[33]。……周扬说，这些问题当时没有清楚，现在必须搞深搞透。他希望再有一个有力量的发言，这个人不好找。当时我问他自己能否作一个发言，周扬不愿意，林默涵认为也不适宜。记不清是林默涵还是刘白羽，建议开个各单位负责人的会，由周扬来讲。大家都赞成。这样就决定第二天开中型会议，把两条路线的斗争性质讲清楚，同时也

实的情况，完全安到鲁迅头上。'"这篇文章，我已送到鲁迅博物馆，同志们可以找来看看。'"鲁迅不同意怎么发表了?!'后面许也讲了一些冯雪峰当年思想消沉、苦闷。"（《文坛风云录》，第110—111页，河南人民出版社，1998年）"一位前辈作家"应是指楼适夷。

但林默涵在事情过去不到十年的1966年，对这样爆炸性的场面却没有记忆。他"文革"开始后写的"交代材料"说："夏衍发言提出鲁迅答徐懋庸那篇文章是冯雪峰执笔的，在夏衍发言之前，领导核心组（记得有周扬、邵荃麟、刘白羽和我）是否商量过，是否先看过他的发言稿，我实在记不清了，这件事可以向刘白羽同志调查一下，那时会议布置他抓得较多。事隔近十年，我连那天开会夏衍发言的情况都记不起来了……"

〔33〕许广平有两次发言，一次是8月4日第11次会，主要批判丁玲。第二次是夏衍发言之后有对鲁迅"受蒙蔽"说法的反驳。郭小川"文革"检讨说，"在这个会议期间，我还犯了一个严重错误，即：由我主持编印的内部材料《对丁、陈反党集团的批判——中国作家协会党组扩大会议上的发言》中，没有编选许广平同志反击夏衍、周扬的发言（即第二次发言），而编印了她批判丁玲的发言（即她的第一次发言）"（《郭小川全集》第12卷，第98页）。

材料与注释

确定以后几次大会发言人的部署。

第二天的中型会上,周扬讲了话,指出批判冯雪峰是三十多年来文艺上两条道路上的大斗争,必须搞深搞透,要大家领会领导意图。我和林默涵也讲了话,提出要搞材料,组织文章等等。我当时讲了要"看远不看近,看难不看易",所谓"看远",就是指三十年代问题,"看难"就是今后写文学史的问题。

冯雪峰("冯雪峰材料"):

斗争我,记得是在作协党组扩大会停开几天之后,8月13日第十六次大会上开始的,由邵荃麟的发言开始揭发和批判。第十七次会上夏衍的发言最震动会场,发言中最主要的一点也就是说我1936年在上海勾结胡风,打击上海地下党,摧毁地下党,诬陷他和周扬是蓝衣社、法西斯;并且勾结胡风,蒙蔽鲁迅,假借鲁迅名义提出"民族革命战争的大众文学"的口号,分裂了左翼文艺界等等[34]。从夏衍发言开始,会场空

---

〔34〕夏衍是这样说的:"1936年雪峰同志从瓦窑堡到上海,据我们所知,中央是要他来和周扬同志和我接上关系的。雪峰到了上海不找我们,先找了鲁迅先生。这一点,按当时情况是完全可以的。可是这之后,你一直不找渴望着和中央接上关系的党组织,而去找了胡风,不听一听周扬同志和其他党员同志的意见,就授意胡风提出了'民族革命战争的大众文学'这个口号,引起了所谓两个口号论争……你硬是撇开了我们,不是帮助我们,而是孤立我们,不,实际上不止于孤立我们,而是陷害了我们……我还听人说,这位'陕北来人'曾告诉原来由我们领导的外围人士说,周扬、沈端先等假如来找你,'轻则不理,重则扭送捕房'。还有,已经过世的钱亦石同志曾告诉过周扬同志,雪峰在外面说,夏衍是蓝衣社,周扬是法西斯,这不是陷害,这是什么?""胡风亲自说过,当时

气大变,同时都集中在 1936 年我在上海"摧毁地下党组织,蒙蔽鲁迅,打击周扬,分裂文艺界"一点上。几天中接连发言的有陈荒煤、周立波、沙汀、郭小川等等,都集中在"蒙蔽鲁迅"和"分裂文艺界"上。这些发言,后来有的未印出,有的印出的书面上已删去许多,但大部分还可以在铅印的《对丁陈反党集团的批判(中国作家协会党组扩大会议上的部分发言)》(1957.9)中看到的,……

当时十分激动的会场和空气和从夏衍到郭小川的这些发言,对我这个没有毛泽东思想、没有党性和无产阶级立场的人发生影响,因而使周扬等人能够达到阴谋目的的,正是下面这许多毫无事实影子的事情。例如说我摧毁了上海地下党组织,说我污蔑周扬、夏衍是蓝衣社、法西斯,说我为了调虎离山要送周扬到日本去游学,说我派人监视乔木同志到西安,说我不给钱给王学文同志的爱人致使他做了难民,等等。这些,我相信事后都可以调查清楚。郭小川举了许多坏人的名字,说都是我的好朋友,其中有不少人我根本不认识,我觉得也可以调查清楚的。但郭小川从反革命分子胡风那里得来的大堆"材料"中有一条,说我曾在胡风面前污蔑过周总理,那虽然完全是胡风的造谣诬陷,我心里却有些发愁[35],因为我不可能立即要求对证,而在会场上已经发生了影响,显然

雪峰同志介绍和批准了胡风入党,而且还把他引进了党的工作委员会……胡风就是仗着你的全力支持,挂上了共产党的招牌才能恣肆地进行了分裂左翼文化运动的罪恶活动。"("发言集"第 111—112 页)按:这里说的"胡风亲自说过",应是来自胡风被定为"反革命"之后公安部审问的口供。据郭小川"文革"中检讨书所说,郭发言引用的胡风"口供",为林默涵提供。

[35] 郭小川的发言在第十九次会(8 月 20 日)上。据"文革"间郭小川"检查交代":"我发言,是 8 月 17 日上午由周扬、林默涵、邵荃麟、

刘白羽决定的;我在发言中引用胡风供词,也是他们决定的;胡风供词是林默涵给我的;我的发言的重要观点,也是从夏衍、冯雪峰、陈荒煤等人的谣言和谰言中形成和引申出来的。"(《郭小川全集》第12卷"外编",第97页)据他的日记,8月17日是:"11时到大楼,与周扬、荃麟、默涵、白羽商量了一下会议的开法,决定叫我就冯雪峰的问题发言。我带着紧张的心情回来。"8月18日:"二时半起来,从默涵(处)取来材料,继续看下去。"

郭小川发言收入"发言集"时,已做了删改。如删去冯雪峰在"胡风面前污蔑过周总理"等。发言中说:"……这里我先根据会议上的揭发,开一个雪峰所信任、接近的人不完全的索引表,请大家看看吧:1.胡风;2.姚蓬子;3.韩侍桁;4.冯达;5.黎烈文;6.孟十还;7.彭柏山;8.刘雪苇;9.吴奚如;10.潘汉年;11.萧军;12.尹庚;13.丁玲;14.陈企霞;15.顾学颉;16.舒芜;17.张友鸾。这些人中,有的是反革命分子,特务,有的是右派分子、反党分子,有的是叛徒,有的是政治面目不清、思想反动的人。"且不说所加的这些头衔许多是不实之词,更为重要的是采用以"果"证"因"的论证方法——这在当代政治斗争中经常使用。郭小川承认他对30年代左翼文艺界内情并不了解,因此更有可能将周扬、夏衍某些含糊的表述清晰化,加以落实。如确定说冯雪峰与胡风共谋以蒙蔽、挑拨鲁迅,确定说"'答徐懋庸信',也分明是冯、胡的共谋,这封信中,为胡风开脱、辩解,而十分残忍地打击了上海党组织"等。发言中还有:"说雪峰挑拨鲁迅同上海党的关系,这只是一个方面;而另一方面雪峰还要把周扬送出去留学,送到延安,而后又假借中央的命令,停止了党团活动,这两方面双管齐下,必欲置上海党组织于死地而后已"。("发言集"第133—140页)这样露骨的叙述,无怪乎周扬自己都有些忐忑不安,而在报刊正式发表大会报道的时候,把郭小川的名字从发言名单中删去。

已经有相信我竟然污蔑过敬爱的周总理。不过,会场上使我最震动的是两件事:

第一,是夏衍发言使会场十分震动的时候,许广平也十分激动引发对我的怀疑,哭泣着站起来痛责我"欺骗了鲁迅,损害了鲁迅,是一个大骗子!"(我当时和现在都并不怪许广平,因为她可能想到鲁迅曾被胡风骗取信任的事情,因而怀疑起我也是胡风一类人,在当时会场的背景下并不奇怪的。)

我当时心里很难过,也就想到鲁迅当时告诉我的周扬等人那许多恶劣行为,胡风、周文等人也都告诉过我们,这中间很可能有胡风、周文等人弄的鬼。

第二,在夏衍发言中,周扬也几次站起来。声色俱厉地质问我:鲁迅答徐懋庸信前半篇中指责周扬等人一二段话,是我的笔迹已经对过原稿,这是对他的"政治陷害",同时这也等于向敌人告密,让敌人知道他们在上海活动。

这"政治陷害"和"告密"的话更使我震动。心里想到这确实是损害了周扬。

……

在斗争我的几次大会中间,我找过邵荃麟一次(晚上,在他家),我问他:"我错误的重点究竟在现在,还是在过去?"他说:"主要当然在现在,即在丁陈问题上和其他的反党错误。但过去的错误也不轻,特别是在上海同胡风勾结,分裂了左翼文艺界,损害了鲁迅。"我说:"我承认当时对周扬我有宗派主义。解放后来北京工作,对周扬也不够尊重,甚至当面对他发脾气,事实上等于不接受他的领导。但这些都是现在的问题,我承认这是我的反党错误。至于上海的问题,至少他也有错;对我搞得这样严重,我思想上有些不通。"他反问我:"为什么许广平对你也很不满?"我说:"我不知道为什么,我不曾有过对不起鲁迅的地方,没有欺骗过鲁迅，许广平应该是知道的。在对鲁迅的关系上，我也没有欺骗过党，这是同志们也知道的，也可以再调查。由于鲁迅在病中，我帮他起草了《答托派信》等，在政治上也不算错。"[36]他说："这些当然

---

〔36〕许广平那个时候可能不这样想。十年后她在《不许周扬攻击和污蔑鲁迅》(《红旗》1966年第12期。此时周扬已是阶下囚。这篇批判文章虽署许广平，从文字看很可能是当年某"写作组"代笔)中说："有人说，夏衍8月14日的发言是一个'爆炸事件'。一点不错。这是周扬一伙密谋策划的一个反动的'爆炸事件'。他们想炸掉鲁迅这面革命的、战斗的旗帜，为实现他们复辟资本主义的阴谋开辟道路。夏衍在发言中装出一副'受害者'的姿态，对鲁迅进行'控诉'。说什么1936年冯雪峰从瓦窑堡到上海后，'先找了鲁迅先生'，'不听一听周扬同志和其他党员同志的意见，就授意胡风提出了"民族革命战争的大众文学"这个口号'，'恣肆地进行了分裂左翼文化运动的罪恶活动'。又是造谣，又是攻击，好一副气势汹汹的样子！……夏衍还造了一个谣言，说鲁迅的《答徐懋庸并关于抗日统一战线问题》一文，是冯雪峰用鲁迅的名义写的，接着攻击这篇文章'不论描写的细节和内容，都是不真实的'。这真是欺人太甚了！我忍不住，当时在会上就说，你们'把一切不符合事实的情况，完全压到鲁迅头上'！我还说明：'这篇文章我已送到鲁迅博物馆，同志们可以找来看看，在原稿上有鲁迅的亲笔，鲁迅不同意怎么发表了？发表以后鲁迅有没有登报声明说"这篇文章是冯雪峰写的，不是我写的"？'可是，在后来印发的会议发言集中，周扬们为了欺骗党、欺骗群众，把他们造谣攻击鲁迅的发言都收了进去,而我在8月14日作的辟谣的发言却不给收进去！今天我要在这里再辟一次谣。"因为周扬和冯雪峰"文革"中都已被打倒，所以她这样说到1957年党组扩大会议："周扬在这里表面上是骂右派分子冯雪峰,实际上是骂鲁迅。他们好像戏台上化妆上演的红脸杀白脸一样,

没有错。但你曾经跟胡风搞在一起反对周扬，分裂了左翼文艺界，总是严重的错误。"又说："事实上，你损害了鲁迅，也损害了周扬。"……

郭小川发言之后，有几天我未去参加大会，在家中写检查稿。我的许多反党错误，我都容易搞通思想，但1936年的事情，特别是同鲁迅有关的事情，我思想上矛盾得很，反反复复地寻找既不"损害"鲁迅，又不"损害"周扬的说法和根据。在这中间，我又找过邵荃麟一次（也可能是两次）。这一次（或两次）的谈话，现在记得清楚明确的是这几点：1.他指出我这个人保卫自己（自我保卫）的本能很强。2.只有向党向人民低头认罪，才能得到人们饶恕，个人仍有改造的前途。党对我的态度取决于我自己认识错误是否深刻。3.他说，一切应以党的利益为重。"保护鲁迅"也就是为了党的利益。不要"损害"鲁迅，不要把自己的错误"推到鲁迅头上去"。4.他说，周扬究竟是代表党的。又指出，我平日损害周扬的地方也确实不少，这毕竟是错误的态度。这一次（或两次）他大半用劝说我的语气同我谈话。特别强调指出我保卫自己的本能太强。

在台上热闹打杀一阵之后，退到后台，都成了一家人，都是资产阶级修正主义分子，都是反对毛主席的文艺路线的。这一点在会后就更加看得清楚了。会议一结束，周扬、林默涵、邵荃麟就伙同刚刚受过他们'批判'的右派分子冯雪峰，一起阴谋制作《答徐懋庸并关于抗日统一战线问题》的注释。……周扬和冯雪峰，本来就是一丘之貉，周扬骂冯雪峰，目的是打鲁迅。所以骂声未绝，马上就携起手来从事反对鲁迅的共同事业了。"

遗憾的是，许广平没有看到后来事态又有进一步的变化；"文革"结束后，周扬恢复名誉、冯雪峰也平反昭雪，他们都洗去了蒙蔽、污蔑鲁迅的恶名；许广平则仍带着"周扬和冯雪峰本来就是一丘之貉"的看法于1968年3月离开人世，冯雪峰也在"文革"尚未结束的1976年1月因癌症病逝；没有活到"我觉得也可以调查清楚的"那一天。

由于我自己没有毛主席思想，没有党性和无产阶级立场，在我最后检讨稿中对于1936年代问题，我就作了违背事实的检讨，承认了不应该承认的错误了。……我的检讨稿在9月3日晚上送给邵荃麟去看，他看时我在外面街上转了一会，回去时除他指出几个不重要的地方改了一改之外，他认为可以通过。

第二天（9月4日）第二十五次大会上，我读了我的检讨，全场没有一个人提过意见，后来听说，大家认为我的检讨比丁玲、陈企霞、艾青等人都要深刻一些。

五　一个注释和一篇文章

邵荃麟（"邵荃麟材料二"）：

党组扩大会结束以后，……周扬、林默涵向我提起要改鲁迅答徐懋庸信的"注释"问题。说信中所说的那些事实既不符合真相，就应由冯雪峰自己来改正。周扬要我找冯雪峰谈话，并要冯雪峰起草。……大概是11月间，我就找了冯雪峰谈话，把周扬的意思告诉他，要他承担责任，以免鲁迅受过，要"保卫鲁迅"等话。这当然是施加压力。冯雪峰也只好照办。……11月中旬，周扬约了我去，在林默涵的办公室里，我们三个人商量这个"注释"稿子。周扬对原稿中"作协党组扩大会上周扬夏衍等对证"这句话认为不应写入，又嫌注释太冗长，他口授意见，由林默涵当场删改。改写后又经周扬改了一下，即《红旗》刊出的稿样[37]。以后即交林默涵去办。第二天，林默涵又改动一处，我就不知道了。

---

[37] 指《红旗》1966年第9期阮铭、阮若瑛批判周扬文章所附的《鲁迅全集》第六卷注释修改稿的影本。

林默涵（1966年7月写的"交代材料"《我的罪行》）：

《鲁迅全集》第六卷的注释，是出版社编辑部按照作协党组扩大会的调子写的，还是周扬或我要他们这样写的，我也记不清了[38]。总之，

---

[38] 牛汉在《为冯雪峰辩诬》中讲到，80年代初在北京开冯雪峰学术研究会，"几个发言对冯雪峰在30年代与鲁迅的革命情谊作了热情的赞扬。坐在会场的林默涵举手插话：'我提个问题，请解答。冯雪峰是《鲁迅全集》的主持人和定稿人，在《答徐懋庸并关于抗日统一战线问题》的注释中作了歪曲事实的说明，辱没了鲁迅。这则注释是冯雪峰写的，这难道是对鲁迅友情的忠诚表现吗？请大家研讨。'（凭记忆追记，大意不错）会场上顿时哑默无声。这时，我站起来大声说：'我能解答这个问题。'……我说：'这个问题我以为不应由默涵同志提出，默涵同志应该是能够解答这个疑问的当事者，至少是熟知内情的人……'""我相信林默涵了解全部内幕情况。他不该提出这个疑问，他本应该是说明事实真相的知情人。……让我失望的是，不论周扬，还是林默涵，对这个事件，一直没有做出必要的说明和反省。"（《空旷在远方》，第275、277页，时代文艺出版社，2005年）

周扬对这个注释策划、修改的经过，似乎也记不清了。1977年10月下旬，北京鲁迅博物馆的陈漱渝访问周扬，问及注释问题，回答是："写这条注释的事我事前并不知道，但写成以后给我看了。当时觉得鲁迅注释工作一贯是雪峰主持的，而《答徐懋庸……》这篇文章又是雪峰代笔的，他为了交代自己的问题写了这条注释。《答徐懋庸……》信虽然是雪峰执笔的，但代表的是鲁迅的观点，信里还有鲁迅亲笔加上的许多话。鲁迅署名就是鲁迅的嘛。这个注释是雪峰检讨自己，实际上是批评鲁迅。我同意发表这条注释是不对的。"（陈漱渝：《周扬谈鲁迅和三十年代问题》，《百年潮》1998年第2期）

出版社把注释送给周扬,周扬就找了邵荃麟和我一道修改。原来的注释太露骨,就根据周扬的意思由我作了修改,经他自己改定后退回出版社。……修改的内容,完全是按照周扬讲的。因为三十年代时期,我在上海既没有组织关系,也没有参加左联,注释中讲到事情,如徐懋庸给鲁迅写信,事先上海地下组织不知道等等,我都毫不知情。……我给王士菁写信,要他把"上海地下党组织"改为"当时处于地下状态的中国共产党在上海文化界组织",也是周扬要我写的,理由是他只能代表文化界的组织,不能代表整个上海地下党组织。……至于抽出《鲁迅

  1975年10月,刚出狱不久的周扬,看望了已处于癌症晚期的冯雪峰。这让冯雪峰十分感动。去世后在冯的遗稿中发现了如下文字:"有一只锦鸡到另一只锦鸡那儿作客。当他们分别的时候,两只锦鸡都从自己身上拔下一根最美丽的羽毛赠给对方,以作纪念。这情景当时给一群麻雀看见了,他们加以讥笑说:'这不是完完全全的相互标榜吗?''不,麻雀们,'我不禁要说,'你们全错了。他们无论怎样总是锦鸡,总是漂亮的鸟类。他们的羽毛确实是绚烂的,而你们是什么呢?灰溜溜的麻雀!'"这段文字,被看作有关冯雪峰和周扬的寓言,也是他们冰释前嫌的标志。1979年楼适夷致信周扬时,把这则寓言抄给他。周扬回信说:"冯雪峰同志病中,我去看望了他。我预料他在人世间的日子只能以日计算了,我将和他永别。我对他说,我们相交数十年,彼此都有过过失,相互的批评中也都有说得不对或过分的地方,我们要从过去经验中吸取教训,互相砥砺。我一时抑制不住我的情感,他也被我的情感所激动。"(《周扬同志致友人的一封信》,《新文学史料》1980年第4期)这些话虽然说得恳切,让人心动,不过,50年代权力拥有者以"反党"名义所实施的那种严酷、无情的打击,仅仅以"彼此都有过过失,相互的批评中也都有说得不对或过分的地方"一笔带过,也是有点轻描淡写。

书简》中那些骂周扬的书信,我记不起是否事先问过我。即使没有问过我,也是由于那条注释引起的,我同样有罪。

冯雪峰("冯雪峰材料"):

但周扬阴谋还没有全部完成,我做了帮凶的行动也还有,那就是对鲁迅《答徐懋庸》加那一条注释的事。下面我叙述那经过。

我当时确实认为我那样检讨,承认自己的"严重错误"和"严重责任"是可以消除我过去对于周扬的"损害",也不致损害鲁迅(因为之中提到周扬的某些地方,是由我负责)。因而我在检讨稿中也自动在括弧之内加了这样一句话:"在加注释的《鲁迅全集》中,对于这篇文章,我认为应该加上明确的注释,说明事实的真相。"

我拟定注释初稿的那一大段,时间是在1957年10月间,是邵荃麟叫我拟的。我答应拟写,在我自己方面,确实没有试图减轻处分或其它"交易"的动机和目的[39],因为这是在9月16日在首都剧场开的大会之后,在大会上,陆定一已经宣布了一批划为右派分子的名字,我被放在第三名。在这次大会之后,我还找过邵荃麟一次,表示希望留在党内改造,并且有决心去长期从事体力劳动(我当时确实有这样的决心)。他说:"中宣部已讨论过了,多数人都认为你应该开除。要是不开除你,像陈涌那些人怎么处理,他们比你不严重多了。"我也找过刘白羽一次,向他表示同样的愿望。他说,还是努力改造吧,希望早一天改造好,早一天回到人民队伍里来。他又说,邓小平同志说的,个人主义,以功臣自居,骄傲得不可一世的人,留在党内改造得不好,就让他到党外去,那

---

〔39〕有关冯雪峰接受撰写注释这一事件,牛汉回忆他1959年下半年与冯雪峰的谈话中,有详细的,但也略有差别的叙述。可参见牛汉:《空旷在远方》,第276页。

样认识到错误,改好起来了。他说,邓小平同志引了一个井冈山时代的同志为例,那同志骄傲得不能碰,开除出去倒好起来了,后来又火线重新入党,现在在做某部的部长。刘白羽最后说:"希望你努力改造,将来重新回到革命队伍里来。"……

在10月间,不是邵荃麟打电话叫我拟写,就是我去看他的时候说的。……他说:"你熟一点,还是你先拟一个初稿吧。"我自己也以为我"熟一点",就拟了。现在我从《红旗》杂志今年第9期上印出来的影印打字稿上,把这段初稿照抄如下:

> 这里应该指出的,由于当时国民党反动派的造谣破坏,以及暗藏反革命分子胡风和其他坏分子在"左联"内部进行挑拨离间活动,本文中对于当时领导"左联"工作的党员作家周起应(周扬)等的指责,例如说"轻易诬陷别人为'内奸',为'反革命',为'托派'以至为'汉奸'……"等,是同事实不符的。根据1957年8月中国作家协会党组批判丁陈反党集团的扩大会议上冯雪峰的检讨以及周扬、夏衍等的对证,所谓"诬陷别人为'内奸',为'反革命',为'托派'……",完全是敌人所造的谣言。又本文中"有一个青年,不是被指为(内奸),因而所有朋友都和他隔离……"一段里所说到的两个青年,现在也已经由事实证明,一个是叛徒彭柏山(系在1955年肃反中查出),一个则也并非事实。当时新从陕北到上海而同鲁迅很接近的党员作家冯雪峰,根据他自己的检讨,对于上述这些不符事实的指责,也要负严重的责任,因为由于当时环境关系,鲁迅不可能对一切事实都进行调查和对证,而本文是他同冯雪峰商量以后发表的,冯雪峰当时却由于对周扬等采取宗派主义的态度,相信了敌人和坏分子的谣言,并没有向鲁迅进行

解释、分析和帮助他对证事实。

这段初稿,周扬、林默涵、邵荃麟等没有采用,被全部划去了。他们所以不采用,我想,也一定如《红旗》杂志上阮铭、阮若瑛两同志所分析的两个原因[40]。……我拟写的注释初稿,由周扬、林默涵、邵荃麟——据最近邵荃麟自己交代,——还有夏衍等商讨后,被全部划去,另由林默改写了一个[41],现照《红旗》杂志上的影印照抄如下:

  徐懋庸给鲁迅写的那封信,完全是他个人的错误行为,事

---

[40] 在阮铭、阮若瑛的《周扬颠倒历史的一支暗箭——评〈鲁迅全集〉第六卷的一条注释》(《红旗》杂志1966年第9期)这篇文章里,最早公布这条注释撰写、修改的过程。文章附有注释修改稿的照片,说周扬、林默涵、邵荃麟对注释稿删去一大段,改写了一段,"删去的那一段,看来是因为两个原因:一是对鲁迅的攻击太露骨,而且抬出周扬的名字公开把他放在鲁迅对立面的地位,这样对周扬不利;二是仍肯定文章是鲁迅写的,只是'同冯雪峰商量过以后发表的'。"

阮铭(1931—),1946年3月加入中国共产党,在上海从事学生运动。1948年进北平燕京大学机械工程学系,曾任燕京大学、清华大学团委书记。60年代初到1967年,在中共中央宣传部工作,"文革"初期担任中宣部文化革命委员会主任。1967年起在宁夏贺兰县农场接受监督劳动。1977年任职于中央党校,参与中共中央若干重要文件起草。1988年赴美不归,后到台湾。1997年任台湾淡江大学客座教授,2004年获聘陈水扁的"总统府国策顾问"。有评论说,他的一生,以"革命左派""造反英雄""改革先驱""民主斗士""台独分子"等多种面目出现。阮若瑛为其妻子。

[41] 邵荃麟的说法是,由周扬口授意见,林默涵当场删改。

前上海地下党组织并不知道。鲁迅的答复是冯雪峰执笔代写的,他在这篇文章中对于当时领导"左联"工作的一些党员作家采取了宗派主义的态度,做了一些不符合事实的指责。由于当时环境关系,鲁迅不可能对那些事实进行调查和对证。

这改稿,是王士菁同志拿到我家里来给我看的,说是邵荃麟的命令[42]。我看了,当时只认为把这篇文章说成为别人"执笔代写"是太不应该了,曾经带着气愤的口气对王士菁同志说过这样的话:"既然是别人代写的,又何必编进全集中去呢?"于是就拿起浓铅笔来,把"代写"两字改为"拟稿";又在第二句中"鲁迅"下加上"当时在病中,他"六字,以作别人拟稿的理由,在最后的"鲁迅"下加上"在定稿时"四字[43]。但我这样一改,虽然仍然肯定文章是鲁迅写的,可是林默涵的有意含糊笼统的原文仍在,仍然可以否定鲁迅全文的价值,以达到他们攻击鲁迅和为周扬翻案的阴谋目的。……

---

[42] 人民文学出版社当时曾给相关人士发信:"送上鲁迅著作《且介亭杂文》《且介亭杂文二集》《且介亭杂文末编》等三本注释稿,请您予以审阅。在《且介亭杂文末编》中,《答徐懋庸并关于抗日统一战线问题》的注释稿,则是由冯雪峰同志在此次批判丁、陈反党集团之后所写的。在您审阅之后请把意见提出,以便遵照修改。"在注释由周扬等改定后,邵荃麟给人民文学出版社的王士菁去信:"鲁迅全集中关于答徐懋庸一文的注释,已和周扬、默涵同志共同修改了。稿子在默涵同志处,你取回后可抄份给雪峰一阅。"

[43] 阮铭文章中,说注释稿样上"改写的一段,钢笔字是林默涵的笔迹,铅笔字是周扬亲笔"。根据冯雪峰这里的说明,铅笔字应是冯雪峰的笔迹,而非周扬笔迹。

我由于自己没有毛主席思想，没有党性和无产阶级立场[44]而做了周扬等反党阴谋的帮凶，犯了真正损害了鲁迅的历史罪行，我将另行检讨。

以上写的只是同我有关的我所知道的材料。[45]

邵荃麟（"邵荃麟材料二"）：

在57年冬天一个下雪的早上，周扬、林默涵、刘白羽、张光年和我还有一个文艺处的工作人员，带了很多材料到了西山八大处作协休养所去集体讨论修改。头一天上午由周扬讲了一个轮廓，内容很多，中心意思是这篇文章[46]不仅总结反右派斗争而且应该是总结三十多年来文艺界"两条道路斗争"。实质上就是把鲁迅的正确路线和周扬的投降主义路线根本颠倒过来。……

这天会开到下午，大家讨论了一番，……由林默涵、刘白羽、张光年三个人分头写初稿 然后由周扬综合修改。……第二天搬到万寿山饭店，在那里改了很多天。

发表后，林默涵来找我，说这篇文章很重要，中央也很重视，[47]文

---

[44] "我由于自己没有毛主席思想，没有党性和无产阶级立场"这句话，在冯雪峰的这个"交代材料"中重复出现达四五次之多。"当代"政治生活中的检讨、交代"文化"，目的是让人屈辱，摧毁其尊严；即使优秀者有时也难以抗拒。

[45] 在写这份材料的同时，冯雪峰还写了《有关1936年周扬等人的行动以及鲁迅提出"民族革命战争的大众文学"口号的经过》的材料（1966年8月撰写，1972年修订）。该材料在"文革"中就已传开。后来刊发于《新文学史料》1979年第2期。

[46] 指《文艺战线上的一场大辩论》这篇文章。

[47] 张光年1966年"文革"期间写的"交代材料"《我与周扬的关

艺界应该学习，有所响应。这样决定由文艺报召开座谈会，座谈会应认真准备发言。关于座谈要点，林默涵和我交换过意见，主要强调这篇文章是三十年来两条道路斗争的总结基础，特别是三十年代那一段的问题要加以阐明，以便作为现代文学史的参考[48]。……我是写好发言稿去谈的，袁水拍看见就要去作为专文在《人民日报》发表。

……周扬几次对我说过，要搞一论一史（文学概论和文学史）作为

系》中说，"周对于《大辩论》这篇大毒草，自己非常得意。1958年春此文临近发表的时候，一次在他家里，他对我和林默涵说：'我们的这篇文章，是有的放矢，既反对了修正主义，也反对了教条主义。不是我们自己有什么本事，这是从一次惊心动魄的斗争中提炼出来的。'又说，'这场斗争，搞清了二十多年来的一个大疑案，很不容易！'当时我也认为此文'得之不易'，又听说其中有的经主席改过，更是得意忘形……"

[48] 座谈"大辩论"的会议，于3月15日在北京召开。中国作协主要负责人、部分30年代左翼文艺运动参加者以及文学史家出席会议。在会上发言的有郑振铎、臧克家、陈荒煤、巴人、王瑶、袁水拍、艾芜、郭小川、严文井、林默涵、邵荃麟、张光年等，部分发言，刊登于《文艺报》1958年第6期"为文学艺术大跃进扫清道路"的专栏中。发言都强调周扬"大辩论"一文，不仅总结了文艺界反右派斗争，分析了斗争的历史和阶级根源，而且对"我国长期以来左翼文艺运动中的分歧和争论，也提供了一个澄清和总结的基础"。邵荃麟在发言中，特别谈到现代文学史的写作，说现在的一些现代文学史对左翼阵营中的斗争写得不清楚，关于两个口号的论争，民族形式论争，仅仅看作左翼内部学术争论，没有看作两条道路斗争；说周扬的文章"在这方面把脉络理清楚了，对写文学史有很大帮助"，特别希望写文学史的同志研究一下，"在这个基础上写出比较好的文学史来"。

建设工作,又说过,"趁三十年代的人还在,要赶紧把活材料收集起来"等话,……1959年底,中宣部召开全国文化工作会议,周扬要作协起草一个"关于加强文艺理论批评工作的建议"提交会议讨论。这个建议是由我起草,在党组讨论过的。其中就有"'十年来的中国文学'和左联以来的文学史料应在1960年内完成,争取在三年内编出有较高科学水平的中国文学史和现代文学史"等话。……1960年起,唐弢就调来编现代文学史提纲,换了多次稿。到62年秋,周扬仍叫我负责审核唐弢编写的提纲。62年11月由周扬召开一次现代文学史讨论会,讨论了这个提纲。

1960年3月,在作协由《文学评论》和《文艺报》共同召开一次纪念左联成立三十周年的座谈会,由何其芳主持。此事曾由我和周扬、林默涵谈过,并列入60年作协工作计划,由作协召集。后来林默涵主张由两个刊物联合召集,以便组织文章和搞资料,……林默涵不满意(座谈会),原拟在报上发消息,散会时林默涵说,在《文艺报》上发一简短消息即可……

甚至到了1965年我已经受批判后[49],周扬在找我去谈安排工作时,还提到要我留在作协研究三十年代文艺。可见,他的野心未死。

(刊于《文学评论》2012年第6期,收入本书个别地方有修改)

---

[49] 指因提倡"中间人物论"而受到批判,被撤销作协党组书记、作协副主席职务等处分。

1962年大连会议

1962年8月中国作协主持召开的农村题材短篇小说创作座谈会（也称大连会议），是当代文学史的重要事件。下面是有关这次会议的几份材料。它们是：会议发言记录（摘录），会议组织者和主持人邵荃麟、侯金镜在"文革"发生后，于1966年下半年撰写的"交代材料"，同时，在对上述材料注释时，也引用其他有关这次会议的资料。

"文革"开始后，邵荃麟、侯金镜等以"走资派""黑帮分子"或"修正主义分子"的身份被审查、批判。他们的"交代材料"是巨大压力下的产物，对人、事的性质认定，以及事实的真实性等方面，存在需要细心辨析以判明真伪的问题。但是，邵、侯的材料，对事实的讲述采取相对冷静、"客观"的态度，具有较高可信性：这不仅是语言、文体方面的问题，主要是另外一些可供参照的叙述，对此有所证实。本文采取将材料加以简单编排，对某些部分加入批注的方式，是试图"复现"事件的某些细节，在"历史"的"必然"中见识"偶然"，以此增加对"当代"（"十七年"）文学权力机制运作的了解，也进一步认识这个时期文学界纠结并引发冲突的问题的症结。

一、起因

　　大连会议全称为"农村题材短篇小说创作座谈会",由中国作协主持,于1962年8月2日至16日在大连召开。关于这次会议的起因,

侯金镜[1]的"交代材料":

　　(一) 1962年秋天刘白羽就计划要召开几个创作会议(包括短篇小说、诗歌、军事题材等)。这计划是在"文艺十条"和5月、7月旧中宣部召开的两次文艺工作座谈会之后制定的。其目的是为贯彻"文艺十条"及两次黑会的精神是没有问题的。[2]

---

〔1〕侯金镜(1920—1971),文艺批评家。1938年到陕北公学分校学习,毕业后在根据地和军队从事文化宣传工作。1954年起任《文艺报》副主编。也担任中国作协文艺创作研究室主任等职。著有《侯金镜文艺评论选集》。在"十七年"文艺界反资产阶级文艺路线和反教条主义的夹缝中,小心细致地致力于文学创作艺术质量的提高和作家个性的培育。1959—1961年,由他组织的有王西彦(细言)、魏金枝、洁泯等参加的关于茹志鹃作品的讨论,是"十七年"文学批评中深入涉及作家创作个性,风格的讨论。我在《当代中国文学的艺术问题》(北京大学出版社,1986年)中说,"在对作家作品的讨论中,这是当时质量最高、最显示水平的一次"(124页)。"文革"初,因为私下说林彪是"政治小丑",1968年被揭发而成为"现行反革命"。1971年8月8日,在湖北咸宁"五七干校"监督劳动时脑溢血猝死,年仅51岁。

〔2〕刘白羽当时任中国作协副主席,作协党组副书记,书记处书记。为了纠正1958年"大跃进"和1959年"反右倾"运动的失误,1961年,中共中央制定了"调整、巩固、充实、提高"的"八字方针"。文艺界也开

材料与注释

（二）1962年6月，作协党组就确定夏天在大连开这个会。在这之前，邵荃麟找过周扬和林默涵。邵荃麟传达过周扬的话，我记得是，周扬说，"现在国内经济困难更严重了"，"人民公社、大跃进这样的新事物，需要经过反复实践来证明到底是不是正确的"。周扬又提出"发扬民主，加强团结，活跃创作，提高质量"的方针。这个黑方针，后来写在作协1962年一年半的计划中。

大连会议之前，邵荃麟也找过林默涵。邵荃麟说在刘白羽家里碰到林默涵几次。这一年4月见到林默涵时，林说，困难还没过去。在七千人大会时，林默涵在小组会上发言，批评文艺工作中的"简单粗暴"。林默涵还强调作协要搞创作讨论会，还要做团结党内外知识分子的工作。[3]

（三）6月，黑党组确定要开大连会议。这时候我和邵荃麟的政治观点是一致的。……邵荃麟自1961年就一再宣传"农民不是没有粮食，而是对党的政策不满意，抵抗，不把粮食拿出来"，表露了对总路线、三

始从1958年的狂热中"退却"，包括召开多次调整、纠正"左倾"的会议，发表《题材问题》的《文艺报》专论，制定并通过《关于当前文学艺术工作若干问题的意见》的指导性文件等。"意见"1961年5月初稿共十条，故称"文艺十条"，定稿时改订为八条，简称"文艺八条"。其核心内容为处理文艺与政治之间的紧张关系，从创作主体、题材，风格等方面，为文学的"自律"留出较多空间。

[3]"七千人大会"指1962年1月中共中央召开的有七千人参加的扩大的中央工作会议。林默涵（1913—2008）时任中宣部副部长，主管文艺及出版，也是文化部副部长、中国文联副主席。因为中国作协直属中宣部领导，故有邵荃麟在召开大连会议之前，找过周扬、林默涵，他们也发表"指导性"意见的这些情况。

面红旗的反对态度,也就是他在大连会议上讲的:"农民要单干,就是因为对于国家保障他的利益不放心。"

约在1962年5月,邵荃麟听了陈云在国务院部委党组书记的会议上的报告之后,就神色不安,忧心忡忡。会下他向我说过好几次,"情况严重,要加强团结,同渡难关"。

(四)通过谈文学创作,我和邵荃麟在反动的文艺观点上达到一致。……邵荃麟提出,要反对短篇小说的浮夸风和粉饰现实(指歌颂大跃进作品),要强调现实主义,写农民在集体化中改造的困难等。邵荃麟提出写英雄人物的现实性不够,揭露矛盾不够,因而"战斗性"也就不够。这一方面是要揭露"阴暗面",写反党反社会主义的毒草;另一方面是反对毛主席提出的两结合的创作方法。

这些话都是在1962年5月到7月,在讨论《文艺报》工作,讨论59到61年三年短篇小说选,或在邵荃麟家里谈话时谈的,而且这些话都不止谈一次[4]。

邵荃麟的"交代材料":

1962年4月,我从青岛养病回来后,不久就去看周扬。当时我在国家三年困难时期中,心境极其阴暗,对三面红旗产生了强烈的动摇和怀疑。我告诉他,现在一些作家碰到的一个主要问题,就是不敢写人民内

---

[4] 中国作协主持编选的全国文学创作年度选本,最早是1953·9—1955·12的选本,出版于1956年,分别有短篇小说、诗、散文特写、独幕剧、儿童文学等文类。从1956年起到1958年,逐年出版年度选本。1959年由于政治、文学形势的变化暂停编选。1961年中国作协计划恢复,确定先出版1959—1961年的三年合编本,以后仍逐年编选。后来只出版了"1959—1961散文特写选"(周立波主编)一种,其他文类选本均流产。

部矛盾，尤其在目前困难时期，像马烽、李准等都很少写短篇了，刊物感到组稿很困难。这个问题很值得专门讨论一下。……

这次谈话完全符合我的思想。虽然这时我还没有具体考虑开创作会议的计划，但这次谈话却为后来召开大连会议的意图打下了初步基础。

根据我当时思想状况和周扬、林默涵的谈话，又和党组同志交换了意见，于是我就起草了一个"1962年至63年一年半工作计划"，和一个"作协工作制度和工作方法"的草案，提出"发扬民主，加强团结，活跃创作，提高质量"的十六字方针。在计划中，拟定了要开一系列的创作座谈会。农村题材短篇小说座谈会的计划就是这时提出来的。

作协一年半工作计划初步拟定后，由我同严文井去向周扬汇报。周扬完全同意。我告诉他准备夏季先开农村题材的短篇小说座谈会，以讨论如何反映农村人民内部矛盾为中心，他也赞成。[5]

7月间，我又去看他一次。这时大连会议已经有了个初步计划，想听听他的意见。我把关于国家利益、集体利益、个人利益的主要矛盾看法告诉了他，并说，这种矛盾反映在农民思想意识上就是集体主义与小农思想的矛盾。小农思想是个大问题。赵树理、李准、马烽等许多小说实际上就是这个问题。周扬却认为主要矛盾是领导与被领导的矛盾。其实内容都是一样，即党与群众的矛盾，所以我也吸收了他的意见。

我也向他谈了写人物的问题。我说我最近看了一百多篇近年来的

---

[5] 这里的"党组"，指中国作协党组，邵荃麟当时任党组书记，刘白羽任副书记。党组成员还有张天翼、严文井、张光年等。关于最早提出召开包括大连会议在内的创作会议者，这里的说法与侯金镜有所不同。但可以肯定的是，座谈会的召开，讨论的问题，都是与周扬、林默涵交换过，并得到他们认同的。他们与邵荃麟对形势的估计，和文学创作存在问题的判断，也没有什么不同。

短篇小说，特别感觉人物的类型很少，有些千篇一律。[6]我说不通过人物多样化，只讲题材多样化是不能解决问题。八条[7]中既然讲要写正面人物反面人物，为什么不能写中间状态的人物呢？……周扬对我的意见表示同意。

我去大连前几天，因刘白羽患病，我到他家去看他。林默涵也在那里。出来后，我们两人在院子里，我告诉他拟讨论的项目，即侯金镜拟定的四项议程，他表示赞成。

我和周扬、林默涵谈话后，曾几次找了赵树理、马烽等谈农村形势和创作上如何反映的问题。

听了周扬、林默涵和赵树理等的谈话，我自己又从《内部参考》《宣教动态》[8]等内部刊物上看到一些反面的或片面性的关于农村情况的材料，这时我对三面红旗，从动摇、怀疑发展到对立的情绪，并且和写"中间人物""现实主义深化"等资产阶级文艺观点结合起来，形成了系统的修正主义文艺思想。

---

[6]"看了一百多篇"委实让人感慨。在"十七年"中，邵荃麟等的身份已不仅是作家、批评家，其多层角色中，更重要的是文化官员。不过，其对文学事业的执着，学识和艺术感觉的水准，努力在有限空间里争取文学的理想前景的焦虑和责任心，这些绝不是今天的文化官员可以相提并论的。

[7]指中国作协通过的"文艺八条"（《关于当前文学艺术工作若干问题的意见》）。

[8]《内部参考》为新华通讯社主办的内部刊物,《宣教动态》为中宣部主办的内部刊物。它们供中央领导人和高级干部了解那些不让普通百姓知情的国内外政治、经济、文化情况，刊登不在公开报刊发表的文章。均属党内机密文件。

二、座谈会准备

侯金镜材料：

（五）对于大连会议的策划和准备工作

甲　去大连之前，7月初，在邵荃麟家里邵和我就商量定，在会上，1. **讨论怎样反映人民内部矛盾问题**[9]，就是写所谓国家、集体、个人的矛盾……2. 讨论怎样描写克服困难，实际上是讨论写揭露阴暗面的作品。3. 在会上要"发扬民主，解除顾虑"，在一段时间先谈谈农村形势和情况。实际上就是发动到会者对总路线、三面红旗发泄不满情绪并进行攻击。

乙　准备了两篇作品对会议做"启发"和"示范"。邵荃麟提出《赖大嫂》，做"中间人物"的一个标本，作为所谓当时"党和人民群众矛盾"的一个标本；我提供了《"老坚决"外传》作为写"顶风人物"（就是反党"英雄"）的标本[10]。

---

[9] 所谓写"内部矛盾"，1959年曾有一次集中讨论，该年《长江文艺》针对"大跃进"期间文艺创作公式化、无冲突论倾向提出反省，发表了《文艺要描写矛盾斗争》（于黑丁），《文学作品正确反映人民内部矛盾问题》（胡青坡），《站在斗争的最前列》（赵寻）等文章。但在"反右倾"运动中受到批判。1960年第4期《文艺报》刊发了许道琦（湖北省委宣传部部长）《驳于黑丁关于文学创作如何反映人民内部矛盾的谬论》的批判文章。

[10]《赖大嫂》，短篇小说，西戎著。原载《人民文学》1962年第7期，收入西戎小说集《丰产记》（作家出版社，1963年）。写一个"无利不早起"的农村落后妇女及其转变。这个短篇在后来"写'中间人物'论"的批判中，被看作写"中间人物"的"标本"。邵荃麟的"标本"的说法，来

丙　邵荃麟带了几本有反面材料的《宣教动态》,到会上给大家传阅。他拿给我看,我也同意传阅……这几份《宣教动态》也是对会议上反党反社会主义起煽风点火的作用的。

三、参加人选

侯金镜材料:

丁　拉茅盾来一起参与大连黑会的领导

1. 邵荃麟……拉茅盾来参加会,事先有个组织准备,这就是《作家协会书记处的工作方法和工作制度》。其中规定加大书记处的权力,加大第一书记,也就是茅盾的权力。邵荃麟事先和周扬商定好所谓改进作协工作的新精神,贯彻周扬"发扬民主,加强团结,活跃创作,提高质量"的修正主义方针。这文件是在 1962 年 4 月由邵荃麟口授提纲,我写第一遍稿,然后又由邵荃麟修改两三次,才提交党组会讨论通过,又提交书记处讨论通过(我估计这文件一定经过林默涵看过,否则不会拿到书记处讨论的)。这个文件发表在《作家通讯》上,企图影响各分会的工作路线和组织路线。有这个文件,大连会议就一定得拉茅盾参加,

---

自 1964 年批判《赖大嫂》的一篇文章:《"写中间人物"的一个标本》(紫兮,《文艺报》1964 年 11—12 期合刊)。《"老坚决"外传》,作者张庆田,原载《河北文学》1962 年第 7 期。写"大跃进"期间,一个坚持实事求是的农村基层干部对浮夸风的抵制。"老坚决"是这个人物的绰号。

在这期间,邵荃麟一直使用国家利益、集体利益和个人利益的矛盾的说法,并未使用"党和人民群众矛盾"。侯金镜这里的概括,倒是更接近周扬当时提出的"领导与被领导的矛盾"。后面这个归纳,在那种环境中,显然更容易被上纲到"反党""反社会主义"的高度。

一定得和茅盾共同"领导"这个会了。

2. 邵荃麟在去大连之前，找过茅盾。因为茅盾要去大连休养，才确定会在大连开的。[11]

3. 茅盾在参加大连会议之前，曾参加裁军会议的代表团，曾犯了极其严重的政治错误，茅盾向苏修讨好，吹捧二十二大，附和苏修分子苏尔科夫，攻击亚非作家会议常设局的森纳那亚克。[12]他不和中国代表

---

〔11〕茅盾是中国作协主席，但他是非党作家，在中国作协的机构中其实没有实权，权力核心是作协党组。这种机制及其运作方式，既体现于作协日常工作，更体现在开展的运动中。如1957年批判丁陈反党集团事件的策划与实施（参见洪子诚《1956：百花时代》的相关章节）。茅盾自然也明白他的位置。他在1979年9月曾著文感谢："作协第二次会议时的报告，我起草后，经过荃麟同志的详细修改，这才定稿的。……批判胡风思想时的文章，我的第一稿请他看后，他觉得没有抓住要点，对我作了详细的解释。于是我据以写第二稿，他看了很满意，说……可以送出去了。"（见《邵荃麟评论选集》代序《沉痛哀悼邵荃麟同志》，第2—4页，人民文学出版社，1981年）因茅盾暑期的行踪而决定会议召开地点的说法，为茅盾本人证实："大连会议是邵荃麟同志知道我打算到大连度暑期，因而就我的方便，把会议地址决定在大连。"（亦见《邵荃麟评论选集》代序）

〔12〕1962年7月，世界和平理事会在莫斯科举行争取普遍裁军与和平大会。世界和平理事会成立于1950年的第二届世界保卫和平大会上。世界保卫和平大会是二战后由欧洲的左翼知识分子发起的民间组织，与社会主义阵营关系密切，甚至也可以说是社会主义阵营的"外围组织"。该组织成员均为知识分子、作家艺术家，因此，这次会议中国代表团团长由茅盾担任。代表团团员有王力、金仲华、朱子奇等。该组织后来为苏联所控制。中苏关系的紧张和破裂，也在这个"民间组织"中得到反映。

团任何人商量就同意苏尔科夫的倡议,举行亚非作家会见会,目的是攻击亚非作家会议常设局。这是向苏修投降,出卖亚非进步作家的罪行。因此,陈毅副总理决定取消他赴朝代表团团长的资格(这情况,是在大连会议中邵荃麟找周扬谈茅盾情况,我才知道的)。但邵荃麟仍拉他来参加会。这就使大连会议形成了一个有右派民主人士参与的党内外反对总路线三面红旗的反革命统一战线。

(六)参加大连会议人选的策划

准备大连会议的时候,邵荃麟和我商定,参加会的人先以北方的作家为主(否则人会太多),以后再开南方作家的会。[13] 参加会议的名

周恩来指定王力为茅盾起草发言稿。在中苏关系已经恶化,苏联被看作修正主义,但矛盾尚未公开化的时候,茅盾的发言和其他表现,被认为是软弱,犯了右倾错误。毛泽东批评中国代表团在裁军大会上的做法是"脱离了左派,加强了右派,增加了中间派的动摇"。茅盾作为"书生",在这一事件中表现了介入他不明究竟的"政治"的尴尬。苏尔科夫(1899—1983),苏联诗人。1959年起担任苏联作家协会理事会第一书记。森纳那亚克,斯里兰卡作家,当时任亚非作家会议常设局秘书长。他在分裂的中苏之间,持靠拢中国的立场。

〔13〕大连会议参加者除邵荃麟、茅盾、侯金镜外,有赵树理、周立波、康濯、李准、西戎、李束为、李满天、马加、方冰、陈笑雨、胡采、李曙光(黎之)等。原定有刘澍德,但因故没有出席。陈笑雨(1917—1966),杂文家、文学评论家,50年代任《文艺报》副主编,《新观察》主编,大连会议期间任《人民日报》编委、文艺部主任,"文革"初期被批斗受辱,于1966年8月24日投水自尽,时年49岁。李曙光,笔名黎之,当时在中宣部文艺处任职。参加会议的短篇小说作家确以北方作家为主(虽也列入周立波、刘澍德等"南方"作家)。其实在"当代",农村题材小说主要成就以"北方"

材料与注释

单是我开出,交给邵荃麟确定的。后来有一个变化,是原确定山西有马烽,山西文联换成了束为。后来在大连临时确定方冰参加(因方冰在大连工作,是地方文化方面的"主人")。但是把这些牛鬼蛇神凑在一起,在邵荃麟和我是有一个共同的动机的:

一个赵树理。他在1961年写了《实干家潘永福》,我曾写文章吹捧。1959年他因反对大跃进、人民公社受了批判。到1960年底以后,邵荃麟和我都有为赵树理翻案的思想。[14]同时认为赵树理"了解农

(晋陕冀豫:指作家主要生活地域,和小说取材地域)作家为主:这表现了"当代"农村小说与"解放区"小说之间在表现地域和艺术风格上的延续关系。

[14]《实干家潘永福》刊于《人民文学》1961年第4期。写一个农村基层干部从抗日战争到1960年的先进事迹,突出他"实干"的精神和行事风格:在有关群众生产、生活问题上,"没有一个关节不是从'实'利出发的,而且凡与'实'利略有抵触,绝不会被他忽略过去"。这是针对"大跃进"浮夸风所作的侧面针砭。侯金镜在1961年第5期的《文艺报》上,以笔名撰文推荐,称它"从密切地联系群众,求实精神,一切从调查研究出发的实事求是作风等方面来为潘永福立传";"用事实本身作证,越朴实,越真切,越能达到它的教育目的"(卞易:《实干家潘永福》)。

"为赵树理翻案":赵树理在1957年,特别是1958年人民公社化之后,为当时的农村政策违背、破坏农业生产规律而忧虑,多次写信、写文章向高层领导揭露农村存在问题,并提出政策上的建议,如1959年给邵荃麟的信,1959年给《红旗》杂志写的文章《公社应该如何领导农业生产之我见》等。因为对"大跃进"的浮夸风,对公社所有制和分配制度等的质疑,1959年"反右倾"运动中,在中国作协内部受到批判。情况详见陈徒手《人有病,天知否——1949年后中国文坛纪实》(人民文学出版社,2000年)

村",让他在会上多谈谈农村的情况(就是放毒)。也为了"鼓励"赵树理再多写些《实干家潘永福》式的作品。在大连会议开始时的一两天,邵荃麟向我说,"老赵对农村问题有很多好见解,他懂得农村,要他多谈谈"。明知道赵树理的论调是右倾机会主义的,还叫我去动员他,明明是怂恿他放毒,鼓励他反党、反社会主义。

二是选择山西作家[15],这是因为他们在1960年向刘白羽叫嚷过

一书的相关章节。邵荃麟在这次会议的讲话(8月7日)中说:"在现实性方面,我们的有些作品也达到相当的深度,有些作家对农村斗争的长期性,复杂性,艰苦性有深刻的认识。会上对赵树理的创作一致赞扬,认为前几年对老赵创作的估计不足,这说明老赵对农村的问题认识是比较深刻的。"周扬1980年为《赵树理文集》(工人出版社,1980年)写的序中说,"1959年,我们党内发生了反'右倾机会主义'的斗争,赵树理同志在中国作家协会,曾为此受到了一些同志对他的不公正评判,但他并没有因此而耿耿于怀,同批判过他的同志还是和睦相处。1962年,在中国作家协会在大连召开的讨论农村题材的创作座谈会上,我曾为此称赞了赵树理同志这种正确对待自己和对待同志的态度。"

[15] 侯金镜这里说的"山西作家"可能只是一般指作家地域身份。但是,在"十七年","山西作家"从文学观念,创作方法,以及与此相关的社会政治观等方面,具有某种"流派"的内涵。60年代初,在"浪漫主义"退潮,"现实主义"受到重视的时候,强调创作的现实深度和对生活矛盾揭示的邵荃麟、侯金镜,重视"山西作家"有充分理由。那时,农村题材小说作家存在艺术倾向不同的"群体",一是赵树理、马烽等的山西作家,另一是柳青、王汶石等的陕西作家。他们在表现中国农村的"现代化"进程的时候,前者更重视生活的"本来样态",重视乡土传统的继承,艺术方法也更多接受"本土"小说资源;后者则强调理想、浪漫精神、英雄主义,

材料与注释

"无法区别共产主义风格和共产风,小说没法写";又说创作时心理紧张,不敢写。同时他们也熟悉农村情况。这样才找他们参加会,要解除他们的紧张心理,大胆"揭露"生活中的"问题"。(侯金镜另一份材料写道:"1960年10月去太原,主要休养,也搜集反党材料,与马烽、西戎等谈话。马烽、束为说,'共产主义风格与共产风没法区别,作品不好写'。我看他们有顾虑,没有深谈。马烽还说,'过去写的作品不能看了,觉得对不起农民'。这些,邵荃麟、张光年都知道。")

三是选择李凖。他过去是写英雄人物的,在群众中影响很大。那么,要他参加会,影响他来写"人民内部矛盾"和"克服困难"的作品。同时他也了解农村。事实上也是"鼓励"他写毒草。

四是康濯。他是个臭名昭著的投机分子[16],可是仍然选择他来参加

概括时代精神、历史本质的抱负。这在柳青《创业史》、杜鹏程和王汶石的短篇中可以看到。

〔16〕康濯(1920—1991),湖南湘阴人。1938年去延安进鲁艺学习。50—60年代,任《文艺报》编委,作协书记处书记,河北文联副主席等职。作品有短篇《我的两家房东》,中篇《水滴石穿》,长篇《东方红》等。对康濯在批判萧也牧、批判丁陈"反党小集团"、反右,和"大跃进""反右倾"等运动中的表现,存在一些争议。他的忽左忽右为批评者所指责。1958年,康濯以河北省文联副主席身份在徐水县挂职县委副书记。当年,他撰写了二十多篇通讯(结集为《毛主席来到了徐水》),报道徐水创办人民公社、全民皆兵、实行供给制、创办大学、"发射"亩产小麦12万斤"高产卫星"、大炼钢铁、成立集体食堂"吃饭不要钱",以及毛泽东,刘少奇及各界名人视察徐水的种种情况,其中,在《人民日报》发表的长篇通讯《徐水人民公社颂》《毛主席来到了徐水》等最为著名。在徐水成为全国"大跃进"、人民公社运动的"旗帜"的宣传中,康濯起到重要作用。

会。原因是他在徐水"左"右翻了几个跟斗,所以"了解"问题一定多。

以上情况,虽然邵和我都没有摊开来谈,但内心里这些想法都是共同的。因为我提出的名单,邵荃麟没有提过任何一点不同的意见。

四、周扬与会议

会议从8月2日开到16日,每天上午半天;下午晚上休息。在茅盾的开场白之后,邵荃麟对会议议题等作了长篇发言。

侯金镜材料:

会议开始时,(一)邵荃麟向党员作家说明,茅盾是书记处第一书记,请大家发言时不要有顾虑。(二)邵荃麟又宣布"三不主义"……邵荃麟在会前也向赵树理打过气,鼓励他做反党的发言。

周扬到大连时间比较晚,大概是8月7、8日才到的。(一)第一次邵荃麟和我找周扬,主要是邵荃麟谈茅盾出国时所犯的政治错误,商议怎样处理的问题。周扬说最好是由总理或陈总找茅盾谈一次话。然后邵荃麟向他汇报会上讨论农村形势的情况,举了赵树理、李准、西戎、李束为谈的农村情况作例子。周扬说,好嘛,作家开会不要只谈创作,也要议论议论国家的大事情,互相之间通通气,交流交流。这些黑话,也就又鼓励了我们开这反党、反社会主义、反毛泽东思想(黑会)的勇气。(二)第二天,邵荃麟和我找周扬,向周扬汇报讨论创作问题的情况。这次向周扬提出大家反映写当前生活作品的困难,如"共产主义和共产风如何区别","写批评缺点的作品行不行","这一段时间具体政策变化比较大,不好写"等等。周扬只着重谈了一个问题,就是"投鼠忌器",这就是鼓励大家写批评(反党反社会主义)的作品,又提到不要用文学作品反映具体政策。然后周扬约定在会上讲话的时间,然后他就在会上

材料与注释

做了那篇非常反动的讲话。[17]

---

〔17〕周扬作"非常反动"的讲话,是在8月10日上午。讲话的记录稿全文,收入《周扬在文化艺术方面的反革命修正主义言论汇编》(首都革命文艺造反总部、文化部机关延安红旗总团、首都出版系统革命造反委员会、北京大学文化革命委员会资料组合编,1967年5月内部印行)。目前收入《周扬文集》第4卷(人民文学出版社,1991年)的《在大连创作座谈会上的讲话》,对记录稿做了许多删改。最大改动是删去约三四千字的谈当时国内经济情况,特别是农村形势的部分,包括对当时困难程度的估计,对"大跃进"的看法,对农村单干、包产到户等的态度等。其他谈及文学创作部分,文字也在基本尊重原意的基础上,做了修改或删节。如谈到不管是经济,还是文教,在统一、集体的前提下应该给"自由"留出一定空间时,删去"有点自留地,自由市场,我看不一定很坏,不要那么害怕。留一点自由也许还有好处,搞得那么死,不一定好……世界上没有那么纯粹的东西,你没有一点自由,反而保卫不了社会主义……"在谈及办专门发表揭露消极现象的、批评性作品的内部刊物时,删去"作品没有愤怒,搞个有愤怒的作品。我看过去的作品都是有愤怒,现在也发一点愤怒,也许有好作品"。在谈到作家应该写自己所见,所感,所信的东西时,删去:"如果临时作一点宣传鼓动,那还是应该做的,尽管他不同意,党要你工作,你还是应该工作。至于创作,又没有非要你反映不可,你一定要看到、真正感觉到的再写,这样对党对人民对自己都负责。如果与党的观点没有矛盾,可以配合,有出入再看一下,把问题搞清楚,这就是党性,对党讲真话。作家、科学家,发现工作中有缺点一定应该提出来,但不随便议论,如果有距离,可以不写,保留一个时期,看一个时期,忠实于生活,忠实于真理,忠实于客观事物。"

邵荃麟的材料：

会议具体计划主要是四项议程：1. 先让作家们谈谈农村形势；2. 如何反映农村人民内部矛盾……而以写人民内部矛盾为中心。其次是开会方式，实行"三不主义"（不打棍子，不出帽子，不抓辫子），让大家敞开心来交谈。

会议期间有个临时的核心组作为领导。由我，侯金镜，陈笑雨（《人民日报》），李曙光（中宣部文艺处）四人组成。

会议开始时，周扬从沈阳知道后，即在安波陪同下赶到大连来。第二天，我和侯金镜去汇报，主要谈会议准备如何开，以及我讲话的要点。在谈到创作问题时，我记得还是谈到中间人物的。……在他讲话之前，我和侯金镜又去汇报了一次。在他离开大连那天，我们到车站去送他，他又叮嘱我要办内部刊物[18]。

五、讲话和发言摘录

这次会议的发言记录十分详细；记录人为唐达成和涂光群[19]。赵

---

[18] 周扬在这次会议的讲话中说："是不是我们也办一个内部刊物，作协先办一个……新华社办一个内部刊物，尽是讲消极现象。长篇短篇也行，没有什么恶意，我们都替他担保。我看搞一个内部刊物，发表一点作品。作品讲缺点错误、问题。另外搞一个内部理论刊物，各种党的政策都在这上面讨论，搞个自由市场渠道多一点。一般的人看不到。印一千本，搞文教的领导干部、著名的作家、艺术家看看。"（据讲话记录稿）1962年下半年，中国形势突变，办内部刊物自然化为泡影。

[19] 涂光群，1933年生，50—60年代在《人民文学》杂志和中国作协创作研究室工作。唐达成（1928—1999），笔名唐挚。1957年曾在《文

材料与注释

树理在会上的发言(包括插话)已经整理公开发表,见《赵树理文集》第四卷(工人出版社、山西大学合编,工人出版社,1980年)。《文集》出版说明称,"我们在编辑时除极个别的错字加以改正外,一般未作变动"[20]:对照原记录稿,这个说明是基本可信的。我在下面摘录的是他的部分发言,主要涉及农村形势和相关创作问题。虽然赵树理发言已发表,但他是这次会议最重要的发言者之一,故仍摘引其中一些部分。

艺报》上发表与周扬商榷的文章(《繁琐公式可以指导创作吗?——与周扬同志商榷几个关于创造英雄人物的论点》,《文艺报》1957年第10号,6月9日出版,署名唐挚)等问题,被划为右派分子。《唐达成文坛风雨五十年》(陈为人著,溪流出版社,2005年)中,引述陈丹晨的讲述是:"我因为写文章,就把大连会议的材料调出来。里面是两个人的记录笔迹:一个是唐达成,还有一个是涂光群。两个人记的很详细。"(第83页)唐达成1948年毕业于中国新闻专科学校新闻系,曾是新华社新闻训练班学员,练过速记。《唐达成文坛风雨五十年》一书还说到,在七千人大会后,1961年唐达成摘了右派帽子,"被爱才惜才的侯金镜吸纳到作协创作研究室工作",侯金镜是研究室主任。1964年中国作协开始批判"写'中间人物'论",唐达成因为是会议记录人,又曾是右派分子,被牵扯进去:"当时掌握作协生杀予夺大权的主要负责人一声令下:'像唐达成这样和大连会议"有牵连"的人,不能留在北京。'于是唐达成被毫不留情地逐出京门,流放到娘子关外。"(第82页)掌握生杀大权的"主要负责人",《唐达成文坛风雨五十年》中说是党组副书记刘白羽。

[20]《赵树理文集》第一卷《出版说明》。但也有个别字句做了不损害原意的改动,如"洋火"改为"火柴"等。

（一）邵荃麟的三次讲话

作为会议主持人，邵荃麟除了零星插话之外，有三次讲话，分别是 8 月 2 日，8 月 7 日和会议结束时的 8 月 14 日。这三次讲话收入《邵荃麟评论选集》（人民文学出版社，1981 年）中，被编排在一起，没有加以区分，只在最后注明"1962 年 8 月"的时间。[21] 在这三次讲话中，有关文学创作问题，邵荃麟特别关注题材、人物的多样化，强调要表现人民内部矛盾，写农村社会主义改造的长期性、复杂性，这样才有现实深度，

---

[21] 收入《邵荃麟评论选集》上册的《在大连"农村题材短篇小说创作座谈会"上的讲话》，由黄秋耘、查国华编辑。它们被合并在一起，给人以为是一次讲话的误解。与原记录对照，除了为准确而修改个别词语外，基本忠实于原记录稿。但也有极个别地方因疏忽导致有实质性的差错。如邵荃麟谈到创作题材多样性时，《邵荃麟评论集》为"上海今年也提出多样性与战斗性的矛盾"，记录稿是："上海今年也提出题材多样性与战斗性是矛盾，这当然是不对的"。从邵荃麟原话看，他已表露了对上海"激进派"主张的不满；后来他与上海柯庆施、张春桥等在"写十三年"等问题上的冲突，这里已显端倪。《评论集》的改动，显然有违邵荃麟的原意。

另外，邵荃麟谈及苏联和东欧社会主义国家的农业问题的部分也被删去，可能是认为这些部分与"文学"无关。但在中国"当代"，"文学"与国际、国内政治经济的关系直接且胶着，构成无法分割的状态。被删去的还包括在邵荃麟讲这些问题时茅盾的长篇插话。邵荃麟和茅盾都认为，苏联从 20 年代开始到现在，农业问题一直没有解决；波兰农业的情况也很严重。因为茅盾刚参加在莫斯科的裁军会议归来，就多次谈到苏联粮食、副食品供应，以及农村自留地等的情况。作为对比，邵荃麟和茅盾都认为中国现在提出"以农业为基础"，是找到了经济发展的规律和正确道路。

材料与注释

也才有"战斗性"。下面这些话针对当时创作问题而发,它们后来反复被征引加以批判:

* * *

回避矛盾不可能现实主义,没有现实主义为基础,也谈不到浪漫主义。(8月2日讲话)

强调先进人物、英雄人物是应该的,英雄人物反映我们时代的精神的,但整个说来,反映中间状态的人物比较少,两头小中间大,好的坏的人都比较少,广大的各阶层是中间的,描写他们是很重要的。矛盾点往往集中在这些人身上。我觉得梁三老汉比梁生宝写得好,……(8月2日讲话)

现实主义是我们创作的基础,没有现实主义就没有浪漫主义,我们的创作应该向现实生活突进一步,扎扎实实地反映出现实。……现实主义深化,在这个基础上产生强大的浪漫主义,从这里去寻求两结合的道路。(8月14日讲话)

从大量中概括出来的也应该是典型,否则,只写萌芽,路子就窄了。无论萌芽也好,大量存在的也好,必须是在生活土壤中产生出来的……(8月14日讲话)

(二)会议部分发言摘要

1962年8月2日

邵荃麟、侯金镜都认为赵树理了解农村,就鼓动他在会上多谈。因此,8月2日在邵荃麟讲话之后,赵树理有长篇发言。

赵树理:(认为农村的浮夸风从1953年就已经开始)统购以后,对子愈贴愈窄,以后三个门贴一个对子,结果窗纸也糊不上,只好补补,只过眼前了。他们说是劳改队,日子愈过愈困难。过年,洋火买不上。

一个县城，十味药，十有八成买不到，当归也买不到。这是58年以后，（东西）愈来愈少，少得不像话。分了钱，只能买包花椒面，人把日子过成这样，就没有情绪生产。

……钱，农民也是要的，还是要买些东西。60年过年，是二两红糖，四两海带，几个门窗分几张纸，一户半斤煤油，两包洋火，有的农民因为半斤煤油闹分家。农民是觉得所有生产资料入了社，没钱就向社里要。说你账上没钱了，他不管。过去中农户有时能省也省一点，现在不了，也不省，说用就用，没有就借，就成超支户，几年也还不清。劳力少的，本来要省点，现在他就不了。别人买什么，他也买什么。有时超过一两百块钱。劳力少的过共产主义生活，没有就跟国家要，劳力多的过的是社会主义生活。

我们说话舌头软。麦子快成熟了，公社去核产，核算了，到收秋后，还不叫分配，还要到社里批再分，结果大量瞒产……

西戎：今年不同，层层隐瞒，层层抗拒，但粮食在，社会财富在。

赵树理：顶风[22]也是自然的。……顶风的，他受很大批评，但是他说不少理由。如果他是勤勤恳恳建设社会主义，他总是要顶的。软顶硬顶，能顶多少顶多少。因为要收豆子，有的地方把锅子搬到工地上去，不去也不行，孩子回来没饭吃，他就哭了。这些干部是怎么想的呢？怎么能把锅子也搬了呢？孩子也不管了。刮"五风"，有些是顶不住，顶多少也好。这些不顶的干部也助长了政策上的毛病。

物资保证没有，光凭思想教育是不行的。辛辛苦苦一年，过年过不

---

〔22〕"顶风"，指抵制1958年"大跃进"期间发生的"官僚主义、强迫命令、瞎指挥、浮夸风、共产风"（俗称"五风"）的不良风气；主要指农村一些基层干部，如下面发言讲到的瞒产，争取代表落后的"蓝旗"，以保护农村实际利益。

成，那是说不过去的。你搞油坊吗，东西在那里，他挨点饿也放心，否则他就没意思。最缺的是穿，吃的东西，马马虎虎过得去，穿有时过不去。土布现在农民又织起来了，不织过不去。

茅盾：粗碗也不够。

赵树理：盖小高炉，做耐火砖去了。锅，晋东南还可以买，北京要开证明。

茅盾：60年要买个鸡毛掸子不容易，因为扫风箱去了。

赵树理：扫帚也没人做了。

茅盾：国产打火机，香港有的是。

荃麟：民主生活怎么样？

方冰：那是上面指定的，大家举手。

赵树理：社会主义前途教育，实在难说得具体。不说电灯电话，也没得说的。有些人留恋过去，一度发财，一度倒运。只想发财的，他看见有些中农变富农，富农变地主，他有实例。我们有的人乱说一通。过去农民打算十年，一辈子总有个打算，现在不知道打算。只能原则上说，也不解决问题。机械化也不知道适用不适用，没有个盼头。

集体化优越性，整五风整掉了，不敢讲了。……现在这种统购，只和集体联系，不和私人见面，所以他感不到卖粮的需要，只和大队要。过去要花钱就卖粮，现在不够吃就怨大队卖得多了。可是不想自己花钱是哪里来，这个问题重要解决一下。

1962年8月3日

康濯：中国农村情况不同，要求的程度不会完全一样。而我们那时（指58年）一般化的对待就不对。农民有两面性，那时是颇狂热的，很难避免些问题。问题更严重的是59年反右倾以后，那时狂热性更大了，主要的不是农民而是我们干部。

……老区有不少队是顶住风了的。平山县有个队老去争取蓝旗，使人不太注意，还有个队是"鼓足干劲，力争下游"。总的说，情况是60年最坏，下乡简直没有法子。农民总的说思想情况还是不稳定的。有四条原因。头一条农民搞不清楚这几年为什么这样干。有个农民很相信党，引老区土改的例子，那时有的阶级划不下来，农民很不稳定，二三年才稳定下来。聪明人不太恐慌，是相信党的政策的。现在聪明人又向农民做解释了。但到60年没有一个聪明人能解释这个问题，连他的牢骚也特别多。第二个原因是破坏力太大，农业恢复非常慢，恢复不了。……有很多老区老是缓不过来，人饿死病死，往外逃荒要饭的非常多，使好点的地区也不稳定。第三个原因，国家城市和机关干部加在农民头上的包袱，我们国家还没有主动卸掉……

茅盾：那时是暴发户心理。

荃麟：这是工农业矛盾。

康濯：解铃还需系铃人。还有些引起农民反感的，就是城市。自由市场有些农民是报复心理，碰到你漫天要价。第四个原因，有些政策老定不下来，……社会主义计划经济与农民生活，生产方式的矛盾，我们离摸透还差得远得很。

赵树理：农民不是需要什么计划什么，城市要什么就得有什么，不管农民剩不剩下来。

康濯：这几年一搞都没有马列主义，要农村干部怎么办？现在是巩固集体，至于少数地方搞些单干，包产到户，要根据具体情况看。

李准：同意老赵说的五风是结果不是原因。河南原来基础很差，搞了五六个城市，工业，都是平地搞起来。三门峡，平顶山，鹤岗，洛阳，郑州，光这些我们就吃不消的。……还有农村问题不是从58年开始，高级社批判小脚女人以前，信阳有一个小社，我很相信。可是一来高级社搞七八十户，我思想不通，这里面有夹生，走直路一步登天。部分农户很难说是自愿。

现在河南市场比较开放，比较宽，……单干问题——包产到户呼声高。这条光明大道很不好找，如果能找到问题就解决了。究竟日子怎么过，怎么打算想不出来。老农民光安排寿衣寿材，这个现象不好。土改以后好，盖了一阵房子，妇女弄几件衣服。现在不弄点钱的都想占点东西，钱花掉算完成任务。

茅盾：浮夸过火了。

李准：确实，有破灭之感。一般县干部究竟对集体的信心怎样可以测量一下。有一个县干部讲共产主义没有进去以前，还是应留个资本主义尾巴，有作用。

西戎：那几年下去回来情绪不佳，一脑袋问题，觉得问题很大很严重。我们讲优越性他们讲看不见……讲是不是把土地借给农民几年，等社会财富增加了，到那时干什么都行，现在吃饱饭是重要问题。

1962 年 8 月 5 日

赵树理：现在是不是我们建设的低潮？低潮是过去了，五风的十二级台风是过去了，只剩点风尾巴。……这几年不管怎么过，有的抖起精神过了，有的哭哭啼啼过了，好也罢，坏也罢，有问题过得去的是多数。过不去的局部地区只好单干了，但在全国说不上主流。韧性的英雄，如老坚决、实干家[23]，不是太少数。抗风是各种形式的，因为这些人他没有脱离群众。58 年后，我那个大队增加了两驾大车，开一座油坊，养了蜂，建设一所小学校，这都落下了。外债是借了些，但是抵得住的。产量除 60 年少数减产，没减产的是大部分，对集体基本上是依靠的。……对模范县是好帮助还没有完全过去。模范不能学习，就是因为某些领导

---

[23] 张庆田《"老坚决"外传》、赵树理《实干家潘永福》中的人物。

的帮助坏了。从 55 年后我是有这经验,不写模范了,因为模范都是布置叫我们看的。咱们下去生活最好不要看模范,写模范村。领导生产现在有一个现象,瞒产是层层往上堵。在过去是往往夸,但谁夸得多谁的负担重。

周立波:自留地很重要,是农民的保健站。我们国家不能都包下来,就得靠自留地。赖大嫂这样的人物相当坏,但是相当大量存在着的。她是从自己利益出发的,我们也要从实际生活出发,不要凭幻想,不要把它理想化。我个人喜欢农民,但不能理想化。

邵荃麟:电影中把农村写得吃饺子,穿得好,农民反映如何?

赵树理:非常反对。有个戏写公社怎么好,到处挨骂。

邵荃麟:马烽同志过去写农村写得很好,现在又怕写阴沉了。

周立波:(写内部矛盾的问题)看准了,看清了,从实际出发,写出来,一定会有人反对的。《山乡巨变》中一个党员不够水平,我写的时候就准备听到"有怎样的人吗"。果然听到了,这就要顶住,不顶住就不行。

赵树理:……现在情况好转了,但究竟靠得住靠不住,这是他们考虑的。1960 年时的情况是天聋地哑[24],走 50 里就要带粮票。我想到农村一个是粮食,一个是日用品,这几年大概还是可以写的。但现在写,为什么可以不写这些呢?怎么避得开?我常常一想就碰墙。

李准:土改出了一批作品,合作化初级社又出了一批作品,现在不好写。原来是嘲笑对象,"60 条"一下来,感到这里面也是该肯定的,就

---

[24] 黎之:"8 月 5 日赵树理很激动地讲了一些农村情况后,说:1960 年简直是天聋地哑。《二小放牛郎》的词作者方冰插了一句:天怨人怨!这两句尖端的话,后来就成了'文革'中揭发大连会议的典型材料,到处被引用,被批判,被定罪。"(《文坛风云录》,第 146 页,河南人民出版社,1999 年)

材料与注释

觉得难写了。

赵树理：就做一个人物的生活记录来写行吗？到村里去问农民这几年生活怎样，好像那一段都不好写。我们自己也生活过，自己写自己是不是代表了真正的生活呢？好像也不好写。

侯金镜：过去写的正面人物出了问题，原来被嘲笑的人物领了护照，写起来就困难了。[25]

韶华：党校放些电影，反映大跃进，大家一看就哄笑起来。

黎之：现在是不是写一批顶风人物，老字号的呢？

茅盾：我们现在也不从政策出发，还是从生活出发，写它的侧面。写侧面不一定回过去60年怎么样，只写现在的一面。比如农民对自留地很热情，好像保健站，但是对社的态度又不同。这样写行不行呢？

我这次到莫斯科，说到食品，鸡、鸡蛋、蔬菜、猪，主要是自由市场弄出来的。搞了四十年，农业也还是这样。他们留的地和小家禽范围是很大的……

赵树理：集体和个人的矛盾，斗争还是多的。比如山西，每村总有那么几个落后的人，他比较消沉。这些人也没有什么威信，农民也不听他们的。……农民现在定自留地，自留地打得比集体分的还多，对社的地就没兴趣了。

邵荃麟：集体生产优越性，过去合作化是好写的，因为明显的。现在经过这几年，集体的优越性就好像不大看得见了，就不好写了。

---

[25] 李准、侯金镜当年的困惑，即作品中原来被嘲笑的对象在政策改变后得到肯定，"过去写的正面人物出了问题，原来被嘲笑的人物领了护照"——这种评价上的错动、翻转，反映了"当代"文学创作，特别是叙事文学的普遍性问题。这在80年代"新时期"评价《创业史》等农村题材作品时再次出现。

赵树理：现在克服五风，集体化也不讲了，我们说优越性，农民会问，增多了，粮食是不是我们的呢？过去党员轰轰烈烈，现在正经话都不说了。如果我们老老实实，先把党员组织起来去干，这还好办。去写，就容易带上主观主义色彩。

1962年8月6日

束为：那时是吃了兴奋剂，现在吃了副泻药，浮热下去了，真正的热情还没起来。不仅是作家，群众也只起了一部分。

公社化的结果，从现象上不如高级社、初级社时活跃。现在是又回到原来的问题上去了。……在农村的一部分社员中，自留地要比社里地重要得多。从思想上这似乎又是向后退了步。从过去看是发展的，小集体到大集体，分红到不分红。现在农民想单干的不少，问题变得又转回来了。好像和写高级社时那样，甚至还不如。

西戎：有的村劳力跑光了，一个村只剩下三两人，怎么行呢？

束为：我想集体化要坚持，但可以采取多种方式。一是自留地多留，可以开荒，也可以借地，这样情绪也许会好些。我们大概总是以为中国农民觉悟最高，可是不想到他们还是留恋单干的。

赵树理：他不种集体地是因为粮食不归他，征购多。精神负担过重。到农村一谈是吃饱吃不饱，自留地多和少……（58年）那时是严肃的，正经的，不是有什么坏心的。王大炮[26]要在麦地里扎篱笆，我看也不是王大炮决定的，责任归他也说不过去的。

邵荃麟：人民大多数是好人，但也有思想意识确实很坏。干部也是两头小，中间大，百分之百的英雄少。蜕化真正反党反社会主义的也

---

[26] 指短篇小说《"老坚决"外传》中的人物。一个瞎指挥、爱浮夸的县委农村工作部部长。

少。最大多数的是有缺点，弱点，每人有自己一本账。这样一些人，工作中也是这样，党内也是如此。

1962年8月8日

康濯：这几年还是一个工农业发展比例的矛盾，没有找出建设规律。为什么刮起五风来呢？我想农业社会主义很严重，列宁批判这是一种反动的理论，基础是小资产阶级思想，也反映在外面干部思想上。

农村的主要矛盾在哪里，应该说是社会主义与资本主义的矛盾。现在出现了一个特殊情况，暂时把这个矛盾退到次要地位。社会主义思想与农民实际要求的矛盾单纯说领导与被领导的矛盾是不科学的，正因为发生这个矛盾，就要解决问题。现在的措施，允许单干，也是为了巩固社会主义阵地。与以前不同，我们从根本上说是反对单干的，特殊的地区和情况又允许单干。……单干也不是过去的重复，而是有新的内容。

短篇小说已经开始出现了一些反映问题的小说，如《乡下奇人》[27]等。但都还是轻微的讽刺。我觉得重要的是写出沉痛的教训，要写出没有掌握好社会主义规律，空想，碰壁，怎么认识。我自己也有很大的教训，开始时是认识不清，后来才逐渐清楚。这也是沉痛的。喜剧要，正剧要，悲剧也可以要。

邵荃麟：悲剧也可以得出积极的效果。……应该写的是沉痛的教训，复杂的矛盾。

胡采[28]：现在的生活是麻烦，我们自己又有急躁情绪，这与作家的

---

〔27〕欧阳山的短篇，刊于《人民文学》1960年第12期。写南方农村一个生产小组组长在包产问题上，坚持实事求是，和县里派下来的工作人员发生矛盾的故事，以微讽的笔调，委婉对"浮夸风"做了批评。

〔28〕胡采（1913—2003）。河北蠡县人。1938年起，在陕甘宁边区、

革命责任心也有关。但作家光这样不行,问题是要对这复杂的生活,做出正确的评价,不能增加混乱。(……认为大跃进时期的一些作品问题主要是自然主义)把自然形态的搬上来,人物、性格都不管。同样写大跃进,也可以不一样。比如《严重的时刻》《新结识的伙伴》[29],现在还是优秀作品。(有的作家)脑子里太多的是生活里原来的东西,消极的东西,而没有跳出来。一定要跳出来,改造,选择。因此我觉得(有的作品)把生活看得太实了,浪漫主义少了些。《实干家潘永福》是很朴素的,但老赵我还是觉得太实了些,甚至《套不住的手》,五百年前农民也是如此。今天的劳动人民有什么新的精神面貌,揭示得不够。

李准:我觉得这里(指《套不住的手》)还是有新的内容,看见了一个老农的心。

康濯:批评界对老赵作品评价不够,不够高。大跃进时,我犯了很多错误,浮夸[30],他很冷静,而且热情很高。他是写老老实实,正是提

山西等地从事革命文化宣传工作,文学批评家。50年代以后,曾任西北文联副主席,西安文化局长等职。在50—60年代,写过多篇高度赞扬杜鹏程、王汶石、闻捷、柳青等作家的评论文章。理想、英雄主义、浪漫精神、歌颂"新事物",强调应以两条道路作为观察生活的基点,强调以社会主义精神教育农民……是他坚持的主张。在这次会议的发言中,他对文学现状的估计不尽相同。

[29]《新结识的伙伴》和《严重的时刻》,均为王汶石写于1958年的短篇小说。

[30] 康濯在这里检讨他1958年"大跃进"时,在河北徐水为浮夸风推波助澜的错误。他的要写出沉痛教训、写"悲剧"的说法,在两天之后周扬的讲话中,有类似的表达:"作家要把它当作历史阶段写出曲折的过程。不一定马上写,但是写很有意思。写人民内部矛盾,写五风,写农村

醒人。

胡采：老赵是从当时实际出发，是起作用的。对劳动中的精神面貌写得还不够。

陈笑雨：他对人物的社会主义精神，新的劳动态度还是指出与过去的不同的。

胡采：关于主要矛盾……两条道路，两种世界观，集体单干，这是一个根本问题。因此总要以集体、国家的观点教育人民，就是让农民发家致富，也要指出具体道路，要与社会主义思想挂钩。看问题，也不应是从自己亲身感受的角度看，应看到宽广些，这些，对生活的评价就全面些。即使是较严重地区，也要加以区别。王大炮式的也有二种，一种是满腔热情，一种是明知错的，胡搞。老坚决也有二种，有顶风的，也有保守的。……什么是主流，这也还是比较明确的。借地也可以写，也

坚持真理的干部，写出来相当惊心动魄。现在暂时不写，还早一些。过去几年来写这个，我看惊心动魄程度不小。我希望有这样一部小说，我看写合作化，公社化，五风，顶风，十二条下来，六十条下来自由市场开放，粮食任务，压迫干部，困难，下放干部，我看还是有味道的。我想可以成为一部动人作品，把内部矛盾展开。写得好，比《被开垦的处女地》还生动。"（周扬8月10日讲话）康濯在这次会议上，与邵荃麟，侯金镜一样，极力推崇赵树理创作在浮夸风盛行时的冷静，"忠于现实"。会议之后，康濯撰写长篇论文《试论近年间的短篇小说》（刊于《文学评论》1962年第5期），称赵树理是文学创作上的"实干家"，是"最杰出也最扎实的一位短篇大师"，他的那种"革命现实主义的深厚功夫和老实态度"，是"文学创作的灵魂所在"。朱寨主编的《中国当代文学思潮史》说康濯这篇文章是他在大连会议上的发言，这不很准确（《思潮史》，第385页，人民文学出版社，1987年）。

可以不写。最根本的还是社会主义集体主义。

李准：写短篇小说，生活中退到什么地步？我觉得退到初级社那么大，办那么大，可以使农民富裕，丰产，这是我看见的，再退我就不写……还有工农业步调问题，这个教训是千金难买的。

1962年8月11日

侯金镜：文学艺术队伍的精神状态，从这个会上也反映出来，是一个缩影……足够估计困难，在这种情况下，产生的力量是结实的，坚韧的。从创作方法看，是不是客观主义呢？我想生活一方面是浮夸，一方面是矛盾在暴露。59年我下去，看见逐鹿老农民，气就很大，连粪也都不拾了。这方面作品并没有反映出来，只有浮夸的东西得到反映。把生活应该是怎样的做了曲解，把人物拔高到离开了现实基础。[31]

邵荃麟：是对理想主义错误的理解。

侯金镜：这里是现实主义问题。不把现实主义作基础，这几年的变化是对两结合的误解，以为浪漫主义可以离开现实主义的基础。……我觉得没有现实主义就不可能有浪漫主义，有现实主义就可能有浪漫主义。浪漫主义应该是现实生活中的趋势，是包含在其中，而不是游离之外，不是抛弃某种落后现象，创造一种仙境。

邵荃麟：前几年是不清醒，发热。

侯金镜：不清醒，反映到创作方法，某些理论家又把它理论化，又用这种片面的观点去观察。在困难中，在观察等待（中），是会产生里程碑式的作品，也是加强战斗性的路子。过去作品只是表扬，鼓动，影响人的精神状态比较少。

老赵说自己是自然主义的，我是不同意的。老赵同志是对生活有

---

[31] 侯金镜的这些话，显然是针对胡采8日的发言的。

自己的思考的。《小二黑结婚》是提出了封建,"搬石头"也写了小说反对。《三里湾》也是这样思想上的鲜明,艺术很高的。……这两年,他感到难写,后来,又写了《实干家潘永福》。我又化名写了一篇文章,我说不要算作小说来读,有个读法问题[32]。我们写英雄,只有神采飞扬,英雄人物其实也是多种多样,有冲锋,有脚踏实地干的。他是大家不注意时,他写了这样一篇,是有战斗性的针对性的。

赵树理:我也是不敢正面写,在边边上写一下。

侯金镜:他写这些,有生活目的,思想目的……思想目的战斗性很强的。写轰轰烈烈的青年队也许是老赵不能的。杜鹏程式的用政论办法来加以表达,恐怕也是老赵不能的。各有一路。但这并不妨碍老赵成为语言艺术家。我曾问他为什么不写"户",[33]他说旧的东西,看清楚了,但是新的东西还没掌握住,需要下去搞一阵,抓住了再写,这是现实主义的态度。我们需要善于运用目前这种条件,会使我们作品发挥更大的战斗性现实性。

胡采:……金镜同志谈茹志鹃的文章[34]我就有这个意见。像老赵、

---

[32] 卞易:《〈实干家潘永福〉》,《文艺报》1961年第5期。

[33] 周扬在1956年中国作协第二次理事扩大会上的报告《建设社会主义文学的任务》中,将赵树理与郭沫若、茅盾、巴金、老舍、曹禺并列,称他们是"语言艺术大师"(《文艺报》1956年5,6期合刊)。"户"是赵树理50年代的长篇写作计划,后来没有实现。

[34] 指《创作个性与艺术特色》,载《文艺报》1961年第3期。侯金镜认为,茹志鹃那种写平凡日常生活,表现小人物,艺术风格上柔和清新的风格,与写重大矛盾冲突,写英雄人物,具有高亢基调的作品之间,并不存在高下的等级区分;端看具体作品的思想艺术质量做出评价。而胡采则认为这种风格是有缺陷的,应该向写重大题材,表现英雄人物转变。

茅盾风格再变是比较困难的，茹志鹃年青作家就不一定。汶石也是如此，别人说他微笑看生活，他不同意，憋着劲写了《严重的时刻》。风格与作家的思想美学观是有关的，绝对化是不行的。

侯金镜：当时有人认为茹志鹃这样写是小资产，一种是认为没出息。我是要否定这种说法。

李准：这两篇是不是有浪漫主义？我觉得还是有的。

胡采：当年看《李有才板话》《小二黑结婚》冲击力量是大的，像"潘永福""套不住的手"就少些。[35]

---

[35] 在座谈会中，围绕与胡采的争论，侯金镜后来写的"交代材料"有这样的说明：

胡采在会上对赵树理的作品提出批评，说他的作品"太实"（没有理想），又批评了《套不住的手》没有社会主义气息。赵树理听了大不高兴。接着有好几个发言驳了胡采，我也为赵辩护；针对胡采，说赵树理的作品"思想性强""战斗性鲜明"。

胡采在会上赞扬了孙峻青的作品，引起方冰的发言，说英雄人物写得"好像吹猪似的，刮毛，把缺点都刮掉，洗得很漂亮，但不是活猪"等等。我说，有些作品描写新事物，但是"没有生命力"，因为没有更深刻反映了矛盾。这也是针对胡采的。

胡采反映大跃进初期有些作品有缺点原因是"客观主义""自然主义"。我就说这是"现实主义"不够，在作品中"塞进作者的主观的东西"。

我在会上的发言主要几点：1. 大反"浮夸风"，反对大跃进，总路线；2. 大肆吹捧赵树理，为赵树理翻案，说他的《锻炼锻炼》在当时许多人说农民觉悟高时，却提出农民中存在着问题；3. 提出"没有现实主义，就不可能有浪漫主义"，公然反对毛主席提出的"二革相结合"。

方冰说的作品中的英雄人物"不是活猪"的嘲讽，针对的是峻青在

赵树理：我对共产主义思想的写法有些想法。"小二黑"没有提到一个党员，苏联写作品总是外面来一个人，然后有共产主义思想，好像是外面灌的。我是不想套的。农村自己不产生共产主义思想，这是肯定的。写农村的人物如果落实点，给他加上共产主义思想，总觉得好像不合适。什么"光荣是党给我的"这种话我是不写的。这明明是假话，就冲淡了。

我们生活在这个时代，怎么给时代以影响？有些作品是民主革命，还没到社会主义革命。写生产，也还是由集体主义的鼓舞。《套不住的手》这个老头要写社会主义的鼓舞，或写或讲，总觉得不自然，……

六、批判

8月16日的最后一次会上，邵荃麟说：

我们这个会总结大家的意见，给书记处（按指中国作协书记处）汇报一下，写出一个总结出来。……会结束后，当然也不是全部发表，《文艺报》本来想搞个报道，《人民日报》也发一个简单消息，产生一点社会效果[36]。发表形式不一定具体指名了，记录也扼要，回去研究一下。

大跃进前后写的《山鹰》等短篇小说。

《山鹰》写一个农村复员军人（孙志刚），带领群众改变山区农村面貌，修筑水库和公路的故事。

[36] 有关大连会议宣传计划后来的落实情况，当年在《文艺报》任职的黄秋耘写道："为了配合宣传'大连会议'的精神，《文艺报》的核心组（党的领导小组）在某一次编辑会议中决定不发表社论，只发表一篇由唐达成同志执笔写的'会议纪要'，一篇由谢永旺同志执笔写的'文艺笔谈'。这两篇文章都已经发排了。付印的前一天，《文艺报》主编张光

对"大连会议"和"写'中间人物'"的大规模批判,始于1964年

年同志打电话把我叫到他的家里去,悄悄地告诉我说,他刚刚接到周扬同志从北戴河打来的长途电话,谈到毛主席在八届十中全会中有新的指示,说有人'利用小说反党,这是一大发明',政治形势将会有重大变化,电话中不便详谈,但是可以估计得到又要'收'了。为慎重起见他决定马上把'大连会议纪要'抽出来,放一放再说。至于那篇'文艺笔谈',全文都没有直接涉及'大连会议',问题不大,可以不抽。那一期《文艺报》是由我值班签字付印的,我审阅谢永旺同志写的'文艺笔谈'《从邵顺宝、梁三老汉所想起的……》的时候,把文章中'中间状态人物'六字改为'不好不坏,亦好亦坏,中不溜的芸芸众生'十七个字。我这样改,纯粹是出于修辞上的考虑,避免在这篇一千多字的短文中接二连三地出现'中间状态人物'这个词汇,……当时我做梦也想不到,这么一篇小文章,几句无关宏旨的话,竟闯下了滔天大祸……"(黄秋耘:《风雨年华(修订版)》,第209—210页,人民文学出版社,1988年)

黄秋耘说的对政治形势重大变化的敏感,是当代政治生活中的至关重要的问题。在另一处地方他讲到1957年的情况说:"1957年5月18日晚上,我在邵荃麟家里聊天顺便向他请示有关《文艺学习》的编辑方针,……正在谈得起劲的时候,桌上的电话铃声响了,邵荃麟连忙走过去接电话。不到两分钟,他登时脸色发白,手腕发抖神情显得慌乱而阴沉,只是连声答应:'嗯!嗯!'……我看了一下手表,已经是九点二十分了,肯定是发生了出人意料之外的重大事情,要召开紧急会议。他放下了电话,没头没脑地说了一句:'周扬来的电话,唔,转了!'……他又叮嘱我一句:'咱们今天晚上的谈话,你回去千万不要对别人说!暂时也不要采取任何措施,例如抽调某些稿子,这样会引起怀疑的。'……"(《风雨年华》,第175—176页)

的六七月,也就是在毛泽东1963和1964年发表关于文学艺术的两个批示,中国作协开始"整风"的时候。但在大连会议结束不久的当年,由于中共中央工作会议和八届十中全会召开,"千万不要忘记阶级斗争"的提出,中宣部发现政治形势骤变,就赶忙从会议记录中抽走周扬的讲话,随后调去会议记录。[37]作协内部也有了相应动作。

侯金镜的"交代材料"写道:

大连会议开过之后,林默涵假批判真包庇地"批评"了"中间人物",邵荃麟打电话给我,怒气冲冲地说:"要是这样,以后学术问题就不能提,不能讨论了。"[38]

---

[37] 由于觉察到风向有变,《文艺报》在1962的当年,就已经做出反应。在12月出版的第12期上,刊发了参加大连会议的中宣部的黎之(李曙光)的文章:《创造我们时代的英雄形象——评〈从邵顺宝,梁三老汉所想起的……〉》,批评了谢永旺用笔名沐阳写的《从邵顺宝,梁三老汉所想起的……》文章。

[38] 因为侯金镜的"交代材料"写于"文革"发生之后,那时,林默涵也已经成为"黑帮分子"。所以,这里使用了"假批判真包庇"的说法;表明林默涵与邵荃麟等都是"黑帮一伙"的。另据李辉对唐达成的访谈,唐达成讲到,大连会议结束不久,"中宣部很快来调会议记录,是先拿走周扬的。侯金镜找我,说:赶快拿来,要交到中宣部。过了几天,又把其他发言也要去。"又据《唐达成文坛风雨五十年》中引述陈丹晨的话:"据我了解,发起批判这次会议是林默涵搞的。"(第83页)谢永旺对此回忆说,"这次会议后,林默涵请李曙光汇报,大连会议有什么内容,邵荃麟总结中关于写'中间人物'的一些情况,引起林默涵的警惕,随后,我的文章在《文艺报》发表了,唐达成的报道没有发,因为这个报道涉及到当时农村的一些形势,张光年特别敏感,在政治上是有经验的,他就把报道撤掉

大连会议以后,他让我起草关于大连会议的假报告。假报告有两遍稿。第一稿在1962年9月写成,是我写初稿,邵荃麟改的。拿在党组会上讨论。这遍稿突出所谓创作的"革命性强,现实性不够",突出了写中间人物等。在讨论时,张天翼同意所谓"革命性强,现实性不够"的提法。但张光年因听到林默涵的假"批评",就表示不同意这个假报告。最后这个假报告被否决。

十月又写第二遍稿。写之前,邵荃麟对我说,"大连会议也没有反

了,我的文章是登出来了,这以后就出事了。……当时,刘白羽就说,像唐达成这样的人,不能留在作协工作,也包括我。我不能留在《文艺报》工作,也要调走,但张光年不同意,说我还年轻嘛。"(第84页)陈丹晨说,"通过批判这次会议,把邵荃麟拉下马。……从中可以看出作协的宗派权力斗争。"(第83页)

关于中宣部在会议结束后的反应和措施,黎之的讲述是,由于北戴河会议抓阶级斗争的精神已在一定范围传达,而十中全会预备会开始进行。林默涵布置文艺处处长袁水拍搜集文艺界阶级斗争情况,检查文艺刊物,但没有发现有什么有问题的材料。"9月22日林召集在京文艺报刊和各大报副刊负责人开会,讲了毛泽东提出抓阶级斗争的精神,布置检查。会上作为问题他点了'中间人物'。"(《文坛风云录》,第351页)

调走周扬在大连会议上的讲话一事,当年参加会议,并为中宣部干部的黎之说,周扬8月12日还约请周立波、赵树理、胡采、李准、李束为、西戎、康濯等座谈,"周对会议很肯定,一再鼓励作家们大胆写作。从周扬的情绪上看,他当时还不知道北戴河中央工作会议上毛泽东已经大抓阶级斗争,大批'黑暗风'、'单干风'了。后来我听说,周扬会议上的讲话从会议记录中抽走了……"(《文坛风云录》,147页)抽走讲话显然是在发现形势骤变之后采取的掩盖措施。

对写英雄人物，这次稿里要突出写英雄人物和两结合创作方法；关于国家、集体、个人的矛盾要突出阶级斗争"。这些话是要掩盖大连会议的反革命性质，而突出文艺问题；在文艺问题上也要掩盖反毛泽东文艺思想的实质。我说："关于'中间人物'和'现实主义深化'要如实反映，不然就不对了。"这也是黑话，意思是要把问题全部掩盖住是不行的。

我把第二遍稿写出后，送给邵荃麟。不久，邵荃麟在一个上午，约十点钟左右叫我去他家里。他已经在草稿上做了几大段修改，要我看，并提出意见。改稿上的字迹很乱，我看的时候，邵荃麟又要我在上午一定找人抄出来，下午送去打印。我就匆忙看了一遍，未提出意见，就回大楼找人抄写去了。邵荃麟的改稿，主要是大改了对农村形势的看法和提法。

这遍稿，我记得并未开党组会讨论，只将打印稿送严文井、张光年、张天翼看。他们都说"没意见了"，然后就将假报告送旧中宣部。

这一个报告：

1. 掩盖了大连会议反党、反社会主义、反毛泽东思想的反革命实质；反而说会是健康的，作家们对农村形势、克服困难是有信心的；

2. 掩盖住文艺问题方面反毛泽东文艺思想的反动实质，并且不加任何批判地提出"中间人物"；

3. 掩盖住周扬、茅盾、邵荃麟、侯金镜的反动发言，反而说周扬的讲话是好的，并且在假报告中引用了周扬"所见，所感，所信"和"写一百零八年"的反动言论；

4. 掩盖住到会的一批牛鬼蛇神的反动发言。

总起来说，这个假报告掩盖了大连黑会的滔天罪行。

但这个报告送旧中宣部以后，也被阎王殿压住没有任何下文。在1964年假整风时候，也未听到陆定一、周扬、林默涵中的任何一个人提到这个假报告。

侯金镜的另一份材料称：

1964年假"整风"开始的时候，邵荃麟要找我谈谈。经过刘白羽同意，[39]我到邵荃麟家里。在我谈到大连会议中的许多问题都是修正主义

---

〔39〕毛泽东两次批示之后的1964年，中国作协进行整风（"文革"开始后，被认为是"假整风"），矛头之一是邵荃麟和大连会议。这时，邵荃麟成为批判对象，失去权力，所以有要见邵荃麟"经过刘白羽同意"一说；事实上，不久，刘白羽就升任中国作协党组书记。邵荃麟之所以在1964年就受到批判，他的题材、人物多样化和加强创作的现实深度的观点，就被说成是资产阶级、修正主义文艺理论，固然与大连会议有直接关系，但也与其他因素相关。1963年，上海的柯庆施批评文艺界，并提出"写十三年"的主张。在中国作协，公开对这一主张加以抵制的是邵荃麟。他在中宣部1963年4月召开的、有张春桥参加的文化工作会议上，作了长篇发言谈"写十三年"的问题。他说，表现时代精神，"据我个人的理解是比较广泛的概念，并不是说只有写当前的斗争，写十三年来的社会主义革命和建设的题材，才能表现时代精神。革命历史题材像《红岩》《红旗谱》等等，为什么不能表现时代精神呢？就不能反映社会主义思想并以此教育人民呢？""有种说法，认为十三年前的题材不是反映群众的社会主义思想。我看是不对的"；"在文学表现时代精神的任务上，确实应该更强调对当前斗争的反映，……但绝不意味着排斥革命历史题材或其他方面的题材，如果那样理解，那会重新走狭隘化的倾向里去"（《邵荃麟在中宣部召开的文艺工作会议上的发言——关于反映'十三年'问题》，1963年4月16日）。他的公开抵制，显然惹恼了权力正在上升的上海政治/文学的"激进派"。就在这次文化工作会议上，上海组就反复提出对"中间人物"的批评。因此，"文革"开始他的罪名之一就是"反'写十三年'的急先锋"。另一因素，则可能与中国作协的权力、宗派争斗有关，以及面

性质的问题的时候,邵荃麟听了很不高兴,马上斥责我说,:"你不要听到别人讲了,你就乱说,哪里是什么修正主义!"(这次谈话的详细情况,当时我曾写过材料给刘白羽)

邵荃麟的说法是(交代材料):

1964年初,毛主席批示第一次下达时,政治局找我们去开会,我仍

临"政治风暴"来临时,处于漩涡中心者逃荒夺路、保护自己发生的冲突。陈丹晨认为,"通过批判这次会议,把邵荃麟拉下马,……从中完全可以看出作协的宗派斗争权力斗争"(《唐达成文坛风雨五十年》,第83页)。

黄秋耘的评论则是:

邵荃麟同志的"中间人物论",算是犯了什么罪呢?其实也是所谓"可恶罪"之一种。为什么他特别可恶呢?只因为他胆敢公然反对柯庆施。柯庆施主张写建国以后十三年,邵荃麟却偏要说鸦片战争以来一百零七年也可以写,而且亲自跳上台跟柯庆施的干将张春桥辩论一番,有意跟柯庆施唱对台戏……

当然,邵荃麟同志之所以倒霉,还有一个重要的原因,就是由于毛主席在1963年12月12日和1964年6月27日先后对文艺工作做了两次措辞极其严厉的批示。在建国十多年以来的政治生活中,每逢碰到这样的'非常时期',总要牺牲几个头面人物来当"替罪羊"的。到了1964年夏天,十二级台风已经在酝酿中,眼看牺牲几个中、小人物已经无济于事,非牺牲几个次要一点的"大人物"不可了。……邵荃麟同志受到一次又一次严厉批判,他自己也作了一次又一次的检讨。他曾经私下对我说过,他其实并没有想通究竟错在哪里。……邵荃麟同志所受到的处分实际上是"撤销党内外一切职务",调到外国文学研究所去当一名普通研究员。(《风雨年华》,第210—211页)

然未在党组作自我检查……徐平羽从上海参加华东话剧会演后回来，向周扬汇报了柯庆施同志对北京文艺界的一些批评（也包括对《文艺报》的张葆辛的批评），这才由周扬找了文化部文联各协的人到他家里去开会……要文联各协三天内向他交一检查报告。于是就匆匆忙忙由我自己写了一个"工作检查"，说是"认识不清，方向不明，贯彻不力"，"提出写中间人物，贬低了写英雄人物的重大任务"等，在党组会上通过一下，就在第三天送给周扬。这次假整风（64年4月）……对大连会议上写"中间人物"问题，只是轻描淡写承认一下是"右倾"的表现，而对整个会议则根本未作批判。这是我对毛主席第一次批示再一次的顽抗。在写这次假报告前，并由我和严文井到林默涵家里汇报一次，林默涵认为我"承认"了"右倾"也就可以了。[40]

七、落幕

邵荃麟"文革"中被捕入狱，1971年6月10日病逝于狱中。1979年9月20日，在北京为邵荃麟召开追悼会。这时，"历史"颠倒了过来，邵荃麟被改称为"无产阶级文艺理论家"。已经复出的周扬代表中国文

---

[40] 据黎之在《文坛风云录》中的叙述，在开始"大抓阶级斗争"，以及上海"激进派"和江青点名要批评"中间人物"的形势下，中宣部和作协的周扬、林默涵、张光年对如何点名批判邵荃麟反复研究过。最后，"只好由《文艺报》编辑部根据一些人的回忆，断章取义，拼凑了一个《关于'写中间人物'的材料》，组织了个写作班子，写了一篇《'写中间人物'是资产阶级文艺主张》的批判文章，登在1964年8—9期合刊的《文艺报》上"，称这"不是一般的文艺理论上的争论，是社会主义与反社会主义的文艺路线之争，是大是大非之争"，而邵荃麟是"反社会主义社会力量的代言人"。

联、作协致悼词,其中对大连会议和邵荃麟作了这样的重新评价:"1962年,荃麟同志在大连主持的'农村题材短篇小说会议',是研究文艺创作如何正确反映人民内部矛盾,更好地为社会主义服务的一次会议,他在会上多次发言,阐释毛主席《讲话》的精神,对于促进和繁荣社会主义文艺创作具有深远的意义。"

当年参加大连会议的黎之,对1964年中宣部和作协开会"帮助"、批判邵荃麟,后来有这样的记述:

邵荃麟20岁就参加了共产党。是我党早期的党员之一(他是建党五年之后的1926年入党)。长期担任宣传、文艺方面的工作。……新中国成立后,曾担任中央宣传部副秘书长兼教育处长,国务院文委副秘书长、党组成员。50年代初期即到作家协会负责全面工作。文艺界的同志都知道他是坚持毛泽东文艺路线的,努力把党的文艺事业办好。他同文艺界的上下级关系也很好,合作也默契。为什么这样不讲情理地批判他,是令人百思不得一解的。记得侯金镜沉思了半天,说:他同他们(指文艺领导人)合作得很好。他得罪了谁?……

"帮助"会开了多次,我看到邵荃麟这位老前辈心情那样沉重,我也感到压抑。我……望着这位前辈,望着他那瘦弱的身躯,一下子想到他翻译的《被侮辱与被损害的》(他好像由英文翻译的,我存有1943年的文光书店版)。当时自知这是"不健康的情绪",未敢深想。有一次,会议结束后,我随他一起出来,陪他站在文联大楼前等他的车子。他用低沉的声音对我说:黎之同志,你应该帮助我。我听了心头一阵酸楚,几乎流下泪来。我望着这位善良的父辈,不知说什么好。……在我的记忆中好像这是诀别……(《文坛风云录》,第353—354页)

(刊于《海南师范大学学报》2011年第4期)

1962年纪念"讲话"社论

《为最广大的人民群众服务》的社论,刊登于1962年5月23日的《人民日报》。它有一个副标题:"纪念毛泽东同志《在延安文艺座谈会上的讲话》发表二十周年"。从50年代开始,几乎每年的5月,都会以各种形式纪念毛泽东"讲话"的发表:或者开纪念大会,或者文艺演出,或者报刊发表社论,组织相关人士撰写纪念文章。就报刊(主要是《人民日报》,或加上《文艺报》)发表的社论而言,有的时候,论述和措辞可能是基于惯例,带有更多的仪式意味,没有许多新意,但有的时候,对《讲话》的阐释也包含文艺思想、政策调整方面的重要涵义。因而,阅读者需要在那一套看来大同小异的显得陈旧的"编码"中,发现细微但重要的差异。1962年5月的这一篇,在当代文学"前三十年"中,无疑具有它的重要性。当然,这种调整,是在"毛泽东文艺"的框架内侧重点的偏移,向左或向右的摇摆。周扬在"文革"后,曾被形容为"摇摆的秋千"。但这并非只是他个人的品质,这是一个时代的"文化性格":对许多人来说,只是程度不同而已。在当代,"修正"或"修正主义"是一个恶名,但其实有时候也是一种有着悲壮意味的,为突破困境所作的挣扎。

《人民日报》的这篇社论,后来被收入《周扬文集》第四卷[1]。与收

---

[1] 人民文学出版社,1991年。

入《周扬文集》的另一些文章（如 1958 年的《文艺战线的一场大辩论》）一样，它是多人讨论、执笔的成果[2]。当然，周扬在其中起了最核心作用，包括确定基调、确定主要论点和论述方式，并做了仔细修改。因此，将它归入周扬名下，收入他的文集，也无不可；但文集编者如能将这一情况做出说明，当更妥当。

在"文革"中，这篇社论及其写作，被看作"周扬反革命文艺黑线"反对毛泽东文艺路线的阴谋和罪行之一，受到严厉批判。社论的主旨，周扬当年对社论撰写人已有明确概括，这就是尽量削弱阶级的尖锐对立和斗争色彩，强调包容和团结。他说，"当前"（指 60 年代初）最大的问题是"团结"，"同延安时期比较起来，今天的文艺服务的范围比过去广泛得多"，"各民族的工人、农民、知识分子和其他爱国人士"的广泛团结，他们"都应当是我们文艺的服务对象和工作对象"。这一观点，与苏联 50 年代文学"解冻"的趋向相近。所以批判者常将它与赫鲁晓夫等串联在一起。

这篇社论及其体现的观念、政策，后来的评价发生许多变化，由"文革"中的挞伐，到 80 年代之后的肯定；就是撰写人自己的评价也发生翻转。这有一点戏剧性。列举几则评价如下：

> 1966.7："这篇社论，周扬'提出要按照人大公报的精神，强调各阶层团结，认为今天的文艺跟过去比它的服务范围大大扩大了，连民主人士、爱国的资产阶级、爱国华侨，都应当是我们文艺的服务对象和工作对象'。这是把人大公报中讲的政治上的统一战线，跟文艺的服务对象混为一谈，是公然篡改毛

---

[2] 据林默涵所述，参与这篇社论的讨论、写作的，有林默涵、袁水拍、张光年、李曙光等。

主席文艺为工农兵服务的方向，鼓吹'全民文艺'。"（林默涵：《我的罪行》1966 年 7 月，林默涵为社论执笔者之一）

1967.7："这篇发表时名为《为最广大的人民群众服务》的文章，中心就是用赫鲁晓夫的'全民文艺'来代替无产阶级文艺，用为'全体人民'服务来篡改为工农兵服务的毛泽东文艺方向。"（姚文元：《评反革命两面派周扬》，《红旗》1967 年第 1 期）

1987："《人民日报》纪念《讲话》发表二十周年的社论，旗帜鲜明地提出了'为最广大的人民群众服务'的口号，在当时无疑是一个令人瞩目、鼓舞人心的口号……显然，这不是一篇普通纪念性的社论，它具有方针指导性意义。所以后来'四人帮'污蔑为'修正主义'的'全民文艺论'，予以大肆攻击。"（朱寨主编：《中国当代文学思潮史》，人民文学出版社，1987 年）

1998："1962 年 5 月，为纪念《在延安文艺座谈会上的讲话》发表 20 周年，在周扬领导下，由张光年、袁水拍和我起草了一篇社论，主要观点是周扬的。社论的题目是：'文艺要为最广大的人民服务'。'文革'中，这篇社论被打成'鼓吹全民文艺的毒草'。"（林默涵：《"文革"前的几场文艺风波》，《百年潮》1998 年第 4 期）

在"文革"期间，这篇社论受到重点批判。1967 年 4 月 8 日，中国作家协会革命造反团编印了"周扬反革命修正主义集团阴谋篡改和反对毛主席《在延安文艺座谈会上的讲话》材料选编"。材料前面有这样的按

材料与注释

语:"1962年5月,周扬反革命文艺黑帮借口纪念毛主席《在延安文艺座谈会上的讲话》,打着红旗反红旗,向毛主席的这一光辉著作,向伟大的毛泽东思想发动了猖狂进攻,进行了一系列的阴谋活动,炮制出了大量毒草。例如《为最广大的人民群众服务》(以《人民日报》社论名义发表)和《文艺队伍的团结、锻炼和提高》(《文艺报》社论)等等。1962年2月到4月为准备这些毒草,由旧中宣部阎王殿直接主持,在新侨饭店举行的所谓'文艺理论批评座谈会',也是其阴谋活动的重要部分之一。现将我们所掌握的有关这些阴谋活动的材料陆续打印出来,以供同志们批判参考。"

"革命造反团"编印的这方面材料共四个部分。

材料之一:1962年2月26日林默涵在新侨饭店"理论批评座谈会"上的发言:对《人民日报》纪念《在延安文艺座谈会上的讲话》发表20周年社论提纲的意见。

材料之二:1962年4月3日林默涵在新侨饭店"理论批评座谈会"上作"谈知识分子问题"的专题发言。

材料之三:1962年3月15日周扬在新侨饭店"理论批评座谈会"上的发言:对《人民日报》纪念《在延安文艺座谈会上的讲话》发表20周年社论提纲的意见。

材料之四:1962年2月至四月在"新侨会议"期间周扬、林默涵的黑话摘编。

* * *

材料之一:1962年2月26日林默涵在新侨饭店"理论批评座谈会"上的发言:对《人民日报》纪念《在延安文艺座谈会上的讲话》发表20周年社论提纲的意见

文章不好写,要照顾几方面:国内国外,过去目前,反右反"左",

全面而又有重点。[3]

一、几点大家一致同意：

1. 从实际出发，主要解决今天的问题和需要；

2. 战斗性的，不是学究式的；

3. 要全面不要片面，主要是全面观点。违背毛主席思想要犯错误，片面理解毛主席思想也会犯错误，"左"的错误；4. 主要从正面讲，鼓舞前进，首先肯定成绩（已做到的[4]），指出缺点（未做到的），真正的谦虚是恰如其分地反映实际。

二、什么是今天的实际。

国际国内的形势和要求，文艺工作的形势和要求。

国际上革命人民的反帝斗争越来越高涨，两个世界的斗争激烈，在这样的形势下出现了修正主义。帝国主义是我们的死对头，修正主义的危险性也很大，必须坚决反对，修正主义和帝国主义联合起来反对中国的可能性是存在的。修正主义越走越远，不能不在文艺上反映出来。一方面是要文艺宣传修正主义，一方面是让西方文化进去，国内崇拜西方文化的势力必然抬头。逼得我们非反修不可。[5]

---

[3] 包括下面说的"违背毛主席思想要犯错误，片面理解毛主席思想也会犯错误"，这确实是当时文艺界领导者和作家辛苦、伤身劳神的事情。

[4] 这里和下面括号中的话，不清楚是否是会议某一参加者的插话，原稿未注明。

[5] 60年代初开始的反对修正主义，对象是当年的苏联。文艺方面，《文艺报》1960年第1期的社论，和林默涵《更高地举起毛泽东文艺思想的旗帜！》的文章，被看成"动员令"（朱寨主编：《中国当代文学思潮史》，第418页，人民文学出版社，1987年）。随后周扬1960年在全国第三次文代会上的报告《我国社会主义文学艺术的道路》，《文艺报》第8期钱俊

国内取得了社会主义改造的伟大成功,社会主义建设也打下了基础,长期会发生作用。也遇到一些困难:天灾和我们没有掌握社会主义建设规律,任务是同心同德克服困难,鼓励。

文艺方面成绩也很大,兴无灭资[6]的斗争的意义今天看来很明显,甚至前年较过火的反修正主义斗争也有很大积极作用(面搞大了一些)。创作和队伍的成绩也很大,也有缺点。十二年来进行了既反右又反"左"的斗争。第一阶段(49—53)继续完成民主革命、恢复经济、抗美援朝。一方面广泛团结爱国民主力量,同时进行反右斗争,《武训传》反映了民主革命阶段资产阶级与封建主义的妥协。第二阶段(53—56)进入了社会主义革命,过渡时期,正面强调繁荣创作,为社会主义服务。文代会上对丁、陈以贵族老爷态度否定比较幼稚的萌芽状态的社会主义文艺进行了斗争。当时的文艺报抡起板斧乱砍一通。邓小平同志提出究竟让群众看旧戏还是看比较幼稚的新的东西好,习仲勋同志也表示了不满。二次文代会是反对以"左"的面目出现的资产阶级的东西。以后就是《红楼梦》研究批判,反胡风斗争等反右斗争,但同时也不是没有对"左"的东西进行斗争,例如在批判《红楼梦》研究和批评《文艺报》的时候,胡风趁机反扑,周扬同志在《我们必须战斗》中批评了《文艺

瑞《坚持文学的党性原则,彻底批判现代修正主义》,都显著提出反对修正主义问题。被列为"修正主义"文艺思想的,有资产阶级人道主义、人性论,和"写真实""创作自由"等主张。对国内文艺修正主义的批判,具体对象有:李何林《十年来文学理论批评上的一个小问题》,巴人(王任淑)、王淑明、钱谷融、徐懋庸、蒋孔阳的有关人道主义、人性的文章、观点,徐怀中的电影文学剧本《无情的情人》,刘真的小说《英雄的乐章》等。

〔6〕1958年开始出现的缩略语,"无"指无产阶级思想,"资"指资产阶级思想。

报》的错误,也批评了胡风。此外关于东北禁戏问题的批评,对杨绍萱的批评都是反"左"[7],在反胡风斗争中也曾在内部纠正某些简单化。周扬同志在八大的讲话主要是批评"左"的东西,陆定一同志在怀仁堂关于二百方针的报告主要是反"左"。

第三阶段,大跃进以后,58年冬天批评了文化部在文化工作上的"左"的错误,他们把群众文艺与专家对立起来,群众文艺的普及被当作群众自己搞,群众文艺活动影响了生产。认为群众中很快就会出现超过梅兰芳、郭沫若的人才。刘[8]在武汉说专业文艺的历史任务已经完成。后来反修正主义,是反右。

毛主席说的反"左"必出右,反右必出"左",的确是一种规律。

为什么反右比较彻底,"左"的东西不容易克服?

1. 认识的片面性。

2. 斗争都是群众运动,不可能不出简单化。

3. "左"的确是内部问题,尽管"左"的根源也是小资产阶级思想,危害性也很大,但不管怎样还是内部问题,不划分清楚不行(石凌鹤[9]

---

[7] 指1951年11月文化部发文同意东北禁演《黄氏女游阴》《活捉南三复》《活捉王魁》《阴魂奇案》《因果报应》《僵尸复仇记》等六出评剧,和禁止京剧《薛礼征东》《八月十五杀鞑子》等在少数民族地区上演。50年代初,负责戏曲改革工作的杨绍萱改编的《新天河配》《新大名府》《新白兔记》,受到"反历史主义"的批评。艾青、马少波、阿甲、陈涌、光未然、何其芳发表了批评文章。

[8] 指当时文化部副部长刘芝明。当时文化部部长为沈雁冰(茅盾),实际掌管文化部工作的是党组书记、副部长钱俊瑞。

[9] 石凌鹤(1906—1995),原名石联学,江西乐平市人,剧作家。30年代在上海从事左翼戏剧艺术活动,抗战期间从事救亡演剧工作。50年

把"左"倾机会主义者写到向南京投降了,不恰当,这种人在实际生活中是有的,但在文学作品中作为"左"倾机会主义的代表就不恰当了)。七大时毛主席说服同志选王明、博古入中央时的一条理由:"阿Q不论怎么样还是要革命的。有人说为什么纠'左'就和风细雨?问得没道理。"

4. 两条道路的斗争未解决前,"左"的东西难以彻底克服,反"左"时,右的东西就出来了。纪念《讲话》十周年的社论主要反"左",胡风就很赞成,另一篇纪念鲁迅的社论他也赞成,因讲到鲁迅揭露黑暗是爱国主义。路翎也掩护那篇社论。右的东西出来了,就必须反右,不能两个拳头同时打出去。因此只能在内部纠正反胡风斗争中的简单化。现在情况不同了,毛主席说,两条道路的斗争基本上解决了。我们可以更好地进行两条路线的斗争,纠正"左"的东西。[10]

代以后,任江西省文化局长、省文联主席、中国戏剧家协会上海分会主席等职。话剧剧作有《保卫卢沟桥》《火海中的孤军》《铁蹄下的上海》《方志敏》等,改编、创作的戏曲剧本有《还魂记》《西厢记》《西域行》《玉茗花笑》等。这里说到的情节出自他的哪部作品不详。

[10] 1952年5月24日胡风给路翎信,谈及《人民日报》纪念《讲话》十周年社论说:"看纪念的社论,似乎也看到了问题,杀机似乎还有,但已经不愿意说得太显了!"

2月12日,林默涵在"新侨会议"关于纪念《讲话》的动员报告中说:"我们仔细研读《讲话》,就可以看到毛主席既反对资产阶级思想,又反对教条主义,明确指出要进行两条路线斗争。这些年,有的同志在题材问题上,政治与艺术的关系上,普及与提高的关系上,改造世界观与创作方法的关系上,歌颂劳动人民与批评劳动人民的缺点的关系上,革命浪漫主义与革命现实主义的关系上,都作了'左'的片面的解释。""理论工作座谈会"期间,周扬对张光年说:"这次会议,要进行两条路线的创作方面，成绩很大，另一方面，有很多束缚。清除了右的束缚（毛主席在《文艺界一场大辩论》中加了几句[11]），但又产生了新的束缚（关于英雄人物等问题），队伍壮大了，但也存在着关系问题：领导与被领导、党内党外的关系问题，业务的提高受到限制。

我们的文艺很好地为反帝反修进行斗争，建设社会主义，就要继续克服资产阶级思想影响，要有更多的好作品，要改进领导。

三、社论讲些什么？

1. 《讲话》的历史意义，成绩和主要的经验，
2. 当前的任务，
3. 队伍问题，
4. 党的领导。

四个部分不必分立小标题，一口气写下来，或分一二三四。

1. 历史意义

《讲话》发表20周年世界和中国所发生的巨大变化。十月革命，反

斗争，特别是要贯彻'文艺八条'精神，主要是反左。解放后历次政治运动都是反右的，'反右必出左'，反胡风，反右派，对资产阶级的学术批判，都产生了副作用，出现了很多简单化的东西。当时斗争一个接一个，来不及纠正。""中央同志对于简单化的批评，意见很大。过去中宣部没有管，我们也常受到上面的批评，定一同志就说过，要下令停止批评三年，免得害死了创作。特别在地方上，对主席的《讲话》，一向作了片面的宣传，只讲工农兵方向，不讲'二百'方针，实际是违反主席思想。主席思想也是在不断发展的。工农兵方向要加上'二百'方针，才是完整的文艺路线，不能割裂开来，三次文代会报告讲的很清楚，下面还是不通。所以这次会议，要贯彻中央精神，集中力量反对左的、简单化的东西。"

[11] 原文如此，应为《文艺战线上的一场大辩论》。

法西斯胜利,中国革命胜利三件大事中,后二件是二十年中发生的。反法西斯胜利后,出现了社会主义阵营,民族民主运动高涨,帝国主义走向灭亡,国内也有巨大变化。《讲话》发表时,世界历史处在一个转折时期,两种力量斗争尖锐,准备决战,斗争艰苦深入,不知胜败属于谁。必然出现一些动摇分子。延安文艺界当时出现的一些现象和这个形势是分不开的(国民党要向日本投降,边区没饭吃),丁玲、王实味的文章是对革命没有信心的表现。现在也是一个新的转折时期,两个阵营,两种力量斗争尖锐,全世界革命和反革命力量都发生分化,重新排队,各国的党都碰到这个问题,因而也出现了动摇分子——现代修正主义。

我们的文艺在毛主席的领导下,密切配合了这些斗争。在国内外的斗争中都起了积极作用。文艺本身也在革命斗争中受到锻炼而成长起来了。党和人民对文艺工作者所做出的贡献给予了充分的估价和重视。《讲话》是马克思主义普遍真理与中国革命实际、文艺实际相结合的产物。列宁1905年的文章给俄国革命文艺奠定了基础[12],毛主席的《讲话》给中国文艺奠定了基础,开辟了道路。

二十年来的成绩:

1. 文学艺术真正成了人民的。站在劳动人民立场,为了劳动人民的利益,表现了劳动人民("表现新的人民群众的时代")。

形式上也起了变化。用群众的语言,具有群众能接受的形式。

---

〔12〕指列宁1905年发表的文章《党的组织和党的出版物》。1942年,毛泽东在《讲话》中引述的列宁这篇文章,为博古所译,题名为《党的组织和党的文学》,刊于1942年5月14日延安《解放日报》副刊。其他如瞿秋白、周扬、曹葆华等在这篇文章的翻译、引用上,也都使用了"党的文学"的提法。这个情况一直延续到50年代《列宁全集》中文第一版。80年代中文版第二版出版时,改为现在的题名。

2. 文化遗产得到重视和继承，并在马克思主义和毛泽东思想照耀下发出了新的光辉，成了人民的东西。反过来又使新的文艺创作更加民族化，群众化。

3. 有了一支很好的文艺队伍。经过参加阶级斗争、去群众生活、思想改造，这支队伍基本上是拥护党、拥护社会主义的（包括旧艺人的改造）。

成绩的取得最根本的一条就是解决了文艺工作者与工农结合的问题。（毛主席关于"分界线"的一段话）革命、不革命、反革命的文艺最后的分界线也是在于是否与群众相结合。这是毛主席的创造。"五四"时代没有解决这个问题，所以有很大缺点，文艺到群众中去不了。语言形式也是群众接受不了的（反对洋八股党八股是很重要的问题），过去的"大众化"问题之所以解决不了，正是因为根本问题没有解决。文艺工作者不团结、宗派主义严重也是因为没有同群众结合，没有共同标尺。毛主席很谦虚，曾说革命文艺从"五四"就开始了，不要说从《讲话》开始。但的确《讲话》是解决了"五四"以来一直没有解决的根本问题。许多问题认识清楚却不是容易的。"事后诸葛亮"。修正主义攻击我们最厉害的就是跟群众结合和思想改造。胡风也是攻击这一点，他认为"到处有生活"。许多朋友也是不同意这一条的。有很多问题的提法我们和有些国家是不同的，例如消灭体力劳动和脑力劳动的差别问题我们的提法是"知识分子工农化，工农群众知识化"，他们只提"工农知识化"（包括斯大林）。当然只提知识分子工农化一面也是不对的。列宁对旧知识分子只是利用，同时培养自己的知识分子，对改造旧知识分子讲的很少，这是因为俄国当时的具体情况，所以只能讲利用。这也是毛主席的一个创造性发展。他是从中国的情况出发的。中国的知识分子和旧俄知识分子不同，容易倾向革命，旧俄知识分子是敌视革命的（萧三说十月革命后在克里姆林宫开文艺工作者会议，旧知识分子只来了一个)。我国在革命胜利前就已有了革命根据地,文艺工作者到这里就遇到新的问题。工作对象改变了,如坚持旧的一套,就不能符合新的对象的需要(所谓"为大后方创作"就反映了当时一种心理),甚至会妨碍革命,破坏革命的利益(如肖军、丁玲),他们要用小资产阶级面貌改造革命根据地。要解决这个矛盾,就必须与工农结合(文艺不能全靠工农自己搞,还是要靠知识分子)。这是从需要方面讲,另外也从可能方面讲,我们有革命根据地,俄国当时没有。延安文艺座谈会之后,紧接着就动员知识分子到工农中去,没有实际活动,光有方针也不行。

当时延安文艺工作者分为几派:一派主张暴露黑暗(文抗的肖军、丁玲等),一派主张歌颂光明(鲁艺的周扬同志等)(毛主席关于暴露与歌颂的一段就是驳李雷的)[13]。当时暴露派是反动的,歌颂派也是无力的,"衣服工农兵,思想小资产阶级",《讲话》出来后才有改变,出现秧歌运动。我们的文艺面目一新,站在人民立场,表现劳动人民,为劳动人民所喜闻乐见,这是根本的变化("左联"也曾提出过工农,而且试图为工农,但不能解决问题)。

与工农结合,解决了工作对象,表现对象,文艺工作者自己的思想感情变化。这个问题是我们最根本的经验,社论应该主要讲这个问题。

---

[13] 文抗,指中华全国文艺界抗敌协会延安分会。李雷,当时在延安的东北籍作家,生平创作不详。"十七年"中,文艺界领导人在公开场合将40年代延安文艺界分成两派,并将"文抗"和"鲁艺"划分为"主张暴露黑暗"派和"主张歌颂光明"派并不多见。至少到1978年周扬接受赵浩生访谈时,我们才读到当事人有这样明确的评述:"当时延安有两派,一派是以鲁艺为代表,包括何其芳,当然以我为首;一派以'文抗'为代表,以丁玲为首。这两派本来在上海就有点闹宗派主义,大体上是这样:我们'鲁艺'这一派人主张歌颂光明,而'文抗'这一派主张要暴露黑暗。"

(下略)

材料之三：1962年3月15日周扬在新侨饭店"理论批评座谈会"上的发言：对《人民日报》纪念《在延安文艺座谈会上的讲话》发表20周年社论提纲的意见[14]

《在延安文艺座谈会上的讲话》的内容，超过了文艺问题，是整个革命者人生观的手册。

开纪念会，流于形式，主要写文章。文艺整风是整风的一部分，整风20周年未纪念，(单纪念文艺整风)开会，形式影响内容，显得隆重。

---

[14] 从1962年2月13日起至4月底，由中宣部组织，在北京新侨饭店召开有二十多位批评家和文化官员参加的理论批评座谈会，将"文艺十条"修改为"文艺八条"，并讨论撰写《人民日报》《文艺报》纪念《讲话》的社论。关于这篇社论的编写，1967年印行的《文艺战线上两条路线斗争大事记》(中国作家协会革命造反团、新北大公社文艺批判战斗团编写)1962年2月—4月部分称："自2月中旬起，周扬伙同林默涵调集何其芳、陈荒煤、张光年、叶以群等二十余人，在北京新侨饭店，以'纪念'毛主席《在延安文艺座谈会上的讲话》二十周年，'总结经验'为名，密谋策划大写反对毛主席文艺路线、宣扬'全民文艺'论等修正主义路线的黑文章。这就是臭名昭著的'新侨黑会'。与此同时，夏衍、陈荒煤又调集电影界反革命修正主义分子瞿白音等在北京翠明庄举行电影方面的反革命黑会……他们大量放映帝国主义、资本主义、修正主义的最反动最腐朽的影片(如苏联的《士兵之歌》《晴朗的天空》，美国的《郎心如铁》，英国的《裸体天堂》，日本的阿飞色情片《飞女欲潮》，法国新浪潮的《广岛之恋》等)，大量钻研帝国主义、资本主义、修正主义的反动透顶的'文艺理论'。"

文艺刊物有一篇有内容的文章就可以了，作家艺术家的文章，要言之有物，凡应景的、祝贺的、表态的文章，一律不登。不要追求数量，不要求写全面的文章，谈一个问题就可以。

关于社论，这次集中一批理论工作者研究写社论，很好。今后还可以采用这种方式研究一些问题。现在的提纲，谈的问题太多[15]。究竟讲些什么东西？个别问题，如作家与生活，可以单独写些专门文章。我设想一个大体的轮廓，是文艺性的，但还要有政论性。有些问题，如政治与艺术的关系，这些年有些片面性的理解，但在社论中详细地谈不大容易，写学术性的问题倒是可以写很多文章。

文艺与政治的关系，你们的讨论没有讲清楚。如说文艺与政治两者都从实际出发，两者都要改造世界，政治家要有较高的概括力。这三条都不够科学，不能解决问题。不如以基础与上层建筑的关系来讲：政治是经济的集中表现，政治和艺术都是上层建筑，但政治是直接触及生产关系的，艺术则是间接触及生产关系的。

文艺的政治性，阶级性不能绝对化，只能是主要的，起决定主要的，不能每一个标点都有阶级性。人有阶级性，也不是任何一点都有阶级性。普列汉诺夫说，阶级性决定人的主要思想感情状态，这"主要"的讲的科学。人喝茶吃饭没有阶级性（有时也有，如招待外宾）。文艺服从政治，不要搞得绝对化了，要全面地用历史观点来研究。我自己感到

---

〔15〕1962年2月26日，林默涵在新侨饭店"理论批评座谈会"上，就这篇社论的提纲发表长篇讲话，提出社论要谈这四方面内容：1.《讲话》的历史意义，成绩和主要经验；2.当前的任务；3.队伍问题；4.党的领导。并说，社论"要全面不要片面，主要是全面观点。违背毛主席思想要犯错误，片面理解毛主席思想也会犯错误，'左'的错误。"周扬对这个提纲并不满意。

有些问题提出来是正确的,但没有说清楚,例如人道主义。现代修正主义者大讲人道主义,他们所讲的具体内容、核心的东西就是反对个人迷信,说斯大林晚年"不人道""无人性"。对人道主义的问题,我们可以用一年的时间很好地研究一下,对19世纪的遗产进行正确估价。19世纪是世界上发生重大变化、资产阶级文艺发展到最高峰的时期。无产阶级文化的初期现象与19世纪文化有继承关系,包括好的和坏的。文学研究所如果就这个问题写本书,是很有意义的,可以使我们有世界眼光、历史眼光,避免局限性。[16]

---

[16] 在当时,虽说社会主义现实主义文学已经取得辉煌成就,是人类历史上最先进的文学,但对于周扬来说,他心仪、试图追逐的对象,却是文艺复兴、19世纪的"资产阶级文艺"。在1960年第三次文代会报告《我国社会主义文学艺术的道路》中,周扬说:"18、19世纪欧洲和俄罗斯的文艺对人类作了巨大的贡献,产生了像歌德、巴尔扎克、托尔斯泰这样一批伟大作家。批判现实主义和积极浪漫主义的优秀作品,揭露了封建主义和资本主义的罪恶,在不同程度上表达了当时人民的情绪和愿望……这些作品描绘生活的艺术技巧也有不少地方值得我们借鉴。"1961年6月16日在文艺工作座谈会上,周扬讲话称:"19世纪文学是一个高峰。文艺复兴出现高峰,18世纪启蒙主义又是一个高峰,19世纪文学不论在思想上、艺术是都是高峰。我们提出要向高峰挑战。"1960年在中央文化工作会议上,周扬讲话说,"象征着资产阶级文化艺术高峰的19世纪的资产阶级文学",是"社会主义文化需要继承的一部分",并说,"我们要来一个学习运动,即又批判,又学习。不但学习19世纪现实主义的文学,还要学习文艺复兴时代的文艺,以至学习现代反动的资产阶级文学。学习的目的是为了批判,但还有一个方面,就是在批判的基础上,学习他们的技巧"。这些观点,在"文革"中受到批判。1970年第4期《红旗》杂志发

社论怎样写？

一、对二十年来[17]文艺的发展与成绩的估计。

1. 开辟了一条道路，一个时代。这话不夸大。文学史上有些问题不是拿马上产生多少作品来衡量，而在于开辟一个方向。树木虽未成林，但是道路宽阔。为工农兵服务，百花齐放，百家争鸣，的确是一条最正确的道路。1958年我写的《文艺战线上的一场大辩论》中，毛主席加了一段话，指出反右派斗争为革命文艺的发展"扫清了道路"，现在看来，的确是这样。虽然有时候扫得不够高明，但扫还是对的。"五四"也是扫，扫封建。别林斯基讲过：衡量一个民族的文学，主要看方向。

2. 产生了许多好作品。秧歌《兄妹开荒》在文学史上始终可以写上一笔（张光年：并非杰作，可以不朽），是艺术同人民结合的表征。整个文艺，一直到《杨门女将》[18]、《胆剑篇》[19]，要充分估计成就。1961年小说比1960年丰产，我很高兴，我准备读几篇好作品。青年出版社[20]

表上海革命大批判写作小组文章，指周扬等的吹捧"资产阶级文艺"的高峰论，是企图"复辟资本主义"，是射向"毛主席的无产阶级革命文艺路线的毒箭"，是"文化上的卖国主义"。（《鼓吹资产阶级文艺就是复辟资本主义——驳周扬吹捧资产阶级"文艺复兴""启蒙运动""批判现实主义"的反动理论》）

[17] 这里的"二十年来"，指1942年延安文艺整风至1962年。

[18] 京剧，1959年范钧宏改编自扬剧《百岁挂帅》，由当时中国京剧院四团青年演员杨秋玲、王晶华、冯志孝等演出，引起轰动。次年拍成电影，由崔嵬、陈怀皑导演。

[19] 五幕历史话剧，曹禺、梅阡、于是之合作，曹禺执笔，写越王勾践"卧薪尝胆"故事。1961年由北京人民艺术剧院首演。

[20] 中国青年出版社成立于1950年1月，原称青年出版社，1953年

比作家出版社厉害（刘白羽：他们懂得青年人的心情），作品体现了路线的正确，作品尽管有各种不成熟的地方，但是反映了新的时代，新的风格，新的人。

3. 有了一个好的作家队伍。整个文艺队伍，关于知识分子问题，总理将要在人代会上谈一次。这几年，我们同知识分子的关系比较紧张，还有农民，关系也紧张。知识分子和农民是工人阶级的两个永久的同盟者，我们有时看他们受资产阶级影响的时候比较多，以至发展到有人认为资产阶级知识分子是"革命的对象"。这个问题要搞清楚。不能笼统地把知识分子说成是资产阶级知识分子。陆定一同志在三次文代会上的致词中说："以工人阶级文艺工作者为骨干的文艺队伍已经形成。"骨干有多大？骨干之外的算什么？例如俞平伯算什么？这个问题相当复杂，很值得研究，因为涉及到如何对待他们的政策问题。是说他们是资产阶级知识分子更加符合实际，还是相反？是把他们当作资产阶级知识分子更加有利，还是相反？陶铸同志没有讲他们是资产阶级的，还说我们同知识分子是患难之交[21]，人们都很感动。思想改造、世界观改造是长期

4月和开明书店合并，改称中国青年出版社，直属共青团中央领导。"文革"前出版的文学畅销书有《红日》（吴强）、《烈火金钢》（刘流）、《红旗谱》（梁斌）、《创业史》（柳青）、《红岩》（罗广斌、杨益言），翻译作品有《钢铁是怎样炼成的》《暴风雨所诞生的》（均奥斯特洛夫斯基）、《卓娅和舒拉的故事》（科斯莫杰米扬斯卡娅）、《牛虻》（伏尼契）、《绞刑架下的报告》（伏契克）等。

[21] 1962年这个期间，陶铸任中共中央中南局第一书记兼广东省委第一书记。1961至1962年间，他在多个场合讲知识分子问题。1961年9月28日，邀请广东许多高级知识分子到从化温泉座谈，陶铸说："十二年的时间不算短，知识分子可以说已同我们结成患难之交。几年来物质条件比较困难，没有猪肉吃，大家还是积极工作，没有躺倒不干。酒肉之交不算好朋友，患难

材料与注释

的问题,共产党员也要长期改造,笼统讲资产阶级知识分子是不恰当的。有的老艺术家已经参加共产党,但还保留一些非无产阶级意识。解放二十年来,我们培养的人,尽管有刘绍棠这样的右派分子,但大多数青年不能说是资产阶级的。看不到资产阶级思想斗争是长期任务,是不对的。说所有的知识分子都不是资产阶级的了,也有危险,但反人民的究竟是少数。绝大多数知识分子是站在人民方面的。毛主席的文章,从来没有在知识分子上加形容词。有人主张用"爱国的、革命的知识分子",也可以考虑。我们的文艺队伍,是人民的文艺队伍,社论要作一个估计。

4. 领导文艺工作方面积累了不少经验。

之交才算,'疾风知劲草','岁寒以后知松柏之后凋'。现在的问题是团结高级知识分子不够,对他们信任不够。……我们是要把团结提高到新的水平,一是尊重,二是关心。所谓高级知识分子,就是比一般人多读了一些书。中国有句古话,'士为知己者死,女为悦己者容',是有些道理的。……今后对于思想认识问题,只能采取关心、倾谈、切磋、诚恳帮助的办法,要把思想问题与政治问题区分开来,今后不能采用大搞群众运动的办法来解决思想问题。……对于过去批判搞错的,应该平反、道歉,老老实实认错。'等价交换',在什么场合戴的帽子,就在什么场合脱帽子,不留尾巴。凡是三年来斗争批判错了的,我代表中南局和广东省委向你们道歉、认错。""我还建议,今后一般不要用资产阶级知识分子这个名词,因为这个帽子很伤害人。其次,凡属思想认识问题,一律不准再搞思想批判斗争会。第三,不准用'白专道路'的帽子。……'红透专深'这个提法陈毅同志不同意,我也有同感。什么叫红透?红透就是优秀的马克思主义者。共产党员是不是就红透了?我就是没有红透的,我还不敢有这个要求,为什么要这样要求专家呢?"(《陶铸在省市高等知识分子座谈会上的讲话》,原件藏广东省档案馆,转引自陆建东《陈寅恪的最后20年》,生活·读书·新知三联书店,1995年,第338页。)

"推陈出新"可放到新作品一条谈,也可以当作一条。

一条广阔的道路,不少优秀作品,一支不错队伍,积累了不少的经验。[22]当然,还有不少粗糙的作品,领导还有不少缺点。

二、基本问题还是同人民群众的关系问题。

文艺总是要表现新的人民的时代。延安时期发生的问题就是不能表现新的时代,脑子里想的还是旧地区、旧时代,只看到边区落后,没有看到先进。毛主席在《论持久战》中讲到落后的、先进的问题时说,城市是先进的但是在国民党手中,变成黑暗的、落后的;农村是落后的,但在共产党领导下,成为光明先进的。《讲话》前后是结合的开始。我们在去延安以前是相当彻底的民主革命家,但是没有同人民结合,没有用无产阶级宇宙观武装起来,不同人民结合,就无法获得无产阶级宇宙观。过去以为看看书就能获得马列主义,实际上是教条主义。和人民结合,是改造世界观问题,创作源泉问题。毛主席一下就把这个问题抓住了。和人民结合,是一个长期的方向。对知识分子还有一个要求:拥护革命。至于结合,是要经过长期努力的。没有结合,也是可以的,我们引导他们逐渐与人民结合。

修正主义者,肖洛霍夫[23]这些人,不能说他们不爱国,不搞社会主

---

[22] 周扬讲这些话的时候,肯定没有想到,他对"文艺发展和成绩"的这四点估计在一年多之后,被毛泽东1963、1964年的两个批示推翻。接着,江青主持的《部队文艺工作座谈会纪要》,作了与周扬完全相反的描述:说文艺界"建国以来","被一条与毛主席思想相对立的反党反社会主义的黑线专了我们的政","十几年来,真正歌颂工农兵的英雄人物,为工农兵服务的好的或者基本上好的作品也有,但是不多"。

[23] 肖洛霍夫(1905—1984),20世纪苏联著名作家,著有《静静的顿河》《被开垦的处女地》《一个人的遭遇》等。1965年获得诺贝尔文学奖。

义,但他们脱离人民,不了解劳动人民的情感,不能做他们的代言人。资产阶级评论都说他们报酬大于贡献,不能代表劳动人民的思想感情。

我们最欢迎的是能代表劳动人民的利益,表达他们思想感情的作品。不反人民的作品,也允许存在,我们要把尺度放宽[24]。稿费要适当,

---

他的创作在现当代中国文学界有广泛影响。但 50 年代后期和 60 年代初中国开展的反对苏联修正主义运动中,肖洛霍夫的《一个人的遭遇》和根据小说改编的同名电影,被作为宣扬资产阶级人道主义、人性论的标本受到批判。1966 年江青主持的《部队文艺工作座谈会纪要》中说,"文艺上反对国外修正主义的斗争,不能只捉丘赫拉依之类小人物,要捉大的,捉肖洛霍夫,要敢于碰他。他是修正主义文艺的鼻祖。""文革"期间,对他的批判扩展到对他的整体创作。丘赫拉依,苏联电影导演。他执导的影片《第四十一》(1957)、《士兵之歌》(1960)、《晴朗的天空》(1961)在 1965 年的中国作为"修正主义标本"受到批判。

[24] 在文艺的社会功用问题上,60 年代初周扬等为了"放宽尺度",降低文艺政治功用上的紧张感,发明了"无害"这一概念。1960 年 1 月 3 日在"全国文化工作会议"上的总结发言称,"所谓无害是指政治上无害,而在艺术上和人们生活上,还是有益的。譬如轻音乐,又如梅兰芳同志表演的《游园惊梦》,都是如此。所以,政治上无害的东西,不一定就没有一点益处。不要因为我们说它无害,就不演了……如果这种政治上无益无害的东西只是作为文学艺术的一个方面,一个种类,一种体裁,满足人们的一种精神需要,那我们不但不反对,而且是需要的。"同年 1 月 22 日在全国文联的一次会议讲话:"无害的相当多,有益的不那么多。无害的东西人民也是需要的。我们提倡有益,但不排斥无害的东西,不然艺术路子搞得很窄。轻音乐也可以听,无害的东西,也能丰富人民的精神生活,人不一定每天都听进行曲。"1963 年 4 月 9 日在"全国文艺工作

给予头衔。但就要求一条：拥护党和社会主义。

　　看看我们同人民群众的联系怎样？1958年以来，联系削弱了。可以向作家提出一个问题：当党的政策与人民情绪发生矛盾的时候这么办？我看可以不写作品。我们党内一定要有"组织服从，思想保留"这一条，否则不仅毁灭文艺，而且毁灭革命（赵树理例子）。我们不赞成用人道主义的"悲天悯人"的态度关心人民疾苦，这不是我们阶级的东西。但只要是反映了人民利益和情况的作品，我们都应当注意，分别处理。赶浪头是恶劣风气。我们要鼓励作家歌颂新事物，同时要深刻地表现新事物成长的艰苦过程。认识时代不是简单的事情，将来一定会有反映这几年斗争的好作品出来。作家要同人民共命运，同呼吸，这是真正的为政治服务。一定时间也可以作点鼓动工作。文艺可以作各种用处，但不能把配合中心当作整个文艺方针。可以找些作家来谈谈，为什么不敢写生活中的问题。当作家认为违反他的革命良心、艺术良心可以不写。"浮夸"也可以说是"新事物"，不是任何新事物都是好的，新生的东西有香花也有毒草。[25]

会议"上的报告："强调革命性战斗性，但也不能排斥相当一部分是娱乐性的作品，……不能说无益无害的东西都是资产阶级的东西，古代的外国的东西，可以吸收过来作为借鉴，作为'副食'。"1963年5月29日在"全国故事片厂厂长、党委书记会"上报告："艺术作品只要不是反革命的，有一定的艺术水平，就一视同仁，可以发表。《拾玉镯》政治上是无害的，是歌颂恋爱自由的，又是反封建的。《女篮五号》政治性不强，但效果不错。政治性再差的也可以搞一点，所有的影片都表现阶级斗争也不好，人家看了会以为中国社会不稳定。"

　　[25] 这里提出了当代的难题。周扬说要找些作家谈谈"为什么不敢写生活里的问题"，可是这个问题好像应该回过来问控制文艺的权力阶层

三、正确对待学习遗产、学习外国的问题。艺术水平哪里来？一是生活丰富，有才能，一是学习遗产。生活这条要啃死，对这条要大彻大悟。外文、古文两关打不破，很困难。农业难关还没有过去，不仅是生产关系问题，还有生产力问题。文艺创作也有生产力问题。有的人讲话很有光彩，但写不好，这种人才也要重视。但作家还是力求要写出东西。现在人们要求精（精粗之别），要文（文野之别），要精要文，就要自己下功夫。要创造新文化批判旧文化，就必须懂得旧文化。历史上是有唯心主义者比唯物主义者搞得精，不革命的人比革命的人搞得精，但起作用的是唯物主义者，是革命者，而不是唯心主义者，不革命者。因为他们不能反映人民要求。一定要推陈出新，不推陈，出不了新。

四、正确处理文艺工作者的关系问题。

要反对宗派主义，小集团，改进党和非党的关系。我们不反对艺术家形成各种流派，提倡创造性的结合，因为这与小集团是两回事。只要不反对人民，各种题材都欢迎。作品不决定于题材，形式，决定于质量，各种形式都可以产生伟大的作品。要创造作家之间新型的关系，要扩大团结面。

才对。不过，和过去不同的是，周扬在这个问题上的"故作天真"有所收敛，不把责任全归结为作家世界观问题和深入生活不够。在"社会主义文艺"中作家写作、虚构的权利和自主性问题，始终困扰当代作家。1957年曹禺就提出"生活里的事实是怎样，作家的感觉是怎样，和应该是怎样"的三者的关系（《曹禺同志谈剧作》，《文艺报》1957年第2号，4月21日出版），而"应该是怎样"在当代主要是有关"党的政策"的规定。周扬这里提出的问题，他在1962年8月的大连会议上再次提出。他为作家留出的空间是"可以不写"，也就是有沉默的权利；这毕竟是"宽松"时代的征象。

五、正确实行党对文艺的领导。

要细致的领导，不要粗糙的领导。正确的领导，首先是方向正确，表现为繁荣、活泼，能发挥高度创造力，心情舒畅，而不是相反。领导工作要越高越细致，多听文艺家的意见。要去掉主观主义、命令主义和官僚主义。

张光年谈周扬

由于和周扬的密切关系,当需要了解周扬情况的时候,总会想到张光年。张光年集中谈周扬的材料我看到的有两份,一份是"文革"开始不久,他成为"文艺黑线人物"受到迫害,"造反派"要他写的《我和周扬的关系》的"交代材料"(当时印发供"革命群众"批判),另一是90年代初的三次访谈;访谈整理稿收入李辉编著的《摇摆的秋千——是是非非说周扬》(海天出版社,1998年)一书。下面注释的是"交代材料"。1967年读到的这份材料并不完整,主要是1956年以后到1962年的部分。和当时大量的检讨、交代材料一样,思维逻辑、用语、对事情性质的归纳,都受制于特定的历史条件和当事人的处境。虽然如此,它对某些事实的叙述,也提供了若干可以参考,也值得信赖的细节。因此,在《1956:百花时代》(山东教育出版社,1998年)这本书里,我在谈及鸣放和反右时期的《文艺报》时,引用了其中的部分叙述。

下面,材料部分用宋体字,注释部分用仿宋体字以便区别。

我和周扬的关系（1969年12月9日）

张光年[1]

1956年底右派大举进攻前，一天晚上，周扬在东总布胡同27号召开了作协党组扩大会议打算同丁、陈、冯等达成妥协进行肮脏的政治交易[2]。会上周（指周扬，下同）低声下气地检讨了1955年底对丁陈的批判，说他自己和刘白羽"有缺点"，有"简单化"。然后指着在场的丁、冯、刘白羽和他自己说："作协的工作，反正总得我们几个人来搞（当时周兼任作协党组书记），大家把意见谈开了，问题就好解决。"因丁玲索价很高，这场交易没有谈成。1957年春天，周自己带头向党进攻，在作协编辑工作会议上大肆煽风点火，要求《文艺报》《人民文学》大放毒草，说什么"阶级斗争基本结束，人民内部矛盾突出了，过去在阶级斗争中的方法不适用了，但我们还是习惯那一套，赶不上形势"。又说："知道是毒草放了，不是错；把毒草当香花放了，不算大错。放出来要不要批评？不能说不批评，但也不必忙。在夹缝中奋斗，逼着我们进步。"[3]四月间的一个上午，他特地到编辑部来，督促文艺报放毒，说什么："放也是错，不放更是大错，不如大放。"[4]这次他还要让《文艺报》找丁玲、冯雪峰、陈企霞等写文章。他对我和侯金镜等人说："当前最大的政治是团结，从陈企霞到朱光潜，都要团结起来。"这是他要利用党的鸣放政策，利用《文艺报》的地盘，进行招降纳叛的勾当。我和侯金镜当时也右得厉害，便派编辑找丁、冯约稿。丁、冯拿架子，不肯写。我和侯带编辑杨志一同志亲自到颐和园，请她谈谈深入生活的问题，搞出了一篇访问记[5]，这一方面是替丁玲涂脂抹粉，恢复名誉，另一方面，也是为周扬招降纳叛的阴谋服务，是十分可耻的。这些事情，同时也说明了周扬的右派立场。后来反右派，斗丁、陈，是完全出乎他的意料之外的。

〔1〕张光年(1913—2002),湖北光化(今老河口市)人。剧作家、诗人、文艺批评家。30年代参加抗日救亡文艺活动,40年代在延安、重庆、云南和华北解放区从事革命文艺工作。50年代后,先后担任《剧本》《文艺报》《人民文学》主编和中国作协的领导工作。著有《文艺辩论集》《五月花》《风雨文谈》《光未然戏剧文选》等诗集和文集。他在当代撰写的批评文章,除使用张光年本名外,还用华夫、言直等笔名。

在谈论50—70年代的中国文学时,张光年不应被忽略。他担任1956年到"文革"之前《文艺报》的主编,参与周扬署名的《文艺战线的一场大辩论》(1958)、周扬在第三次文代会报告《建设社会主义文学的道路》(1960)、《人民日报》纪念《讲话》发表20周年社论《为最广大的人民群众服务》(1962)的写作。在批判胡风、批判右派和批判"苏联修正主义文艺"的运动中,发表不少有分量的文章。如他的《现代修正主义的艺术标本——评格·丘赫莱依的影片及其言论》(《文艺报》1963年第11期),是60年代公开批判"苏修文艺"的最早文章。这篇长文针对的是50年代后期出现的苏联"新浪潮"电影:丘赫莱依的《第四十一》(1957)、《士兵之歌》(1960)、《晴朗的天空》(1961),以及米哈依尔·卡拉托佐夫的《雁南飞》(1957),安·塔可夫斯基的《伊凡的童年》(1962)。这五部影片,在1963—1964年间,曾在北京等大城市作为批判材料内部放映。

1949年以前,张光年以剧作家(著有《街头剧剧作集》)和诗人光未然(《五月的鲜花》《黄河大合唱》《阿细人的歌》的诗和词的作者)的身份为人知晓;1949年以后,他成了从事政策性理论批评的文学批评家。尽管也有《三门峡大合唱》等诗作发表,但此"大合唱"(三门峡)水准无法和彼"大合唱"(黄河)相提并论。五六十年代,如果没有基本文学史知识,要把《五月花》跟《文艺辩论集》两书的作者当成同一个人,还需要一点想象力(光未然:《五月花》,作家出版社,1960年;张光年:《文艺辩论集》,作家出版社,1958年)。他自己说,周扬对他很信任,"喜欢我的笔墨",文章"总要让我'理发',在文字上帮他润色";"这也让我倒霉了,长期地改文件,改报告,改社论,学会了字斟句酌,可自己的文风也变坏了。"(参见李辉编著,《摇摆的秋千——是是非非说周扬》)。不过,在"十七年"中国作协领导层的几位批评家中,他"变坏"了的理论文字,总的来说,比林默涵、刘白羽、陈笑雨、陈荒煤、冯牧的略胜一筹,甚至也可以说好的不是一星半点。"……莎菲女士来到了延安。她换上了一身棉军服,改了一个名字叫陆萍。据说她已经成为共产党员了,可是她那娇生惯养、自私自利、善于欺骗人、耍弄人的残酷天性一点也没有改变。她的肺病大概已经治好了,她的极端个人主义的毛病却发展到十分疯狂的地步"(《莎菲女士在延安》,收入《文艺报》编辑部《再批判》,作家出版社,1958年)——这些颇具匠心的叙述,在针对王实味、丁玲、艾青等的"再批判"的一组文章中,大概只有张天翼的《关于莎菲女士》可以媲美。最主要的是,在那个反右、批判修正主义成为主潮的时代,当周扬等试图对激进路线作"纠偏",修复这一路线后遗症的时候,张光年善于以周密、有弹性的文字,在左顾右盼中表达这种政策转移的理论和现实依据。他执笔的《谁说"托尔斯泰没得用"?》《题材问题》等文章,是这方面的代表作(《谁说'托尔斯泰没得用'?》,《文艺报》1959年第4期;《文艺报》专论《题材问题》,《文艺报》1962年第3期)。

〔2〕**肮脏的政治交易** 指1955年到1957年,中宣部和中国作协领导层处理"丁陈反党小集团"问题上的冲突。"丁、陈、冯"指丁玲、陈企霞、冯雪峰。"周"指周扬,下同。北京东城的东总布胡同27号为当时中国作家协会机关所在地,后来作协搬迁至王府大街64号的文联大楼。

〔3〕**作协编辑工作会议** 1957年4月20日中国作协书记处召开文学报刊编辑座谈会,有中国作协主办的《人民文学》《文艺报》《文艺学习》

《诗刊》《译文》《新观察》《中国文学》编辑部人员参加。作协第一书记茅盾主持。周扬、邵荃麟、老舍等出席。张光年这里"交代"的事实，与当年《文艺报》1957年第4号（4月28日出版）本报记者黄沫《编辑工作一定要适合当前新形势》的报道，在事实上基本相同；不同的只是对事件性质的评价。《文艺报》的报道称，编辑会议上，"周扬认为，我们目前所存在的根本是思想问题，即思想落后于形势。他说，现在阶级斗争结束了人民内部矛盾成为突出的问题，可是对于这种新的形势我们没有充分认识。……'大放还是小放'？周扬说，当然是大放。对人民只能讲民主，要保障人民的言论自由。……所谓放，自然会放出一些资产阶级、小资产阶级思想来。这绝不是像有些人猜测的那样，为了'钓大鱼'，放出来好'整'……"

〔4〕**督促文艺报放毒** 二十多年后的1992年12月7日，张光年接受李辉访谈时说："周扬长期不到《文艺报》编辑部来，但1956年底开始要鸣放时，他却直接到各编辑室鼓励大家鸣放。他说：'放是错误，不放也是错误，而且是更大的错误。'我估计这是毛主席的原话。""侯"指《文艺报》副主编侯金镜。张光年的说法在时间上可能有误，应该是1957年4、5月间，而不是1956年底——那个时候整风鸣放尚未开始。

〔5〕**丁玲访问记** 当时丁玲在颐和园的疗养所疗养。《文艺报》记者陈骢访问记《丁玲同志谈深入生活》，刊登于《文艺报》1957年第7号（5月19日出版）。发表这篇访问记用意其实不在提倡什么"深入生活"，而在抚慰1955年被打成反党小集团而怨愤的丁玲。陈骢为杨志一笔名。杨志一（1926—2006），湖南芷江人，1949年毕业于清华大学外文系，1950年到《文艺报》工作，在五六十年代先后担任通讯组、文学评论组、理论组组长。

文艺界右派大鸣大放期间，正面临着主席在延安《讲话》发表15周年，《文艺报》为了装潢门面打算用两三期的篇幅大肆纪念发表社论，还准备找一些解放区来的文艺工作者写纪念文章。1957年4月25日上午，我带着很多设想的计划去找周扬，向他请示。周否定了我们的计划，他说："现在整风广开言路，《讲话》不必大肆纪念，不要逼着人家表态。现在是你们这些人在搞作协，搞文艺报，要特别注意团结，不要使人感到一朝天子一朝臣，团结的方面要越广泛越好，由远而近，由疏到亲。"关于社论，周授意，"把重点放到配合整风上，不要重复地去讲一些老话"。当时我已坠入右派立场，便极力领会周扬的意图，挖空心思写出了那篇极端反动的社论《新的革命的洗礼》[6]，假借纪念、还有整风和《讲话》15周年的名义，打着"红旗"反红旗，号召牛鬼蛇神向党进攻。这篇反动社论，经周扬审阅过。

[6] **1957纪念"讲话"社论** 根据周扬的指示，在5月19日出版的1957年第7号《文艺报》"纪念毛主席《在延安文艺座谈会上的讲话》发表十五周年特辑"的专栏上，除刊发周立波、丁玲、刘白羽等解放区作家的纪念文章外，也发表了"由远而近，由疏到亲"的团结对象，如熊佛西、朱光潜、陈梦家的文章。社论《新的革命的洗礼》的"极端反动"的观点，主要是："国内阶级斗争基本结束了。社会主义社会前进的动力的生动表现——人民内部的矛盾变得突出了。新的时代提出了新的任务，用阶级斗争中的老办法来解决文化革命、技术革命中的新问题，越来越行不通了"，因此，要"经历一次新的革命洗礼"，在整风中反对官僚主义、宗派主义、主观主义对我们事业的"祸害"——这些"极端反动"的话应该是周扬传达毛泽东1957年1月到3月在各个场合讲话的观点。

1957年春天文艺报改出周刊，这本身就是一个大阴谋[7]。当时周

材料与注释

扬要求《文艺报》办成苏联《文学报》那样"权威性的报纸",先出周刊,后出三日刊,归中宣部和作协双重领导;《文艺报》和中宣部合办一个印刷厂(印厂后来交给中宣部了)。周还让中宣部干部处为《文艺报》调集100人(包括文艺报编辑部原来的20余人,改版时达到80人);又从中宣部抽调出陈笑雨来做副主编并社会生活部主任,抽出钟惦棐担任编委兼艺术部主任,从人民日报文艺部抽出萧乾来做副主编兼外国文学部主任。当时是要大干一番的,其目的就是要利用和歪曲党的二百方针,实现资产阶级的自由化,为黑帮招降纳叛,扩大反党队伍(所谓"由远而近,由疏到亲");用筹备期间的周扬的说法则是"通过文艺批评这种社会方式实现中宣部对文艺的领导"(1957年初在他家里这样讲的)。周扬指定林默涵、刘白羽、郭小川等和我一起搞改版的筹备工作,表示他对改版的重视。周扬在作协编辑工作会议上极端反动的讲话,事实上成了《文艺报》周刊的编辑工作方针。我在写社论时和在编辑部谈话时经常援引它,并且按照自己一贯右倾机会主义立场加以发挥。例如我当时在编辑部讲过这类极端荒谬的话:"为了反教条主义,可以和小资产阶级建立统一战线","二百方针是文化上统一战线的新发展","文艺报是统战刊物,应该反映出作协的统战性质"。周扬很重视社会生活版,他当时嘱咐我和陈笑雨说:"社会生活要力避空论,不要只讲好话。"周也重视报导版,说"《文艺报》要经常宣传我们文艺工作的成绩"。

〔7〕《文艺报》改版 为什么是个"大阴谋",张光年这里没有具体说明。《文艺报》从1957年4月14日开始到该年年底,由原来的月刊改为周刊,16开本改为8开本,每期16页,至1957年底,改版的《文艺报》共出版38期。改版的《文艺报》总编辑为张光年,副总编辑为侯金镜、萧乾、陈笑雨,编委为王瑶、巴人、华山、陈笑雨、陈涌、侯金镜、康濯、黄药眠、张光年、钟惦棐、萧乾。由于萧乾、钟惦棐、陈涌、黄药眠等在反右运动

中都被定为右派(《文艺报》编辑部其他成员被定为右派的还有唐因、唐达成、侯敏泽等)，11月10日出版的第31号版权页上，上述诸人从副主编和编委名单上消失；编委名单改换为：巴人、公木、王瑶、严文井、陈笑雨、陈荒煤、侯金镜、张光年。改版的1957的《文艺报》，呈现了活力，但也引发最多争议。1958年起，这个实验终止，刊物又改回16开本半月刊。

1957年6月底或7月初，开始反击右派的时候，周扬约我和侯金镜、陈笑雨到他家里去谈话，林默涵、邵荃麟等也在座。周当时装出一贯正确的面孔，对文艺报大放毒草痛加申斥，把责任完全推到下面。我想起他不久以前逼着《文艺报》放毒的一些言论，非常反感。他越是提高嗓门来训斥，我越是把背对着他，表示出疯狂的对抗情绪[8]。后来，还是周扬自己转圜了，说什么"放了也好，可以锄草"，然后转达了小平同志的指示："《文艺报》前些时气味不对，上一期的社论(指的是13期的社论《反对文艺队伍中的右倾思想》)不能解决问题，告诉张光年他们，自己把小辫子揪下来，要突出《文艺报》这个战场，对右派实行反击。"(大意如此)听了小平同志的意见，我表示愿意代表《文艺报》公开检讨。[9]

〔8〕周扬装作一贯正确　三十多年后的1992年12月7日，张光年对李辉谈起这件事，与这里的说法大致相同：周扬"先是来编辑部鼓励我们鸣放，但很快又变了。他列席政治局扩大会议后，把我、侯金镜、陈笑雨、袁水拍、林默涵五个人找到一起，宣布小平同志的意见。他对我说：'小平同志要我带话给你，要张光年把脑壳后面的一些小辫子自己揪下来，积极投入反右斗争，把《文艺报》办成文艺界反右的主要阵地。'我理解这是要保护我，让我检讨过关。但周扬对我的一通厉声指责，我却很不服气。我扭过头不看他，背向着他，由他去讲。侯金镜爱护我，怕我顶撞

出事,事后劝我:'什么时候了?你难道在哪个保险公司保过险的?'"

在五六十年代,周扬的"装作一贯正确"不仅是张光年的看法。比如1957年整风鸣放期间,中国作协5月下旬和6月上旬召开的四次各种类型座谈会上,《文艺学习》编辑部的黄秋耘就批评说,"有些领导同志,对王蒙小说的看法,最初与最后截然不同,周扬同志最初不喜欢这作品,但对记者的发言却变了,看不出转变的过程,总是指责下边编辑部。"(《文艺报》,1957年第11号)

"一贯正确"的周扬,在"文革"之后有了改变,对自己在"十七年"中的错误,对他人的伤害,有许多可以说是真诚的道歉,他在情感和世界观上,对一些理论问题的认识上,发生很大变化。人们一般认为,这是因为周扬也受难,也遭遇囹圄之苦,感同身受。当然事情不能一概而论,因为也有受难过后一仍旧我者在。

〔9〕揪下小辫子 1957年7月上旬,召开了《文艺报》全体工作人员大会,主编张光年等在会上检查编辑工作错误,并动员展开反击右派的斗争。张光年、侯金镜、陈笑雨的《我们的自我批评——在本报全体工作人员大会上的联合发言》登载于《文艺报》1957年第15号(7月14日出版)上。关于《文艺报》的问题和他们的责任,"自我批评"中这样讲述如何"揪下小辫子":"本报总编室主任唐因,总编室副主任唐达成,利用党员副总编辑侯金镜、陈笑雨因公出差的机会,利用编辑部一些工作人员的右倾情绪煽起了一场锋芒指向文艺界党的领导的激烈斗争。本报副总编辑萧乾也在他轮值掌管总编室的时候,偷运毒草,并阻挠铲除这些毒草的工作。"又说,这个时期《文艺报》内部斗争非常激烈,"我们的斗争也非常艰苦",在压力下,"为了求得形式上的团结,避免编辑部的分裂,对右派思想和右派情绪作了某些妥协和让步,在一部分工作上表现了失掉马克思列宁主义立场的、可耻的投降";"我们虽然一直和右

派思想进行了尖锐的斗争,但是在有些问题上,我们犯了错误,辜负了党对我们的信任。"就在这样的"自我批评"之下,划出了敌、我的界限。1992年12月7日张光年和李辉谈到这件事时,说法和三十多年前大致相同:"我们有三个副主编,(除萧乾外)还有侯金镜、陈笑雨,采取轮流值班制。1957年头几个月正好是萧乾值班,我身体不好,就基本上不看稿件,由他决定编发。有的稿件看到清样时我主张抽下,已来不及了。《文艺报》放的太多,害了不少人被划右派,事后我承担责任,但也怪罪萧乾,我对他作了错误的、过火的批评,对不起他。"

但是,对张光年怨恨颇深的萧乾是另一种讲法。在同样回答李辉访谈(1993年8月26日)时说,"在我的脑子里,他(指周扬——注释者)一直是毛主席身边的文艺官僚。不过他还是真懂文艺,也熟悉文化界的情况。我分析,1956年把我调到《文艺报》当副主编,可能就是他提名的,要么就是胡乔木。刘白羽请我到他家谈了三次,我不同意。后来张光年又来找我。晚上八九点钟来,一直谈到半夜一两点,我最后就勉强同意了。没想到只干了几个月,还闹了个'篡夺领导权'。跟着就成了右派。"在《萧乾回忆录》(工人出版社,2005年)里,萧乾还说:

  1957年5月底的一天,作为刊物主编的那位大干部把我请到他那间古雅的书房里,满面春风地对我说:他知道我参加那刊物是十分勉强的,所以到任后,尊重我的意向,每周只占我两三个小时,开开会,旁的尽量不麻烦我。可现在,一个党员副主编身体不适,要在家休养一段时日,另一个要到全国各地转转,而且连他本人也想暂时休息一下。要我在这个当口担任一阵子"执行"副主编,所有稿件可以直送印刷厂,连他都可不看。事实上,没有一篇我发的稿子不先送他审阅。这期间,他倒真发过未经我寓目的稿子。……天哪。我再聪明也不会意识到个中的圈套。"文革"期间,从小报上我才晓得这是在他从党内得知要发动反右斗争之后,他轻而易举、顺顺当当地就把我这头替罪羊的脖颈套上了。在批判我的大会上,他大言不惭地说:"我是引蛇出洞!"于是,他自己成了反右英雄……

当事人对同一事件讲述的不同很常见。这里的不同,一是萧乾轮值当"执行副主编"的确切时间,另一是这期间总主编张光年是否"基本不看稿件"。张光年说的含糊其词,有的也不大合乎情理,有推脱应负责任之嫌。但说张光年是得知要发动反右而"引蛇出洞",也缺乏根据;事实上张光年的主动性有限。萧乾被当作替罪羊和打击对象,并非全是周扬、张光年的预设计谋。当年张光年和周扬一样,尽管在文艺界已居于高位,但还是属于"不能预判变化无常的路线"的人。这个事情的性质,可能是"危机"来临时掌握更大权力者制造"异端"以保护自身——这是古今经常演出的戏剧。"文革"前夕风雨飘摇中,以提倡写"中间人物"为由,将中国作协副主席邵荃麟抛出,也属于这一类。

至于选择萧乾则并非偶然。在主编、副主编中他是唯一"非党"人士;也可能确实组织、编发后来被认为问题严重的文稿;又发表了《放心·容忍·人事工作》的"反动文章"(虽然萧乾预感到政治气候有异,试图从《人民日报》抽回,但主编邓拓认为文章没有什么问题而说服他刊登)……再有重要一点是萧乾的历史"污迹"。担任《大公报》驻伦敦记者报道二战战事,类乎自由主义的"第三条道路"的政治立场,对左翼文坛曾有尖刻的讥讽批评而发生的冲突,在1948年被郭沫若斥为买办型的"反动文人"……有这样的历史"污迹",以后根据现实需要,就很容易将他落实为"异端"。当代的政治、文化斗争,现实问题往往是历史问题的延续,而历史又成为现实斗争正当性的证据。不论批判胡风,批判丁玲、冯雪峰,批判右派,还是批判"四条汉子",批判"四人帮",性质虽说有异,在这一点上沿用的是相同的逻辑。

* * *

实施反击 "自我批评"的同时和之后,《文艺报》从7月开始,声势浩大地组织、编发了一系列批判右派的文章,这持续到1958年初《文艺报》的"再批判"特辑(关于《文艺报》"再批判"特辑的缘起,张光年1992年12月7日在李辉访谈时说,"这个特辑是我经手的。周扬找到我、陈笑雨、侯金镜说毛主席要发表对丁玲等人的再批判,需要组织批判文章"。见李辉编著《摇摆的秋千——是是非非说周扬》)。这期间,张光年自己也在《文艺报》《人民文学》等报刊,连续发表了20多篇长短不一的批判文章。主要有:《和吴祖光辩论》《从一篇文章看黄药眠的右派思想》《揭穿大阴谋》(批判丁玲)、《为什么说'今不如昔'?》(批判萧乾)、《萧乾是怎样的一个人?》《胡风派?雪峰派?》(批判冯雪峰)、《19世纪的遗老》(批判冯雪峰)、《当心啊,青年人!》(批判吴祖光、丁玲)、《徐懋庸的'好心肠'》《徐懋庸的骗术》《文艺界右派是怎样反对教条主义的?》(批判徐懋庸、冯雪峰、刘绍棠、姚雪垠、吴祖光、唐因、唐达成、侯敏泽)、《莎菲女士在延安——谈丁玲的小说〈在医院中〉》《丁玲的'复仇的女神'——评〈我在霞村的时候〉》《应当老实些》(批判秦兆阳)、《奇文共赏》(批判冯雪峰)、《好一个'改进计划'!》(批判秦兆阳)……上述文章,大多收入他的《文艺辩论集》(作家出版社,1958年)。在50年代后期,还写了批判李何林的文章。署名华夫的批评郭小川诗《望星空》的文章(《评郭小川的〈望星空〉》,《文艺报》1959年第23期),也出自他的手。

反右运动中,深挖右派"堕落"原因,据说是由于他们顽固的"个人主义"作祟。这一论述,在周扬《文艺战线的一场大辩论》中有充分论述。针对这个问题,张光年在1957年发表了颇有影响的两篇短论:《个人主义与癌》《再谈个人主义与癌》。短论中对具有复杂内涵的思潮和世界观的"个人主义",在作了简单的污名化归纳后,施予严厉的道德谴责:"资产阶级个人主义,甚至在新民主主义革命运动中,已经暴露出它的反动身份了";右派是浸透了"个人主义毒汁的人",他们"要名,要利,要权,要很高的享受","想夺,想偷,想抢不该属于他的东西",他们"因此就

材料与注释

和旧制度挂了勾,和新制度结了怨。反党反社会主义的根子,埋在这里"。

在《文艺辩论集》的"后记"里,张光年写下了这样悲情、自恋的一段话:"在那乌云乱翻的日子里,敌人调兵遣将,向革命事业展开猛烈的进攻。我曾感到无比的压抑和痛苦,但是我还没能认清这些事件的不平凡的意义,反而把党和文艺界委托我把守的一个重要岗位一度拱手让给敌人!在党的耳提面命之下,特别是自己在赤手空拳的麻木状态中挨了打、受了伤以后,这才醒悟过来,赶忙裹起伤口,拿起武器,追上同志们的脚步,鼓起全身力量来还击敌人。"

……在颐和园(55年)时,周曾对我说:"关于30年代上海左翼文学运动,主席在《新民主主义论》中曾经给了很高评价,尽管那时我们是很幼稚的,犯过一些错误,但是有一条:就是要革命。"周竟用偷天换日的手法,把毛主席对于以鲁迅为代表的战斗左翼的高度评价生拉硬扯到他自己身上,真是无耻极了!这次运动中我想起1955年我和林默涵、刘白羽、郭小川等协助公安部搞胡风专案的时候[10],由郭小川负责编写一本《关于胡风的历史材料》,其中根据胡风的口供,强调胡风和雪峰相勾结,掀起了两个口号的论争,造成了文艺界的分裂。当时周扬看了这份材料,一定是很动心的。果然1957年作协党组扩大会议后期批斗冯雪峰时,郭小川的发言,就引用了反革命分子胡风的材料来为周扬翻案。这是一个重大阴谋。周扬是不能推脱罪责的。周对于《大辩论》这篇大毒草,自己非常肯定。1958年春此文临近发表的时候,一次在他家,他对我和林默涵说:"我们的这篇文章,是有的放矢,既反对了修正主义,也反对了教条主义。不是我们自己有什么本事,这是从一场惊心动魄的斗争中提炼出来的。"又说:"这场斗争,搞清了二十多年来的一个大疑案,很不容易!"当时我也认为此文"得之不易"。又听说其中有的地方经主席改过,更是得意忘形。

〔10〕**胡风专案五人小组**　张光年说，这个五人小组"是负责文字上的编辑和注释，提供思想批判材料。林（指林默涵，另四人是袁水拍、刘白羽、郭小川、张光年——注释者）是组长。包括林在内，都没有想到材料送上去以后，竟然有了那样的批语（指毛泽东在《关于胡风反革命集团的材料》上的批语——注释者）。小组的人从个人迷信和宗派情绪（至少我个人是有的）出发，做了不该做的事。""中央还另设有主管胡风集团专案的五人小组，其中三人是政治局委员。有陆定一（组长）、康生、公安部长罗瑞卿（'文革'中和陆定一一样受到残酷迫害），另有两人可能是胡乔木和周扬（这两个人起的作用不大）……"审查"胡风集团"所得的材料，特别是1930年代上海左翼文艺界发生的冲突，周扬确实"很动心"。1957年8月20日郭小川在中国作协党组扩大会议上的发言，主要内容就是论述30年代胡风和冯雪峰勾结，挑拨"党的组织"（也就是周扬等）与鲁迅的关系，分裂、破坏左翼文艺运动。发言记录稿收入中国作协党组内部编印的《对丁、陈反党集团的批判——中国作家协会党组扩大会议上的部分发言》第133—140页。郭小川的发言记录没有"胡风口供"的字样，应该是周扬等知道问题的敏感经过了删节，事实上这份发言记录中确有"中略"的删节标识。

周扬一贯地全面地反对毛主席思想，特别是一贯地仇视、曲解和贬低毛主席《讲话》。除了在文艺在为谁服务、政治与艺术、普及与提高、歌颂与暴露、题材问题、遗产问题、批评问题、文艺界统战问题、对十七年文艺的估价问题等等一系列重大原则问题上，在他历年的报告、文章和讲话中，处处提出了同《讲话》针锋相对的邪说以外，单就他对《讲话》的根本态度，可以举出以下的十条证据来：[11]

〔11〕**"一贯地仇视、曲解和贬低毛主席《讲话》"**　这是"文革"时

材料与注释

对"文艺黑帮头目"周扬"罪责"的用语。时过境迁的 1992 年 12 月 7 日和 1993 年 5 月 5 日,张光年回答李辉提问,在这个问题上的说法是:"周扬非常尊重党中央,特别是毛主席。他这个人完全政治化了,总的来说,他是很真诚的,对党,对毛主席、周总理、刘少奇特别尊重。我记得 50 年代,他多次赞叹说:'毛主席确实是一个非常特殊的人物,非常特殊。'谈话时带着十分崇敬赞佩的语气。"在 60 年代文艺整风期间,周扬在文艺问题上"倾向周总理的意见,但他非常崇拜毛主席,当然还是以毛主席的意见为准。他不止一次谈到毛主席是一个非常特出的人物,中国出了这样一个特出人物,是个了不起的事情。只要是毛主席批下来的东西,包括批判胡风的按语,他从来是毫不保留地办,从来没有一点儿牢骚,更别说有不同的意见。"

一、1957 年冬在颐和园写《大辩论》一文时,周十分狂妄地说:"我们太没有理论了,现在就靠一本《讲话》吃饭,怎么能不搞教条主义?《讲话》奠定了基础,不能只靠《讲话》吃饭,要根据新的经验发展它。"(饭后面谈时说的,林默涵、刘白羽也在座)〔12〕

〔12〕"不能只靠《讲话》吃饭" 这应该是周扬 50 年代后期到 60 年代的观点。在五六十年代,其实也是许多理论家、作家的看法。如舒芜 1957 年整风鸣放时说,"理论批评现在也很难搞,好像有了毛主席的《讲话》一切问题已经解决了。毛主席的《讲话》是个方针,不是解决了一切问题……"(《作协在整风中广开言路》,《文艺报》1957 年第 11 号)。毫无疑问,周扬一直都是把《讲话》看作中国革命文艺的纲领性文献,认为它指明方向、道路,但也不认为它可以取代系统的文艺美学、文学理论,并认为随着实践的展开,《讲话》的观点也需要发展。60 年代初主持文科教材编写,他多次提出,"关于革命的理论,建设的理论,战略策略,世界

观,列宁、毛主席是发展了。但在学术领域中,在每个学科里发展如何?有问题。就讲美学、文学理论,中国的当然不行。但世界上有没有这种著作,其学术成就超过半个世纪前的普列汉诺夫呢?我没有看到。"(1962年3月16日在文科教材政治组、哲学组编选工作汇报会上的讲话)"毛主席发展了列宁主义,从革命理论来说,右派的攻击是不对的。但从学术方面,每个学科里发展如何?有问题,不能令人满意。恩格斯死了以后,没有一个马列主义者写出一本像《自然辩证法》那样丰富了辩证唯物主义(的著作)。"(1962年3月在文科教材会议上的讲话)"马恩列斯的片断文艺理论要学,有系统研究的是普列汉诺夫。"(1959年4月17日在文学研究所的讲话)对《讲话》的这一评价,当然和后来"文革"的激进派大相径庭。1966年江青主持的"部队文艺工作者座谈会纪要"称,《讲话》《新民主主义论》等五篇毛泽东著作,"是我国和各国革命思想运动、文艺运动的历史经验的最新总结,是马克思列宁主义世界观和文艺理论的新发展",它们"够我们无产阶级用上一个长时期了"。

二、周1958年在天津做报告,目无《讲话》,狂妄地提出"要建立中国自己的马克思主义美学理论"。(1959年夏天在北戴河讨论《文艺报》工作时候,周宣称"中心问题是建立中国自己的马克思主义美学",为此还特别强调"继承中国古代的文艺理论遗产","我们的美学理论要同我国古代的美学相衔接";要求《文艺报》宣传贯彻。)《文艺报》从《河北日报》转载了他在天津讲话的报道,他事后批评我们"太冒失了"。周当时不愿《文艺报》转载,一方面是怕露了马脚,另方面也是怕惊动了苏修。1958年冬,苏联文艺理论家留里科夫过北京时,曾经以威胁的口吻质问周:"听说你们要创造中国自己的马克思美学理论啊!很有意思,很有意思。"事后周把这事告诉我,还说:"尽管他们有意见,我并不后悔。"实际上他很紧张,怕苏修在报纸上攻击他。[13]

材料与注释

〔13〕**中国自己的马克思主义美学** 1958年7月31日至8月6日，中共河北省委宣传部召开全省文艺理论工作会议，周扬以中宣部副部长名义在会上的报告，《河北日报》以《建立中国自己的马克思主义的文艺理论和批评》为题长篇报道，《文艺报》1958年第17期转载。周扬在50年代后期和60年代初，一再强调建立中国马克思主义美学的重要性。1958、1959年在北京大学的两次演讲（题目是"马克思主义美学"和"文学与政治"），正是这一计划的一部分。"中国自己的"这一提法，在当时应有两层涵义。一是，他认为毛泽东的《讲话》等，为社会主义文艺的发展指出方向，是纲领性的，但也是基础性的，不能取代系统的美学、文学理论的建设："光靠方向不行"，在这个方面，"要开辟道路"。另一层是强调对中国文学理论遗产整理、"批判继承"的重要性。他说，"资产阶级知识分子所持有的那种崇拜外国的思想，是一百多年被帝国主义侵略和奴役所养成的一种奴隶心理"，"将来的世界史，世界文化、文学史，都要重新写，因为中国、印度、阿拉伯及其他许多东方国家在历史上的贡献没有在世界史上得到应有的地位，从来一切都是以欧洲为中心"（上面引文，均见周扬：《建立中国自己的马克思主义美学》，《文艺报》1958年第17期）。因此，"中国自己的"这一提法，在当时既针对"欧洲中心"的，也隐蔽地表现为针对"苏联中心"。贯彻周扬的这一想法，1962年4月间《文艺报》召开了"批判地继承中国文艺理论遗产"座谈会，第5期和第7期的《文艺报》，先后刊发了宗白华、俞平伯、孟超、唐弢、王朝闻、王瑶、游国恩、朱光潜、陈翔鹤、郭绍虞、王季思等这方面的笔谈文章。只不过到了1962年夏天开始重申"千万不要忘记阶级斗争"，这一计划很快流产。

三、1960年1月3日，周在文化工作会议作报告时说："创作和理论要受到全世界的承认，不是一件容易事，光靠方向正确不行，要拿出货色来。一定要看到这一点。"这是"不能光靠《讲话》吃饭"的另一个说法，是射向《讲话》的又一支毒箭。

四，1960 年 6 月，我和刘白羽、林默涵、袁水拍帮他写第三次文代会报告时，周对我们说："《讲话》是政治方向，加上二百方针，才是文艺路线。"这是说，主席在延安的《讲话》并没有解决文艺路线（道路）问题，一定要加上经过他曲解了的二百方针，才有了无产阶级的文艺路线。而第三次文代会报告，就是按照他的这个谬论写出来的。[14]

[14] 加上二百方针，才是文艺路线　"二百"："百花齐放，百家争鸣"的缩略语。在 50 年代后期到 60 年代，周扬一再强调工农兵方向必须加上"二百方针"，才是"完整的"毛泽东文艺路线。1962 年 2 月到 4 月间，与张光年谈话说，"解放后历次政治运动都是反右，'反右必出左'，反胡风，反右派，反右倾，对资产阶级的学术批判，都产生了副作用，出现了很多简单化的东西。当年斗争一个接着一个，来不及纠正"，"中央负责同志对于简单化的批评，意见很大。过去中宣部没有管，我们也常受到上面的批评，定一同志就说过，要下令停止批评三年，免得害死了创作。对毛主席的《讲话》，……只讲工农兵方向，不讲'二百'方针，实际上是违反主席思想……工农兵方向要加上'二百'方针，才是完整的文艺路线"。

不过，文艺严格的阶级路线，与思想艺术多样化、创作自由是互有冲突甚且对立的命题，它们如何在一个框架里共存、融合，一直让"当政者"伤透脑筋。因为存在着严重的裂痕，对"二百方针"此后不断有多种补充性的解释出现。如强调"二百方针"是坚定阶级政策，打消人们的"自由化"幻梦；如提出判断香花毒草的六项标准；如宣布"创作自由"之后又申明"四项基本原则"不能动摇……在 60 年代初，周扬等在这个问题上阐释的重点，则转移到"工农兵方向"的阶级性方面，提出在服务对象上削弱严格阶级限定的"为最广大的人民群众服务"的说法。

五、1960年8月14日周在文代大会党员干部会上说:"这次会的主要收获,是明确了道路问题,工农兵方向比1942年大大地丰富了,新的经验、新的内容,放出了新的光芒。"又是明目张胆地贬低《讲话》,而对他自己的报告做了极端狂妄的自吹自擂。

六、也就是在这个时期,他跟我和林默涵等人说:"《讲话》是方向,要开辟道路。"他还假意自谦地说:"我们这些人学问不多,但是像莱辛、伯林斯基,也不是很有学问的人。历来开辟道路的人,都不是很有学问的人。黑格尔、王国维,都是很有学问的吧,他们并不是开辟道路的人。"[15]

[15] **"极端狂妄""明目张胆"** 这里体现了周扬的抱负,他的勃勃雄心。这是他可恨、可恶之外的可爱、可敬之处。知道自己确实"不是很有学问",也明白处于思想、政治"夹缝"之中,还是要做"开辟道路"的人。只不过,由于所处的狭窄、危险重重的政治环境,由于"文化官僚"(萧乾语)的身份,也由于视野、学识上的限制,这一抱负难以实现。在中外文论中,他了解最多的是俄国19世纪激进民主主义的部分,也就是他多个场合推崇的别、车、杜,和马克思主义的普列汉诺夫。即使在这样的范围,更多的还是接受他们有关文学与社会生活、与政治关系的论述。其实,就别、车、杜等而论,他们关于艺术家的职责,艺术的功用的看法也并不一致。周扬更倾心的是车尔尼雪夫斯基的观点(周扬翻译了车尔尼雪夫斯基的著作——中文书名为《生活与美学》——写过《艺术与人生——车尔尼雪夫斯基的〈艺术与现实之美学关系〉》[1937]、《关于车尔尼雪夫斯基》[1942]等文章)。在这样的总体环境下,他主持编写的教材,包括以群主编的《文学的基本原理》,蔡仪的《文学理论》,也不可能出现他所期待的成就。

七、周一贯地用马恩列斯的言论来贬低毛泽东思想,甚至把蒲列汉诺夫、伯林斯基、车尔尼雪夫斯基、高尔基的言论也看得比毛主席的指示更高。周在延安时所编的《马克思主义与文艺》一书,就是这样的。[16] 1958年,他鉴于马恩列斯全集出版了,要北大学生帮他重编《马克思主义与文艺》[17]。1965年初周在文化工作会议总结发言时,又提出"重整《马克思主义与文艺》"。后因批判杨献珍,中央负责同志提出"是法先王还是法后王"的问题,他才不敢搞了。我们帮他写文章,写报告的时候,他往往事先挑好了引语,先讲马恩怎样讲的,列宁怎样讲的,然后才是毛主席怎样讲的,仿佛主席仅仅是重复了前人的话,其目的也是要贬低毛泽东思想。

〔16〕**贬低毛泽东思想**　蒲列汉诺夫、伯林斯基,现在通译为普列汉诺夫、别林斯基。张光年的说法有误。《马克思主义与文艺》并没有收入非马克思主义的别林斯基、车尔尼雪拉夫斯基的言论,收入的是马克思、恩格斯、列宁、普列汉诺夫、斯大林、高尔基、鲁迅和毛泽东八人的论述。另外,周扬1944年编辑这本书,其动机和效果,并非如张光年说的要贬低毛泽东的文艺论述。相反,倒是要借助马克思、恩格斯等的权威,来提升毛泽东论述的价值。40年代的延安还不是"文革"的北京,毛泽东的思想理论还没有被描述为马克思主义发展的"最高峰",在他和马克思主义经典作家的关系上,也还不可能有"法先王还是发后王"的提法。周扬在《马克思主义与文艺》序言中说得很清楚:《讲话》给革命文艺指明了方向,"是中国革命文学史、思想史的一个划时代的文献,是马克思主义文艺科学与文艺政策的最通俗化、具体化的一个概括",从这本书中"可以看到毛泽东同志的这个讲话一方面很好地说明了马克思、恩格斯、列宁等人的文艺思想,另一方面,他们的文艺思想又恰好证实了毛泽东同志文艺理论的正确"。《马克思主义与文艺》编辑的理念,就是依靠这种互

证关系来确立毛泽东在这一体系中地位。

《马克思主义与文艺》这样的集句、摘编,这种将"经典作家"的言论按照拟出论题加以串联的方式,相信不全是周扬的发明。但是在当代,《马克思主义与文艺》的编辑方法影响甚大;后来陆续出现论文艺,论人道主义,论浪漫主义,论资产阶级法权,论形象思维,论反对资产阶级自由化……类似的集句式编著不绝如缕。无疑它直接、简明、通俗,更有现实功效;而这是以模糊言论产生的语境,掩盖不同作家论述的差异、矛盾达到的。这是基于编辑者意志将复杂思想观点简单条理化、意识形态化的方法。周扬在这本书的"序言"中说,马克思、恩格斯、列宁、斯大林等的意见,虽是在不同的历史条件下,针对不同的具体问题而发的,"但是在它们中间却贯穿着立场方法的完全一致"。这并非全是事实。可是,在将马克思主义加以宗教神圣化的历史时期,承认马克思主义"经典作家"之间存在差异、裂痕和矛盾,其神圣性无疑会受到严重损害,将它的宗教性地位降低为某种学术思想体系。

〔17〕**重编《马克思主义与文艺》** 据50年代北京大学中文系文艺理论教研室教师胡经之(现为深圳大学文学院教授)的文章,1959年2月21日,他和几位中文系教师到北京沙滩中宣部见周扬,谈到中文系师生正在集体编写《毛泽东文艺思想概论》,和增编周扬在延安编的《马克思主义与文艺》的工作,"请周扬指导","关于《马克思主义与文艺》的增编,周扬的想法,还是限定在马克思、恩格斯、列宁、斯大林、普列汉诺夫、毛泽东、高尔基、鲁迅这八位的经典论说,暂不要增加其他人的论说。要增补一些新材料,也要少而精,尽可能完整些"。"周扬接着又说,要建设马克思主义的美学,不能只读马克思主义的思想资料,还要读中国古代和外国的文艺理论资料。他希望北大中文系的学生在增编完《马克思主义与文艺》一书后,还继续编中国古代和外国的文艺理论资料。""周扬

说道,中国古代、外国的文艺理论不可能都是唯物主义的。但列宁说得好,聪明的唯心主义比愚蠢的唯物主义更接近聪明的唯物主义。"(《燕园谈艺再论道——周扬在北大谈文艺与政治之关系》,《艺术百家》2012年第6期)

八、1960年春,我和刘白羽在天津帮他写《理想与现实的统一》(论革命现实主义和革命浪漫主义相结合的创作方法)一文时,周扬对我说过:"革命现实主义与革命浪漫主义相结合,高尔基早就有这个主张,发表过一些言论。《文艺报》编辑部可以找人搜集起来,编成个材料,让大家看看。"后来,编辑部把这份材料印出来了。1960年下半年,我加上了一个按语,想在《文艺报》上公开发表。这样做是很荒谬的,因为高尔基仅仅是从文学角度考虑问题的,他讲的现实主义又常常把新旧现实主义混在一起,发表出来必然要造成混乱。当我把按语送给周扬审阅时,他把我们找到他家去谈,周说:"这份材料不要发表。发表出来会造成误解,好像革命现实主义与革命浪漫主义相结合的方法,不是主席首先提出的,高尔基早就提出了。"周在这件事上出尔反尔,说明他是心怀鬼胎的。

九、1961年周主持编辑大学文科教材时,我的印象,当时有人提出,大学文艺学一课,索性就讲毛主席的《讲话》,不必另编教材了。但周坚持"要编系统的讲义,从马恩讲起,旁及中外大作家和理论家的言论,这样可以看到发展;另编一本辅助的讲义,用来讲解毛主席在延安'讲话'的背景,阐发主席的文艺思想"。(这是1961年8月8日晚他在天津的招待所里对我讲的)后来,蔡仪、叶以群编的,就是周扬所要求的正式讲义,王燎荧编的,就是辅助的讲义。这是周有意贬低和排斥《讲话》的又一大罪行。

十、1957年《讲话》发表15周年,1962年《讲话》发表20周年,周扬都不让《文艺报》大肆纪念。57年的理由是:"现在整风已经开始,

《讲话》不必大肆纪念，不要勉强大家表态"。62 年的理由是"文艺整风是整风的一部分，整风没有纪念，单纪念《讲话》显得隆重了……祝贺的文章一概不登，刊物有一篇文章就可以了。"[18]

[18]《讲话》发表 20 周年纪念　　其实周扬对此非常重视，除了《文艺报》发表《文艺队伍的团结、锻炼和提高》的社论外，主要是集中一批批评家、理论家，撰写《为最广大的人民群众服务》的《人民日报》社论。在 2 月到 4 月，中宣部和中国作协召集的，在北京新侨饭店举行的"理论批评座谈会"，其主要工作之一，就是为这篇社论做准备。社论提纲写出后，2 月 26 日，林默涵在座谈会上对社论提纲有长篇发言。在谈到"什么是今天的实际"时说，"纪念《讲话》十周年的社论主要是反'左'，胡风就很赞成，另一篇纪念鲁迅的社论他也赞成。因讲到鲁迅揭露黑暗是爱国主义。路翎也拥护那篇社论。右的东西出来了，就必须反右，不能两个拳头同时打出去，因此只能在内部纠正反胡风斗争的简单化。现在情况不同了，毛主席说两条道路的斗争基本结束了，我们可以更好地进行两条道路斗争，纠正'左'的东西。" 3 月 15 日，周扬在座谈会上也有长篇发言，对社论提纲提出意见。在这个期间，周扬与张光年等在多次谈话中说，"各民族的工人、农民、知识分子和其他劳动人民，各民主党派和民主人士，爱国的民族资产阶级分子，爱国侨胞和爱国人士，都应当是我们文艺服务的对象和工作的对象"；"当前最大的政治就是团结。现在困难这么大，要很长时间才能恢复元气，不加强团结，怎么得了；所以社论要反复强调文艺界的广泛团结"。这篇社论，"文化大革命"期间被批判为是提倡修正主义"全民文艺"的纲领。

当代文艺界各个时期"官方"发表的文章，各个年份纪念《讲话》的社论，它们对《讲话》阐释的变化，在阐释时所要强调的方面，会在看来周全稳妥的文字中透露出来。当年的写作者为了这种表达而字斟句酌，遣词造句上煞费苦心,避免因表达上的失当深陷困境,而读者也训练出了机敏的眼睛、嗅觉,来捕捉到哪怕是细微语气的变化。在这一切都成为"历史"的今天,最后受苦的是当代文学、当代文化的研习者——也要继续努力训练眼睛、耳朵的灵敏度;他们没有办法规避这个"吃二遍苦,受二茬罪"的命运。

(刊于《文学评论》2014年第4期)

1966年林默涵的检讨书

林默涵[1]的这份检讨书，篇末署写于1966年7月15日，距"文革"发生只有一个多月的时间。检讨书的题目是《我的罪行》。16开本共10页，铅字印刷，未标出印制单位；但从按语可以推测为当时中共中央宣传部文艺处和出版处的"造反派"组织。检讨书前面有当年编印者的按语：

文艺处和出版处联合起来开了五次斗争林默涵的会议。会上，林默涵无耻地抵赖、狡辩，态度极为恶劣，开始只交代他文艺思想上的一些问题，对参加彭真反党集团的阴谋，对周扬黑帮的阴谋，只字不谈，引起同志们极大的愤慨，严正地予以批驳。这个材料就是批判会后，他修修补补地重新写的，现在将它公之于众，请同志们批判。

---

[1] 在"文革"中，中共中央宣传部被称为"阎王殿"，其文艺乃至文化工作的主持者周扬、林默涵等作为资产阶级反党文艺黑线的头目受到批判，并投入监牢达八年和十年之久。林默涵50年代开始任中宣部文艺处处长，后任副部长。

从按语可以看出，这份被"公之于众"的，供"同志们批判"的材料，当年应已有相当范围的流传。从按语中又可以得知，写作这份材料时，对林默涵已开过五次批判斗争会，巨大的"群众"批判的肉体、精神压力可以想见。对"文革"以及当代多个以暴力方式开展的政治／文艺运动中产生的大量检讨书、认罪书，在今天重读，最重要一点是不能离开产生这些文字的环境，孤立来讨论写作者的思想、人格、心理。林默涵的这份被迫撰写的材料，在今天可供参照的史实、资料价值虽有，但不是最重要的。它的意义，也许在另外的方面。在政治高层发动的"群众专政"中写下的这些文字，我们也许能依稀读出被批判者在被迫自承"罪责"的情况下仍有所坚持，它也能清晰见识在扭曲的时代撰写者心理、语言相应发生怎样的扭曲，也为我们了解特定时期产生互相揭发、告密的文化有怎样的土壤，以及被批判者如何为遭到的"惩罚"而寻找"错误"。这些情景，经历者在当年见怪不怪，习以为常；今天"重温"，却可能会感受到那种"喜剧的可怕"。

米兰·昆德拉曾经将《罪与罚》(陀思妥耶夫斯基)与《审判》(卡夫卡)做过比较，指出拉斯柯尔尼科夫承受不了他的罪恶的重压，为了获得安宁而自愿受罚，而"在卡夫卡那里，逻辑正好相反，受罚者不知道惩罚的原因，惩罚的荒谬性难以承受，致使被告者为了获得安宁，总想给自己的痛苦找到一个说明"，昆德拉将此称为"惩罚寻找错误。"我们当然不能说"文革"中的受迫害者不知道受惩罚的理由，不过，这种理由，在一定程度上是突然虚构并逐渐积累起来的，它要求被迫害者无条件接纳。从林默涵这份认罪书的某些部分里，不是可以见识卡夫卡《审判》第七章里讲述的这样的故事吗："(K)决定检查自己全部的生活和全部的过去，'直到某一个细节'，'罪恶感'的机器开动起来了，被控者寻找他的错误。"[2] 是的，就在那个时间，制造"罪恶感"的机器开动起来了。

有一点需要指出的，这份材料中对50—60年代中宣部、文艺界执行的路线、方针政策，以及对毛泽东1963、1964年两个批示，《海瑞罢官》批判，江青主持的《部队文艺工作座谈会纪要》等的评价、态度，"文革"之后林默涵的认识已经完全不同，他不会再承认这份检讨书中列举的这些"罪行"。这从他1998年撰写的《"文革"前的几场文艺风波》[3]中可以清楚看到。这是理所当然的事情；在当年被逼迫的情况下，完全做到"不违心"并不容易，不要说普通人，就是他这样的坚定信仰者[4]恐怕也不例外。

下面是林默涵《我的罪行》的全文。

我是周扬反革命黑帮的主将，是他的最积极的帮凶。十多年来，我在他的领导下，作恶多端，干尽坏事，犯了大罪。我的罪恶是不可饶恕的，我愿意接受党和人民给我的最严厉的制裁。现在，我把自己反党反社会主义反毛泽东思想的罪行，向党交代。

---

〔2〕米兰·昆德拉：《小说的艺术》，第100—101页，孟湄译，生活·读书·新知三联书店，1992年。

〔3〕林默涵：《回首"文革"——"文革"前的几场文艺风波》，《百年潮》1998年第4期。

〔4〕林默涵在《胡风事件的前前后后》一文中，有这样一段著名的话："我还想说几句话：我做错了什么事，或者说错了什么话，我一定承认错误，并努力改正，但我决不向任何人'忏悔'，因为我从来是根据自己的认识，根据当时认为符合党的利益和需要去做工作的，不是违心的，或是明知违背党的利益和需要还要那样去做的。过去如此，今天、今后也如此。这里不存在什么'忏悔'或宽恕的问题。"

一、反对学习毛主席著作，攻击人民公社

1961年中宣部关于在报刊上宣传毛泽东思想要防止庸俗化的通报，经包之静等同志揭发[5]，最初是由理论处根据陆定一、许立群的意见起

---

〔5〕1961年2月23日《中央宣传部关于毛泽东思想和领袖事迹宣传中一些问题的检查报告》主要内容是："近年来，各地报刊对于毛泽东思想和革命领袖事迹的宣传很注意，发表了不少的文章，起了很大的教育作用，这是很好的。今后还要加强这一工作。但是，在宣传中也出现一些缺点和错误。……（一）在对于毛泽东思想的宣传中，存在着简单化、庸俗化的现象。有些文章把某些科学、技术方面的创造、发明或发现，简单、生硬地和毛泽东思想直接联系起来，或者说成是应用毛泽东思想的结果。例如，去年1月25日《体育报》刊登的《庄家富在红专道路上前进》一文，在介绍乒乓球选手庄家富去年跃进规划时说：'读透毛泽东选集的战略战术部分，创造独特的中国式横拍打法。'去年7月16日《健康报》的社论，把治疗慢性病的一种方法即'综合快速疗法'，说成是'从理论到实践上应用了毛泽东同志的矛盾论学说'的结果。在有的出版物中，把毛泽东同志的战略战术思想，牵强附会地和医治疾病直接联系起来。例如去年10月辽宁美术出版社出版的《雄心壮志》一书，宣传旅大市第二医院内科医生徐志运用毛泽东思想创造了医治癌症的方法。其中说：'王梁氏的病情所以严重，是由于身体十分虚弱，病毒抗药力量强，这也正是敌强我弱的表现，为此得采取游击战术的服药方法才能有效。'于是他就根据'停停打打'的游击战术，采取所谓服服停停的游击服药方法，给患者服药，'先吃两天，再停两天，让病魔摸不到服药的规律'。去年10月6日《中国少年报》刊载的《跟毛主席走就是胜利》一文，对于这件事情也作了同样的宣传。有的出版物，甚至把一些错误的措施不适当地说成

材料与注释

是毛泽东思想的运用。例如，1959年4月广东人民出版社出版的《番禺南村农民学理论》一书，介绍农民学了《矛盾论》以后，为了解决缺乏肥料而拆了许多泥屋时说："矛盾摆出来后，经过辩论分析，瓦岗社员亚娣就运用了《矛盾论》的原理对儿子说：'保万斤和缺肥是当前生产的主要矛盾，拆泥屋和个人生活有困难是次要矛盾，次要矛盾要服从主要矛盾。'这样就打通了儿子的思想，拆了自己的房屋。"（二）在宣传革命领袖事迹的出版物中，有的文章所写的事实不真实。例如，1958年7月1日《中国妇女》刊登的《毛主席来到我们的养猪场》一文，就完全是虚构的。……有些文章不从政治上着眼，去描写领袖的作用和特点，而是过多地描写生活琐事。1959年4月16日《新观察》上的《在毛主席身边》一文，作者把一些毫无意义的生活琐事也写进去了。在一些描写领袖革命事迹的作品中，还发现有借描写领袖来标榜自己，渲染自己，吹嘘自己等错误和缺点。宣传毛泽东思想和革命领袖事迹，是一件十分重大、严肃的事情。今后应当加强这一工作。但在宣传中必须防止上述各种错误和缺点，以免造成政治上的损失。希望各地党委和中央有关各部党组督促报刊书籍出版部门，认真对待这一工作，并将过去已经出版的出版物（包括革命回忆录）进行一次检查，分别各种错误、缺点的情况和程度，加以处理。有的应该停止发行，有的应加修正后才能再版。今后各地报刊书籍出版机关，在发表这类文章或出版这类书籍时，一定要经过省（市）委或中央有关各部党组的审查。"1961年3月15日，中共中央转发这个报告，并批示"中央同意报告中的意见。"

包之静（1912—1971），苏州人，30年代参加中共领导的革命运动，40年代在新四军和根据地从事报刊出版工作。50年代调任中宣部新闻出版处处长。"文革"中因批评学习毛泽东著作简单化、庸俗化问题受到重点批判，下放宁夏中宣部"五七干校"，1971年去世。

草的。这一段起草的经过,我确实不清楚。后来转到出版处,可能是因为其中涉及到一些书刊上的问题。出版处改写后,送到我处(我当时管一点出版处的工作),我对这个文件是很积极的,曾做过多次修改,记得还跟包之静同志一道修改过,最后提到部长办公会议讨论通过,由张子意[6]签发。当时我认为学习毛主席著作,应当是解决世界观的问题,而不是直接从毛主席著作去掌握某种技术或者解决科学发明上的具体问题,认为那样是把毛主席思想庸俗化。事实证明,这是十分错误的。广大群众学习了毛主席著作,思想上受到了教育,必然立刻在他们的工作上发生作用,使他们有所发明,有所创造。而我这个资产阶级老爷却跑出来横加干涉,对群众学习毛主席著作大泼冷水。我还表示过不赞成"把毛主席思想学到手"的提法,认为学习毛主席著作是用毛主席思想武装自己的头脑,不是像学一门手艺可以学到"手"[7]。这实在太狂妄了。其实,"学到手"就是"活学活用"的意思,是完全正确的,我的想法是完全错误的。

　　同志们问:当时搞这个文件,是不是针对1960年军委扩大会议的决定?在那次会上,林彪同志高举毛泽东思想伟大红旗,提倡大学毛主席著作。我想来想去,当时的确没有这个用意,搞这个文件的目的,就是要"纠正"所谓报刊宣传中的"缺点"。但是,这个文件恰恰在军委扩

---

〔6〕张子意(1904—1981),60年代任中宣部副部长。湖南醴陵人。"文革"中受到批斗,并被关押八年。

〔7〕"学到手"的说法在"文革"发生前已经开始流行。由解放军总政治部撰写,林彪署名的《〈毛主席语录〉再版前言》称:"广大工农兵群众、广大革命干部和广大知识分子都必须把毛泽东思想真正学到手……要带着问题学,活学活用,学用结合,急用先学,在'用'字狠下工夫。"(《人民日报》1966年12月27日)

大会议后不久发出，实际上是同军委扩大会议的决定唱反调。

1965年上半年，我还以学习毛主席著作要凭自愿，不要搞形式主义为理由，不同意文联组织全国委员举行学习毛主席著作座谈会。

直到1965年10月间，我和苏一萍同志[8]在甘肃访问了歇家嘴生产大队，亲眼看到农民学习毛主席著作后在精神面貌上和生产斗争的巨大变化，才真正认识到工农兵学习毛主席著作的伟大意义。回来后曾向石西民同志[9]反映，下面迫切需要毛主席语录，希望文化部编的《毛主席语录》快些定稿出版。

在三年困难时期，我对三面红旗发生了可耻的动摇。1962年七千人大会后，我对当时国家遭受的经济困难估计得很严重，认为要很长时间才能恢复。当时看到一本中央办公厅编印的材料集子，其中收了十多篇文章，除了最后一篇不赞成包产到户以外，其余都是宣传包产到户的好处，说只有包产到户才能较快地恢复生产。我完全接受了这种观点，认为在某些经济困难极大的地区可以实行包产到户。我还污蔑人民公社脱产干部太多。并且认为赫鲁晓夫说苏联集体农庄干部管理能力不够可能是事实，而我们的公社太大，干部准备不足，也很难管好。这是用赫鲁晓夫的子弹来攻击人民公社。我说这些话，是1962年，在苏共二十二大以后，更是极端的反动，是对毛主席的背叛。

十中全会，中央批评了包产到户的主张，我开始认识到自己的错误，后来经济情况迅速好转，事实更给了我有力的教育，证明三面红

---

〔8〕苏一萍（1913—1995），原名蒲望文，陕西西安人。60年代任中宣部文艺处副处长。

〔9〕石西民（1912—1987），浙江浦江人。50年代任中共上海市委宣传部长等职，1965年任国家文化部副部长。"文革"中受到迫害，被监禁9年。

旗是完全正确的。对于这个错误,我在 1963 年中宣部的三反运动中和 1965 年文化部整风中做过简单的交代。

二、在文化大革命中,我究竟跟谁走?

我文化大革命中,最突出的是两件事:1. 对待《海瑞罢官》批判的态度;2. 对待《部队文艺工作座谈会纪要》的态度。是革命派还是反革命派,主要在这两个问题上表现出来。而我在这两个问题上,都是反对毛主席的,是跟着彭真、陆定一、周扬走的[10]。

(一)对《海瑞罢官》的批判。我是比较早知道江青同志对《海瑞罢官》有意见的。好像是 1964 年京剧革命现代戏观摩演出后,江青同志曾向我要过有关《海瑞罢官》的材料,我找出来送给了她。我过去没有看过《海瑞罢官》,是听江青同志说这个戏有问题后,才找剧本来看的。但是,我却没有组织批判文章,相反,听了陆定一的话,说吴晗不批判了(大约是 1964 年秋冬或更后一些时说的)。在姚文元同志的文章发表后,我曾向周扬建议北京日报转载。过两天,他说已同彭真讲了。可是,北京日报很久不转载。这时,我是明显地感觉到彭真有意见的。我采取了什么态度呢?如果我有一点点党性的话,我应该起来抵抗

---

[10] 1966 年 5 月中共中央政治局扩大会议上,已经认定彭真、陆定一、罗瑞卿、杨尚昆为阴谋篡党夺权的"反党集团";所以,林默涵这里有"跟谁走"的问题。从 50 年代到 80 年代,从中央到地方,有无数大大小小的"反党集团"被揭发出来。仅以全国性的而言,就有"高(岗)饶(漱石)反党集团"、"胡风反党集团"、"丁玲、冯雪峰反党集团"、"彭(德怀)、黄(克诚)、张(闻天)、周(小舟)右倾反党集团"、"习仲勋反党集团"等等。其中,不少指控他人为反党集团的,后来也被作为反党集团成员定罪。

彭真，北京日报不转载，可以建议其他报纸转载。而我却采取了随它去的态度，以为这样的问题让上面去解决，我最好不要沾上去。这是极端可耻的投机心理[11]。这几年，官做大了，有了小汽车，有了小院子，就想极力保住这种地位，因此，就怕得罪人，多一事不如少一事，各方面都应付一下，但求自己能够安安稳稳过日子。这哪里还有丝毫革命者的气息？我在政治上已经完全堕落，变成了一个圆滑的旧官僚。我过去总把自己装扮成很清高的样子，其实骨子里非常丑恶，为了个人利益可以不顾革命的利益，为了怕得罪彭真，连毛主席的意见也可以不维护不执行，这还算什么共产党员？很明显，我这样做，不是不自觉的，而是自觉地跟彭真走。实际上，我已经成了彭真招降纳叛的对象，为什么1964年夏天去北戴河时，他把我叫到他车厢里去吃饭？为什么北戴河他找我谈话？这都不是无缘无故的，这是野心家的一种拉拢手段。他要篡夺政

---

[11] 林默涵《"文革"前的几场文艺风波》(1998) 一文对此的叙述是："姚文元的文章一发表，北京市领导很紧张，打电话问中宣部。文艺处问我，我要他们回答'不知道'，一句话也不要多说。因为我知道这是江青搞的。当时，各地报纸都转载了姚的文章，只有北京不登。江青等十分恼火。这时，江青从上海打电话给我。我是最怕接她电话的，因为声音特别小，像蚊子一样。她在电话里问：看到姚文元的文章没有？我说看到了。她又问：怎么样？这就很明白了，事情就是江青等搞起来的。过了几天，北京报纸仍未转载。彭真找周扬、许立群和我到人民大会堂开会，商量是否转载的问题。我说，江青已打电话来，不转载恐怕是不行了。彭真同意转载，但要加一个按语说明是学术问题，可以讨论。彭真很慎重，把按语草稿送给总理看。总理很稳，在按语里加了两句主席的话：'即使是反马克思主义的问题，也是可以讨论的。'这时，江青已在上海把姚文印成小册子送往北京。"

权,就需要有一批知识分子为他效劳,像我这样资产阶级个人主义严重的知识分子,就是他拉拢的好对象。最近陈伯达同志在中央政治局扩大会议上说,中国有句老话,叫做文人无行。他说这句话很值得在座的知识分子警惕,不要像封建文人一样,有奶便是娘。又说,要警惕,在赫鲁晓夫上台后,原来拥护斯大林的如米汀等人,都拥护赫鲁晓夫了,像明朝的钱谦益一样,投到清朝门下,成了贰臣。他说,现在一些知识分子利欲熏心,就乐为彭真奔走,多么危险[12]。当时我还以为这些话是指

---

〔12〕1966年5月24日中共中央政治局扩大会议上陈伯达讲话称:"'文人无行',道德品质不好,很值得知识分子警惕。乾隆时有一部《贰臣传》讲的是东林党的事。苏斯洛夫、米汀、尤金是'贰臣',是斯大林培养起来的,后来跟着赫鲁晓夫走了。有些人一到利禄熏心的时候,一切都忘掉了。彭真就是给这些人封官许愿,为他奔走。(林彪插话:宁可叫修正主义杀掉头,也要千古流芳。)"现代的马克思主义者大谈封建时代忠君守节的"贰臣"问题,这颇为怪异;而讲这番话的陈伯达,不久也身不由已地被列为"贰臣"式人物受到批判。苏斯洛夫(1902—1982),在斯大林时期和赫鲁晓夫时期,长期担任苏共中央书记处书记和政治局委员,负责意识形态工作。米汀,苏联哲学家,著有《辩证唯物主义和历史唯物主义》等著作。尤金,50年代担任苏联驻华大使。《贰臣传》,乾隆皇帝在乾隆四十一年正式下令编纂,分甲乙两编,附录于《清史列传》,共收录明末清初在明清两朝为官的人物120余人。

关于这次政治局扩大会议,后来(1998年)林默涵回忆说:"我列席了1966年5月的政治局扩大会议。会上林彪得势,张春桥参加了,还当了分组的组长。江青没有参加。林彪的'五·一八讲话'充满一股杀气,他说:他们要砍我们的脑袋,我要看看谁砍谁的脑袋!林彪为了反驳严慰冰的匿名信对叶群的所谓'诬蔑',竟不知羞耻地亲笔写了一个条子,印发给每个

许立群、胡绳他们说的,自己比他们好一些。其实,我同他们在思想实质上,在灵魂深处,是没有区别的,是同样肮脏的。

我虽然没有参与彭真的"汇报提纲"的制作,但"汇报提纲"中的修正主义观点,在我的脑子里都有,中央《通知》的批评,每一条都打中了我。没有参与"汇报提纲"的制作,只是一个形式问题,在思想上,我和他们是一致的。

根据彭真的指示,周扬特别积极地抓了方求那篇文章[13],他从头到底,亲自主持,写成后又急于发表。现在看来,周扬搞这篇文章,除了执行彭真的指示以外,也是为了掩盖自己的罪恶。原来周扬正是海瑞戏的策划者和鼓吹者,最恶毒的《海瑞上疏》就是他亲手炮制的[14]。这件

到会者。条子上写道:我同叶群结婚三十年,我证明她同我结婚的时候是个处女。真是丑不堪闻!会上,林彪大骂朱德同志:朱德,朱德,就是缺德。康生和陈伯达一唱一和地吹捧林。康生说,林彪的'五·一八讲话'创造性地发展了马克思主义。康生两次发言讲到毛主席发展了马克思主义。他是有想法的,因为毛主席没有出席这次会议,不当面讲,更能取得主席的欢心。少奇同志的心情很不好。小平同志身着一件洗得灰白的衣服,开会一个多月一直没有换过。陈毅同志风格豪爽,他在会上说:我过去反对过毛主席,不反对才怪呢!当时我的地位比他高。还说:林彪,这个事情你不知道,当时你没有资格参加那个会。"(《"文革"前的几场文艺风波》)严慰冰,陆定一夫人。匿名信事件发生在1966年初,涉及林彪、叶群。

[13] 署名方求的文章,指《〈海瑞罢官〉代表一种社会思潮》一文,刊于1965年12月29日《人民日报》。

[14] 1959年初,周扬得知毛泽东在讲话中提倡学习海瑞精神后,给上海周信芳打电话,希望他编演海瑞的戏。《海瑞上疏》在当年9月上演,还在中南海演出过。

事，他从来没有对我说过，我是直到 5 月 4 日，看到中央政治局扩大会议上发的《大事记》才知道的。可见周扬做贼心虚，肚里有鬼。周扬是一个老奸巨猾、善于应付形势变化的"变色龙"，每一次运动到来，他总能找到一种颜色，把自己掩护起来[15]。这次他抓方求的文章，也是这个目的，企图把自己装扮成海瑞戏的批判者。但是，这一次终于露了马脚，方求的文章是一株毒草，周扬的全部面目也暴露出来了。在方求文章写作过程中，我也参加过两次讨论，积极地为彭真、周扬效劳。

在《海瑞罢官》的批判展开后，我又一直没有抓这个批判，而去抓了文艺方面其他问题，如《谢瑶环》、"中间人物"等等的批判，这是错误的。当时我觉得，对吴晗的批判有"五人小组"[16]在抓（当时对"五

---

[15] 林默涵这份材料，应该是最早系统论述周扬的所谓"两面派""变色龙"的人格表现。半年多后发表的《评反革命两面派周扬》（署名姚文元，刊于《红旗》杂志 1967 年第 1 期），在事实和论述逻辑上，可以看作林默涵材料的扩充和强化；也可以说，林默涵《我的罪行》中对周扬的"两面派"的全面清理，为姚文元文章确立了基础。1994 年 2 月，林默涵接受李辉访问（那时候周扬已经去世），对周扬有这样的描述："我觉得周扬只用人不关心人，运动以来，就把所有的人都推出来。他总是保护自己，我有这个印象。1964 年文化部整风，周扬把责任全推到文化部，顶不住就把别人推出来。最后江青还说是假整风。那次周扬在文化部礼堂作报告，点了许多人的名。我心里不舒服，很不以为然，心里想：实际上文化部还不是听中宣部的，怎么是他们的责任呢？"在这次访谈中，林默涵夫人插话说周扬"虚伪"。而李辉编著的收入当代思想文化界人士谈周扬的访谈录，就名为"摇荡的秋千"。《摇荡的秋千——是是非非说周扬》，海天出版社，1998 年。

[16] 根据毛泽东提议，1964 年 7 月成立五人小组，负责领导文化界

人小组"没有怀疑），我应当把原定的文艺评论抓起来，赶快还债。其实这完全是为了应付形势，因为像《谢瑶环》那样的毒草，再不批判实在过不去了。

（二）4月3日文化部党组和许立群[17]转来《部队文艺工作座谈会纪要》，两份都是彭真批看的。拿到手，就急忙看了一遍，刘白羽同志也赶到我家里来看。当时我的确没有认识到《纪要》中讲的一条文艺黑线的代表人物，就是指周扬和我。如果认识到，我就不会有心思在4月7日还到创作座谈会上去讲话。直到《纪要》由中央正式批下，在中宣部和文办共同召集的布置学习《纪要》的会上，我还说是夏衍、齐燕铭等人的资产阶级路线专了我们的政。我的觉悟实在太迟了。

在中宣部召集文联各协会领导骨干布置学习时，我才对自己的错误的严重性开始有了感觉。记得在那次会上，我曾说把《纪要》和《文艺八条》对比一下，就可以看出哪一个是马克思主义的，哪一个是资产阶级的，要求大家对我进行揭发批判。但嘴里这样说，心里有些怕。所以，文艺处提出的学习参考材料目录中，有《文艺报》"题材专论"这篇文章[18]，我最初把它删去了，就是怕碰到自己，因为这篇文章是我看过

整风、学术批判等事宜。组长彭真，副组长陆定一，成员康生、周扬、吴冷西。1966年2月，"五人小组"向中央提交《关于当前学术讨论的汇报提纲》，即《二月提纲》，主张把《海瑞罢官》等问题局限于学术讨论范围。

[17] 许立群（1917—2000），江苏南京人。当时任中宣部副部长，1964年9月以后主持中宣部常务工作。曾兼任中央马恩列斯著作编译局局长、《红旗》杂志副总编辑。"文化大革命"中受到迫害，被关押8年半。

[18]《题材问题》（《文艺报》专论），刊于《文艺报》1961年第三期。在第六期、第七期上，开辟"题材问题讨论"专栏，刊登周立波、胡可、冯其庸、夏衍、田汉、老舍、林默涵等人文章。

改过，同意发表的，我自己也写过鼓吹题材自由化的错误文章。后来一想这样做不对，而且躲也躲不了，才又通知文艺处加上去。

我对《纪要》犯的罪是：

第一，看了《纪要》，不是根据《纪要》的精神检查自己的错误，相反，却对《纪要》进行剽窃，用来掩盖自己的错误。我曾狡辩说，4月7日在作协创作座谈会上的发言，是想努力遵照《纪要》的精神讲，不是有意剽窃。这是骗人的话。我明知《纪要》是要由中央批发的，在中央批发下来以前，我按照《纪要》的精神来讲一套话，不就可以显示我正确、高明，显示我的思想符合中央精神吗？当时，我的确还没有意识到《纪要》已经敲响我的丧钟，所以，我这样做，倒不是为了挽救灭亡，给自己增加资本。这是可耻的赌徒的手段，是企图捞一把，把自己装扮成文化事业的先进人物，以便继续欺骗文艺界。[19]

---

[19] 林默涵在1966年4月召开的青年业余创作者座谈会上讲话一事，他1998年的《"文革"前的几场文艺风波》是这样讲述的："1966年4月发出《部队文艺工作座谈会纪要》，诬蔑文艺界是'黑线专政'，号召要'坚决进行一场文化战线上的社会主义大革命'。林彪、江青搞这个《纪要》是很秘密的，我们根本不知道。他们送到书记处，彭真给我们几个人看了。不久，中央就批发了。那时，作协正在召开青年作家座谈会，让我去讲讲。陈亚丁听说我讲话，便去听了。讲话不能不涉及如何评价三十年代的文艺工作。我想得太简单，没有考虑到《纪要》已经出来了。我在讲话中说：对三十年代的文艺运动要作具体分析，有革命力量，鲁迅就是代表，不少进步作家、青年后来到了延安；也有犯错误的，但后来改好了；有些人不是左翼，但是也要团结。陈亚丁听了以后，给江青打小报告，说我为三十年代文艺工作辩护，抵制《纪要》。"陈亚丁，当时任军队总政治部文化部副部长，参与《纪要》的起草。

第二，但是，我的讲话又不能完全照搬《纪要》，许多内容是我过去讲过的，这里面错误百出，因此，本来要剽窃《纪要》，结果却成了歪曲《纪要》，许多地方甚至同《纪要》针锋相对，比如《纪要》批评周扬，而我却还在吹捧周扬。一个修正主义者剽窃马克思主义的东西，就如同帝国主义者想抄袭毛主席的军事思想去打仗一样，是必然要失败的。我这样做，就完全暴露出了马脚，遭到了可耻的失败。这是修正主义者的悲剧。

第三，为三十年代错误的文艺路线辩护。我没有参加过三十年代的文艺运动，在三十年代时期，也不认识周扬、夏衍等人[20]。毛主席的《新民主主义论》对以鲁迅为首的战斗的左翼文艺运动做了很高的评价。我一向错误地把周扬等人也算在鲁迅一边。特别是解放后，我在周扬领导下工作，他曾不止一次地向我说：在上海左联那一段的问题，已经在中央讲清楚了，他只是犯了宗派主义、教条主义的错误。这就是说，他在路线上并没有错。他在公开的文章中，也把自己当作无产阶级文艺路线的代表者。我接受了他的欺骗，因此，长期以来，我总以为三十年代左翼文艺内部的两条路线，一方面是以鲁迅、周扬为代表的无产阶级路线，一方面是以胡风、冯雪峰为代表的资产阶级路线，至于"国防文学"和"民族革命战争的大众文学"的两个口号论争，只是个别问题的分歧。现在才明白，这种看法完全错了，实际上代表无产阶级文艺路线的是鲁迅，而周扬正是资产阶级文艺路线的代表者。两个口号的论争，不是个别问题的分歧，而是两条路线斗争的集中表现。

就是从这种极端错误的看法出发，我一向把周扬吹捧为无产阶级文艺路线代表者，在座谈他的《文艺战线上的一场大辩论》这篇文章时，

---

[20] 1994年3月20日接受李辉访谈，林默涵："在上海不认识周扬，但知道他，读过他翻译的《安娜·卡列尼娜》，两个口号论争的情况也知道一些。"

我就是这样讲的[21]。看了《纪要》以后，我的看法发生了一些动摇，但长期的顽固看法，不可能一下子改变，因此，在创作座谈会的发言中，我又说成当时只有鲁迅已经成为马克思主义者，至于其他的人在世界观上还是资产阶级民主主义者，其中有些人后来到根据地，得到改造，成了马克思主义者，这就是指的周扬。

尤其严重的，是在《纪要》正式发下后，我读了《纪要》，又重读毛主席的《新民主主义论》，还觉得《纪要》对三十年代左翼文艺的估计似乎没有《新民主主义论》的估价高，其实《新民主主义论》里面指的是以鲁迅为代表的战斗的左翼文艺，对于鲁迅，《新民主主义论》和《纪要》的估计是完全一致的。《纪要》所批评的，是以周扬为代表的资产阶级修正主义文艺路线，这个批评是完全正确的。我就是这样顽强地反对毛主席思想，为周扬辩护，为三十年代错误的文艺路线辩护。

从对待《海瑞罢官》批判的态度和对待《纪要》的态度，完全证明，在这场伟大的无产阶级文化大革命中，我是反对毛主席，而跟着彭真、陆定一、周扬走的。前些时，我还以自己同彭真没有什么组织联系作辩解，以为自己跟他沾不上。其实，文化革命是属于灵魂范围的事情，在思想上，在灵魂深处，我是同他站在一起的。要不是毛主席及时抓住他的尾巴，揭穿他的反动阴谋，而让他的势力继续发展下去的话，我是完全可能投到他的门下去的。想起来真是不寒而栗！

---

[21] 座谈《大辩论》的发言，刊于《文艺报》1958年第6期。林默涵这个长篇发言的开头说，"周扬同志文章，内容很丰富，他运用毛主席《在延安文艺座谈会上的讲话》的根本原则，不但总结了去年文艺界那场震动心弦的反右派斗争的经过和结果，并且分析了这场斗争的历史的和阶级的根源，对长期以来我国左翼文艺运动中的分歧和争论，也提供了一个澄清和总结的基础。"

三、参加周扬污蔑鲁迅、颠倒历史的大阴谋

周扬挨过鲁迅先生的骂,被鲁迅先生画出了他的恶劣嘴脸,这是他最恼火的事情,也是对他树立自己的权威地位最不利的事情。在公开场合,他只好勉强表示鲁迅先生是对的,他是错的。他的所谓错,就是宗派主义教条主义,他从来没有说过自己犯了路线错误。

在个别谈话时,他总是为自己辩解和吹嘘,他经常讲的,有这么几点:

(1) 他说关于上海左联那一段的问题,在中央已经谈清楚了,他犯的只是宗派主义教条主义的错误,没有犯路线错误。

(2) 他说当时上海环境如何困难他们的斗争如何艰苦,又同中央断了联系。因此,只能自己摸索,有时从巴黎出版的《救国时报》上了解一点政治动向。现在看来,这是他为自己执行王明路线作辩护。

(3) 谈到同鲁迅的关系,总是强调鲁迅先生如何受胡风、冯雪峰的包围,冯雪峰如何挑拨离间,如何打击他,使人以为他当时是受委屈的,鲁迅先生骂他,是受了坏人蒙蔽。[22]

周扬就是用这种办法来吹嘘自己,争取人的同情。在他这种宣传的影响下,我就把他看成是一个正确的有经验的领导者,对他十分迷信,完全跟着他走,帮着他干了许多坏事。

1957年反右斗争中,冯雪峰被划为右派分子。在作协的一次党组扩大会上,夏衍发言,提出鲁迅答懋庸那篇文章是冯雪峰执笔的。在夏衍发言之前,领导核心组(记得有周扬、邵荃麟、刘白羽和我等)是否商量过,是否先看过他的发言稿,我实在记不清了,这件事可以向刘白羽同志调查一下,那次会议布置他抓得较多。事隔近十年,我连那天开

---

[22] 关于30年代周扬在上海的情况,周扬到延安在鲁艺工作期间,曾向中共党组织写有自传性材料。参见本篇的附录《周扬自传》。

会夏衍发言的情况都记不起来了，而有的同志却记得很清楚。

夏衍提出鲁迅答徐懋庸文由冯雪峰执笔这件事，给了周扬一个好机会，可以借此篡改历史，洗去自己受过鲁迅责骂的臭名了。他当然是很高兴的。

《鲁迅全集》第六卷的注释，是出版社编辑部按照作协党组扩大会的调子写的，还是周扬或我要他们这样写的，我也记不清了。总之出版社把注释送给周扬，周扬就找了邵荃麟和我一起修改。原来的注释太露骨，就根据周扬的意思由我作了修改，经他自己改定后返回出版社。

修改的内容，完全是按照周扬讲的。因为三十年代时期，我在上海既没有组织关系，也没有参加左联，注释中间的事情，如徐懋庸给鲁迅写信，事先上海地下组织不知道等等，我都毫不知情。至于注释中说："他在这篇文章中对当时领导'左联'工作的一些党员作家采取了宗派主义的态度……"，这个"他"是指的冯雪峰。但说明这点，没有什么意义，因为第一，从语法上说，这个"他"也可以解释为鲁迅先生；第二，这篇文章不管是否冯雪峰代拟初稿，既然经过鲁迅先生修改审定的，那就是鲁迅先生的。所以，无论怎样，注释的说法都是颠倒是非，是对于鲁迅先生的最大污蔑。我给王士菁[23]写信，要他把"上海地下党组织"改为"当时处于地下状态的中国共产党在上海文化界的组织"，也是周扬要我写的，理由是他只能代表文化界的组织，不能代表整个上海地下党组织。

这是周扬的一个大阴谋，目的是贬低鲁迅，抬高自己树立自己的权威地位。而我，由于把周扬看成是正确路线的代表者，又相信他说的，

---

〔23〕王士菁(1918—)，江苏沭阳人。1943年毕业于西南联大中文系。著有《鲁迅传》《瞿秋白传》等。50年代担任人民文学出版社鲁迅著作编辑室主任，负责《鲁迅全集》(十卷本)注释、编辑的主要工作；参与主持《瞿秋白文集》《鲁迅译文集》等的编纂。

鲁迅骂他是受了冯雪峰的挑拨，所以就积极地参加了这个阴谋活动，犯了污蔑鲁迅，反对毛泽东思想的严重罪恶。

至于抽出《鲁迅书简》[24]中那些骂周扬的书信，我记不起是否事先

---

[24] 林默涵这里说的《鲁迅书简》，是指1958年版《鲁迅全集》第9、10卷，这两卷收入鲁迅部分书信，包括与许广平的"两地书"。人民文学出版社编辑部的"第9卷说明"称，"我们这次印行的《书信》，系将1946年排印本所收855封和到现在为止陆续征集到的310封，加以挑选，即择取较有意义的，一般来往信件都不编入，记共收334封。"1976年人民文学出版社《鲁迅书信集》（上下两册）出版时，陈漱渝的文章《战斗的书简 激烈的斗争——关于〈鲁迅书信集〉》（《南开学报》1976年第6期）对1958年《鲁迅全集》书信择取汰选问题，有这样的说明分析："1956年，当新版的《鲁迅全集》开始出版的时候，在公开的广告和第一卷出版说明中，都介绍'本版新收入现在已经搜集到的全部书信'。根据这一计划，原人民文学出版社《鲁迅全集》编辑室准备在《鲁迅书简》（铅印本）的基础上，将所征集的鲁迅书信310封补入。并已排成清样，计共收鲁迅书信一千一百余封，《附录一》两封，收信人不详，《附录二》断片21则。周扬一伙见势不妙，便以'一般事务性和内容意义不大的不收'为托词，下达了砍削鲁迅书信的黑指示。于是，已经排好的鲁迅书信中有841封被拆版灭迹，仅存334封。周扬一伙所谓'一般性和意义不大的'书信究竟指的是哪些呢？这一点，他们在私下讲得很清楚：'关于两个口号的问题，当时上海文艺界的情况很复杂，有些人是借用这两个口号的争论攻击周扬同志的，因此，书信中凡是有关两个口号的问题，都不要收入。'原来如此！他们不编入《鲁迅全集》的所谓'一般来往信件'，很多正是批判"左"右倾机会主义路线的战斗檄文，正是鲁迅捍卫毛主席无产阶级革命路线的丰碑。据不完全统计，当时被砍掉的重要书信主要是：甲：有关批判'国防文学'口号和揭露周扬一伙投降主义和宗派主义丑恶嘴脸

问过我。即使没有问过我,也是由于那条注释引起的,我同样有罪。

四、参加制定和推行一条修正主义文艺路线

现在真相大白,周扬在三十年代就是修正主义者,就执行了一条修正主义文艺路线。这条路线到了六十年代,适应新的形势必须具有新的内容新的形式。所以,解放后的修正主义文艺路线,还是有一个形成的过程。我是1952年调到中宣部的,过去不做文艺工作。由于我是一个根本没有改造的资产阶级知识分子,同周扬一起,一拍即合,就在他的领导下,共同制定和推行了一条彻头彻尾的修正主义文艺路线。

这条修正主义文艺路线的形成和失败,大致可以分为三个阶段:一、从1953到1960年,在形成过程中,1953年周扬在第二次文代大会上的报告,是解放后修正主义文艺路线的开始。二、1961、62年,周扬和我的修正主义文艺思想发展到登峰造极,制定了一条完整的修正主义文艺路线。三、1962年十中全会后,修正主义文艺路线受到批评,由抗拒批评到最后毁灭。

(1)第一阶段,1953—60年。这个时期,我们干了一些什么好事呢?

(一)1953年,召开第二次文代会,周扬作了报告。这个报告,是

的全部砍掉。……乙:关于'无产阶级革命文学'论争,批判"左"倾机会主义路线在文艺界影响和表现的很多书信也被砍掉了。……在史无前例的无产阶级文化大革命中,亿万革命人民奋起千钧棒,捣毁了被周扬一伙窃据的'阎王殿','帝王将相,才子佳人部'、'外国死人部'。周扬一伙颠倒历史、围攻鲁迅的罪行,终于得到了应有的批判。"陈漱渝的这篇文章发表时,"文革"虽已结束,"四人帮"已成为罪人,但尚未宣布"彻底否定""文革",而周扬等也尚未平反。

修正主义的。当时离全国解放才只有四年，报告中认为新的人民的文艺已经基本上代替了旧的封建阶级和资产阶级的文艺。这是为封建文艺、资产阶级文艺打掩护。对于文艺创作，不强调革命性、政治性，而强调真实性、艺术性，强调反对公式化、概念化。对于文艺工作者不强调工农兵结合，改造思想，而强调向遗产学习，提高技巧。指责领导部门简单粗糙，反对给作家出题目，认为这是对待小学生的办法，实际上，否定党对文艺创作的领导。在组织形式上，完全照搬苏联的一套，把各协会变成了专家的团体，协会的任务主要是为专家服务。提倡专家靠自己的稿费生活，实际上是提倡物质刺激，鼓励追求稿费，使作家成为脱离人民的特殊阶层。这是解放后一条修正主义文艺路线形成的开始。当时我在文艺处工作，这一切我都是赞成的，并且参与了一些文件的起草工作。

（二）1954年，毛主席提出批判《红楼梦研究》，江青同志找了当时人民日报和文艺报的编者商量如何转载李希凡和蓝翎的批判文章。当时，我赞成了不在人民日报而在文艺报转载的错误意见，理由是人民日报一转载，人家就不敢讲话了。这表现我完全不认识批判《红楼梦研究》的重大意义，同时害怕资产阶级权威，压制马克思主义新生力量。这个错误，受到毛主席的批评。

（三）1956年，陆定一作了百花齐放、百家争鸣的报告[25]，这个报告是从右的方面来解释百花齐放、百家争鸣的，是对党的方针的严重歪曲。而我完全接受了陆定一的思想，把百花齐放、百家争鸣理解为资产阶级的自由化，而不是无产阶级发展马克思主义的政策。就在这个报告中，陆定一主张什么题材都可以写，不论世界上存在的或不存在的东西

---

[25] 1956年5月26日，陆定一在中南海怀仁堂向科学、文艺界的代表人物作了题为《百花齐放，百家争鸣》的报告。6月13日，《人民日报》上发表了这篇报告．

都可以写。后来盛行的反对"题材决定"论,就是从陆定一开始的。这个报告在文艺界、学术界有很大的影响。

(四) 1956年,周扬在党的八大会议上发言,主要是反对教条主义,反对公式化概念化,反对文艺领导的简单粗暴,提倡题材自由化,进一步发挥他在二次文代会报告中的修正主义主张。

(五) 1958年,文化部大搞群众文化运动,提倡演现代戏。工作中出现了一些偏差、缺点,如占用的时间多了一些,如成立卫星指挥部、要求基层放卫星等[26],但基本方向是对的。而我们却抓住了一些缺点,

---

[26] 1957年苏联发射了第一颗人造地球卫星,在1958年"大跃进"期间,遂借喻地将"放卫星"用来称呼工农业生产出现的高产量。如粮食亩产一万斤、几万斤等等。"放卫星"也扩展至文化领域。1958年8月和10月间,文化部先后召开省、市、自治区文化局长会议和全国文化行政会议,部署了文化工作的"大跃进",提出群众文化活动要做到:人人能读书,人人能写会算,人人看电影,人人能唱歌,人人能绘画,人人能舞蹈,人人能表演,人人能创作。还要求文艺创作要"行行放卫星,处处放卫星,层层放卫星"。同年9月,中宣部召开一次文艺创作座谈会,讨论迎接国庆10周年的文艺创作任务,表示要像生产1070万吨钢一样,在文学、电影、戏剧、音乐、美术、理论研究诸方面都要争取放"卫星"。文化部成立了全国文化大普及办公室,一些省、市、区也成立了文化卫星指挥部,开始大放"文艺卫星"。如《美术》杂志1958年第9期发表的《共产主义艺术的萌芽》的通讯,说江苏邳县农民"在总路线的光辉照耀下","农民绘画在我县已经形成了全民性的运动,农村中千军万马的美术队伍,日夜苦战",据统计:"全县即有1800个农村美术组,6000多个美术骨干,7月份完成壁画23300幅,宣传张贴画15000幅,达到村村有壁画10幅以上,队队有壁画5幅以上,基本上实现了壁画县。"

加以夸大,大泼冷水,大大挫伤了群众文化运动的积极性。文化部提出戏曲剧团上演百分之八十的现代剧目,在中宣部会议上讨论时,陆定一、周扬和我都加以反对,认为比例太高做不到。陆定一、周扬一贯宣传文化不能搞多,多了要亡国,反对所谓"为文化而文化"。我完全赞成他们的意见。在我主持下,文艺处搜集了许多文化部大搞群众文化运动中的所谓"缺点"的材料,用来攻击文化部的所谓错误,犯了严重的打击群众文化运动的罪恶。[27]

(六)1960年7月,召开第三次文代大会,周扬作了报告。这个报告,是经中央书记处讨论过的,内容比较好,不指名地批评了苏联修正主义文艺。但是,就在这次大会结束时,周扬和我召集各省市党的负责人座谈如何贯彻会议精神时,我们提出,反对修正主义文艺,主要是对苏联,在我们国内,不是主要问题,还提出修正主义是指理论上修改马克思主义而言,对于文艺作品,不要戴修正主义帽子。这实际上是保护国内的修正主义文艺。

但是,这个时期,国家经济形势很好,毛主席对文化、思想战线上的斗争也抓得很紧,一个接一个。这时要公开提出一条修正主义文艺路线是很困难的。所以,这个时期是一面宣传修正主义思想,一面应付形势,用种种保护色来掩盖自己。在这方面,周扬特别有本事。穆欣同志

---

〔27〕1962年2月26日,林默涵在北京新侨饭店"理论批评座谈会"上,就纪念毛泽东《讲话》20周年《人民日报》社论提纲的意见,对1958年文化部的问题说:"大跃进以后,58年冬天批评了文化部在文化工作上的'左'的错误,他们把群众文艺与专家对立起来,群众文艺的普及被当作群众自己搞,群众文艺活动影响了生产。认为群众中很快就会出现超过梅兰芳、郭沫若的人才。刘在武汉说专业文艺的历史任务已经完成。"刘,指刘芝明,当时文化部副部长。

就说他像一条"变色龙"一样，善于适应形势，改变腔调，保护自己，的确是这样。例如：

1. 他本来是吹捧《武训传》的，毛主席提出批评后，他还置之不理，后来却跑出来做结论，在人民日报上发表一篇大文章，把自己装扮成完全正确。

2. 对《红楼梦研究》的批判开始了，他就赶快出来讲一通话，发表了一篇《我们必须战斗》，但从此他就什么也不管了。

3. 1957年反右派斗争，他却利用所谓冯雪峰为鲁迅拟稿这件事，来颠倒历史，打击鲁迅，抬高自己。事后发表《文艺战线上的一场大辩论》，公开把自己封为无产阶级文艺路线的代表者。

4. 同年毛主席在最高国务会议上讲话，提出百花齐放、百家争鸣的方针，周扬就立刻向文汇报记者发表讲话，大谈二百方针，好像他是最领会毛主席思想的。

5. 1959年中宣部召开文化工作会议，原来是准备反"左"的，因为庐山会议提出了反右倾机会主义，这个会议也就变成批判苏联修正主义文艺和批判西欧资产阶级文艺遗产了。但除了会上讲一通之外，并没有什么具体措施，会后就没有下文了。

6. 1960年，眼看中苏关系紧张起来了，周扬在第三次文代会的报告，就抓住了反对苏联修正主义的旗子。

周扬就是用这种办法来粉饰自己，欺骗群众，使人以为他一贯正确，而在暗中积极进行反党活动。比如他亲自布置《海瑞上疏》的创作，就封得很紧，对我也从来没有露过一句。所以，他的面目长期没有被识破。

（2）第二阶段，1961至62年。这个时期，国家经济遭遇困难，国际上掀起反华大合唱。时机到来，周扬和我就积极推行自己的一套，猖狂向党进攻。这时我们的修正主义思想达到了登峰造极的地步，形成了一条完整的、系统的修正主义文艺路线。这时，周扬和我不仅到处讲话,宣传这条路线,而且制成文件,发到全国,或者写成文章,在报上发表,其影响之大,流毒之深,是不可估量的。

这条修正主义文艺路线,比较集中地表现在下列的文件和文章中:一、用文化部党组和文联党组名义发出的《文艺八条》;二、在人民日报写的纪念毛主席在延安文艺座谈会上的讲话二十周年社论;三、大学文科和艺术院校教学方案;四、文艺报题材问题专论。这些文件和文章,有的是周扬主持、我参加起草,有的是我主持起草,有的是经过周扬和我审定的。[28]

对这条修正主义文艺路线,同志们已经进行彻底的揭发和深刻的批判,它的面目已经完全暴露。这条修正主义文艺路线的主要内容是:

一、否认文艺界存在着两条道路的斗争,并鼓吹阶级斗争熄灭论。

二、篡改毛主席文艺为工农兵服务的方向,提倡全民文艺。

三、修改毛主席关于革命文艺的作用是教育人民、团结人民、打击敌人、消灭敌人的指示,鼓吹文艺有两种作用,即教育作用和娱乐作用,使文艺成为单纯消遣品,实际上成为资产阶级用来腐蚀人民的工具。

四、提倡题材多样化,反对"题材决定"论,反对文艺要着重反映社会主义革命和社会主义建设。

五、在文艺批评上,保护资产阶级"权威",压制马克思主义新生力量,轻蔑工农兵的评论。

---

[28] 关于1962年5月纪念《在延安文艺座谈会上的讲话》发表二十周年的社论,1998年林默涵说,当时,"在周扬领导下,由张光年、袁水拍和我起草了一篇社论,主要观点是周扬的。社论的题目是:'文艺要为最广大的人民群众服务'。社论的基本观点就是像题目指出的一样。'文革'中,这篇社论被打成'鼓吹全民文艺的毒草'。现在看来,这篇社论的观点没有什么错误。"(《"文革"前的几场文艺风波》)

六、提倡崇洋、复古,对遗产只继承,不批判,热中于提倡封建阶级、资产阶级的艺术。

七、阻碍文艺工作者学习毛主席著作,同工农兵结合。否认大多数文艺工作者世界观还未改造好,为文艺界的资产阶级知识分子打掩护。

八、在艺术教育中,反对教育为当前政治运动服务的提法,实际上是反对教育为无产阶级政治服务的方针。强调培养专家,只专不红,引导学生脱离政治,脱离群众,用资产阶级文艺和文艺思想腐蚀青年,实际上培养资产阶级接班人。

九、取消党对文艺工作的领导。

这是一个彻头彻尾的修正主义文艺纲领。

这个时期的主要事情是:

1. 1961年六七月间中宣部召开文艺工作会议,这是一个猖狂向党进攻的会。会分两段开,头一段参加的,是各省市宣传部长、文艺局长等党内负责人;第二段参加的,是在京党内外文艺家。周扬在这次会上先后讲了四次话,全面地宣传修正主义文艺主张,对地方负责人的不同意见加以压制,鼓励资产阶级文艺家向党进攻,打击左派。他在最后总结时,支持小白玉霜[29],拍桌子骂评剧院的党员演员于萍同志。

就在这次会议期间,有一天周扬把我找到他家,他提出要仿照科学十四条搞一个文艺工作多少条,他大致讲了一个轮廓,要我立刻找几个同志搞一个初稿出来,我就找了蔡若虹、郭小川、袁水拍等共同写了一个初稿,即文艺十条,他亲自主持多次修改,有时搞到深夜。这个时期,

---

[29] 小白玉霜(1922—1967),著名评剧演员。1963年,排演《李双双》,与剧团领导发生激烈冲突,被撤换,再无上台的机会,随后被开除中共党员党籍,免去政协委员资格。"文革"中受到批斗迫害,服用安眠药自杀身亡,时年45岁。

他的情绪特别兴奋，认为这是在文艺方面第一个纠"左"的文件，有了这个文件可以管上十年八年了。

后来，陆定一又抓了几次，并指定童大林负责修改，"十条"就改成了"八条"，又由我和张光年一道改了一遍。1962年，人代大会时，周扬、齐燕铭积极活动，要把《文艺八条》在人大代表中散发，后来只发给了文艺界代表。就在这时，用文化部党组和文联党组名义报送中央。送出以前，周扬还要我看了一遍。

我是从头到尾参加这个修正主义文件的起草和修改的。[30]

2. 1961年一二月间，中宣部大学文科教材会议。由陆定一、周扬主持，周扬住在旅馆坐镇。艺术院校负责人也参加了这次会议。在这次会上，由周扬主持，起草了大学文科（文、史、哲、经）教学方案，由我主持，仿照文科教学方案，起草了艺术院校教学方案。这些教学方案完全是修正主义的。这时，周扬和陆定一多次商量，提出：(1) 不能要求大学毕业生解决世界观问题，理由是许多共产党员也没有解决这个问

---

[30] 关于"文艺八条"及其前身"文艺十条"，林默涵1998年的说法是："1961年6月，中宣部在新侨饭店召开文艺工作会议讨论文艺十条。几百人参加了会议，包括部分党外人士。周总理在会上作了报告，讲到文艺工作要民主，要符合艺术规律。会议提出纠正文艺简单地配合政治的错误倾向。这种倾向'大跃进'时表现得特别严重。……文艺十条纠正了这种简单的片面的认识。十条指出，为工农兵服务可以采取多种多样的文艺形式，各种题材、各种风格都应该欢迎。在文艺单位，要发挥艺术家的作用，可以成立艺术委员会，不要党支部包办一切。文艺工作者热烈欢迎'十条'，有人说，要把十条刻在石碑上，世世代代传下去。后来又反复修改成为八条。"它在"1962年4月发出。文件是以文化部党组和文联党组名义发出的，中央加了批语。"（《"文革"前的几场文艺风波》）

题。(2)反对"白专道路"的提法,认为"专"和"白"没有必然的联系;(3)在教材编写上,反对"以论带史",提倡"论从史出",实际上就是反对用马克思主义观点去表现教材。

周扬在这次会上作报告,大捧资产阶级专家、教授,跟翦伯赞一唱一和。资产阶级专家教授们认为这个会开得心情舒畅,周扬还把这次会的开法,作为最好的经验。会后,周扬亲自挂帅,调集了二百多教授专家编写教材,搞了几年。在一次新年宴会上,他举杯祝酒,表示要同资产阶级专家教授"同生死共存亡"。

3. 1962年,毛主席《在延安文艺座谈会上的讲话》发表20周年,记得当时提出一个纪念计划,有些文章、举行座谈、美术展览、演出等等。演出计划归文化部安排,组织文章,主要由我负责。我找袁水拍、李希凡、陈笑雨等为人民日报起草了一篇纪念社论,详细内容我记不清楚了,只记得好像包括这样四方面的内容:①讲话发表的伟大意义;②当前的任务;③队伍问题;④领导问题。[31]写成后送周扬审阅,他不满意。那时他住在十八所,打电话要何其芳、张光年、袁水拍和我等人去谈。他提出要按照人大公报的精神,强调各阶层团结,认为今天的文艺跟过去比它的服务范围大大扩大了,连民主人士、爱国的资产阶级、爱国华侨,都应当是我们文艺的服务对象和工作对象。这是把人大公报

---

[31] 就撰写纪念《讲话》20周年社论,林默涵1962年2月6日在新侨饭店"理论批评座谈会"上有长篇讲话。林默涵讲话在分析了国内国际形势和50年代以来文艺道路之后,为社论确立了四方面内容:1.《讲话》历史意义、成绩和主要经验;2. 当前的任务;3. 队伍问题;4. 党的领导。周扬对提纲面面俱到不满意。1962年3月15日,在新侨饭店会议上就社论提纲谈了他的意见。后来发表的社论,便基本按照周扬的思路展开。周扬3月15日意见,见本书有关部分。

中讲的政治上的统一战线，跟文艺的服务对象混为一谈，是公然篡改毛主席文艺为工农兵服务的方向，鼓吹"全民文艺"。这篇社论，就按照周扬的意思由袁水拍、张光年、李曙光分别执笔，由我统一后送周扬定稿，最后经陆定一审定，吴冷西也作过修改，我当时是完全同意周扬的意见的。这两年，是以周扬为首的文艺界黑帮最活跃的时期。老奸巨猾、善于掩藏的周扬，这时也丢掉面具，赤膊上阵了。在他的号召和指挥下，夏衍、陈荒煤等抛出瞿白音的《电影创新独白》[32]，齐燕铭、田汉、阳翰笙和我先后主持了广州话剧创作座谈会，邵荃麟召开了大连创作会议，周扬出席讲话，文艺报发表了题材问题专论，从四面八方向党展开进攻。一切牛鬼蛇神都有共同的阶级感觉，都以为时机到来，温度适合，所以，都一齐出笼了。

（3）十中全会后，形势变化，这是第三阶段。毛主席抓了阶级斗争，对文艺工作提出了多次批评。看看形势不对，周扬和我又采取了：一、应付，如1962年十月关于整顿剧目的报告，63年发出停演鬼戏的通知，

---

[32] 瞿白音（1910—1979），原名瞿金驹。30年代加入中国左翼戏剧家联盟，任南京分盟负责人，组织演出《娜拉》《香稻米》《乱钟》等剧目。1934年，参与组织上海业余实验剧团。50年代以后，历任上海电影制片公司副经理，上海市电影局副局长等职务。1951年与他人联合编导了《两家春》。1958年，与他人合作编写了故事片《万紫千红总是春》，1960年，根据同名小说改编电影《红日》，译有（苏）斯坦尼斯拉夫斯基《我的艺术生活》。1962年，在《电影艺术》1962年第3期发表了《关于电影创新问题的独白》一文，在电影界反响热烈，但随后受到严厉批判。江青主持的《纪要》将《创新独白》列为"十七年"文艺界的"大毒草"名单，1966年6月16日，《文汇报》《解放日报》上发表上海写作组署名丁学雷的文章，指这篇文章是"电影界黑帮的反革命纲领"。

举行戏曲座谈，搞了一些所谓批判（"中间人物"、《李慧娘》《早春二月》《林家铺子》等）。二、抗拒中央批评，不传达，不检查。三、应付不了，抗拒不了时只好搞一个假整风，牺牲车马，保住将帅，也就是保住修正主义文艺路线。但这一次，毛主席和党中央已经识破我们的面目，再也蒙骗不过去了，以周扬为首的黑帮终于被揪了出来，以周扬为代表的修正主义文艺黑线遭到了可耻的失败。

这就是周扬和我所搞的一条修正主义文艺黑线由产生、形成到灭亡的过程。

五、修正主义的组织路线

修正主义的文艺路线，必须有一条同它相适应的组织路线，来保障它的实行。这首先就要控制文化部。周扬在文化部工作，犯了错误，调离文化部后，他是始终不愿放弃文化部的。文化部开比较大的会，他都要去讲话，施加影响。他对于党中央把他调离文化部，派钱俊瑞去整顿文化部是很不满的。

在钱俊瑞时期，文化部和中宣部的关系，曾经一度很紧张。大约是1957年或58年，有一次文化部党组同志在周扬家里，给中宣部提意见。他们认为中宣部抓业务不抓政治，抓提高不抓普及，抓专业不抓业余。周扬很不满意，我也不同意文化部的意见。现在看来，当时文化部党组的批评是完全对的。

1958年，文化部大搞群众文化运动，出了一些偏差，周扬和我抓住这个机会批评他们，刘芝明同志因此调离文化部，接着钱俊瑞也因别的原因离开文化部。起来接替他们的，就是齐燕铭、夏衍，他们分任党组正副书记，同时我也兼任文化部工作。这样，文化部党组就为修正主义者所掌握了。周扬和我这时很满意，认为文化部党组和中宣部的关系正常了。

其次，就要掌握文联各协会、研究所、刊物等。这些机关的负责人，大多是周扬的人。周扬借口要照顾团结，把不少三十年代的人物安排在文化部门文化团体的重要岗位上。地方的文联，文化局也有一批周扬的人，他的势力遍布全国。他常说他不搞宗派主义，其实他是最大的宗派主义者。

周扬对他的干部有一套手法：第一是把你摆在一定位置上，使你感到他在照顾你。比如1959年，我被提为中宣部副部长以前，周扬就先把消息透露给我，这显然是暗示是他要提拔我的。又如他建议增加十几名文联副主席，使人觉得周扬很照顾别人，阳翰笙当文联副主席兼秘书长，就是他提议的。其次，包庇自己的干部，比如田汉、邵荃麟在反右斗争时，地方上意见很大，是可以划右派的，周扬和我把他们包庇下来了。第三，但是，到了必须牺牲干部才能保存自己的时候，周扬就毫不留情了。上次文化部文联各协假整风开始时，周扬忽然来一个电话，要我马上向党中央写报告，即刻撤销齐燕铭、夏衍、田汉、阳翰笙的职务。我当时觉得很突然，不同意这样做。我说整风才开始，他们的错误群众还不清楚。但周扬很坚决，说这样做决不会错。过了一天，他又来电话，说他同彭真谈过，彭真也主张组织处理放后，这事才作罢。周扬就是用这种手法来对待干部的。

六、抗拒毛主席和党中央对文艺工作的批评

周扬和我的修正主义文艺路线，是遭到各方面的抵制的。部队就反对，许多地方也有意见，都被我们顶了回去。毛主席和党中央更是多次提出批评，周扬和我采取了什么态度呢？

第一是抵制。比如刘主席[33]提出要降低稿费，我却千方百计想多给一点稿费，提倡物质刺激。为此说了十分反动的话，认为人民出版社给刘主席的稿费太高，因此使刘主席以为别的作者也能得到那么高的稿费，其实别的作者的稿费没有那么高，刘主席不了解情况。本来曾经一度废除印数稿酬，不少资产阶级作家表示不满，后来就在周扬和我的主使下，又恢复了印数稿酬。这是对刘主席指示的公然抗拒。又如，刘主席指出社会主义文艺应当写社会主义时期的生活，我就公开唱反调，认为文艺作品是不是社会主义的，应当从思想立场来看，有些写民主革命时期斗争的作品，也可以是社会主义的。我简直是狂妄到了极点。实际上，就是不赞成文艺要着重写今天，着重写社会主义革命和社会主义建设，周扬还认为凡是产生在社会主义时代，适合社会主义时代人民需要的作品，就是社会主义的。这就根本不考虑作品的内容和思想立场了。

第二是封锁。我们一方面向上封锁，文艺界问题这么多，就没有向中央和毛主席反映过；另一方面又向下封锁，不向群众传达中央的指示和批评。比如毛主席很早就批评旧文化部提倡帝王将相，才子佳人，说不再改正，就要把文化部改为帝王将相部，才子佳人部。周扬是亲自听到毛主席的批评的，他当时就替文化部作了解释，回来只在很小的范围里作了传达，长期向群众封锁。很明显，这是怕传达下去，群众就要起来革命，把我们赶走。

第三是应付。看看事情躲不过去了我们就应付一下。比如上次发表了姚文元同志批判《海瑞罢官》的文章，我就向周扬建议，要北京日报转

---

〔33〕指刘少奇。林默涵1966年7月写这份检查时，刘少奇还是中共中央副主席、国家主席；他要到1968年10月中共八届十二中全会上，才被宣布为"叛徒、内奸、工贼"而开除党籍永世不得翻案的。所以，林的检查仍沿用这一尊称。

载，这并不是积极拥护这个批判，而是感到北京不转载不行，也就是应付一下。周扬主持写那篇方求的文章，也是为了应付，结果却搞成了一篇毒草。我在形势逼迫下，抓了一些批判文章，都是一种应付。这一点不奇怪，我们自己是修正主义者，当然不会有热情去批判修正主义的东西。

第四是转移目标。到了应付也应付不过去的时候，就转移目标，整别人，保自己，牺牲车马，保住主帅。这是最恶劣的手段。最明显的，就是1964、65年在周扬和我导演下的文化部那场假整风。毛主席在63年底和1964年夏天对文艺工作的两次批示，正如《红旗》杂志的编者按语所指出，是针对周扬和我这些人的。可是，我们却根本不检查自己的错误，而是转移目标，去整文化部和文联各协会。这是直接抗拒毛主席的批评，是欺骗群众，欺骗党中央，企图使自己蒙混过关，以便保存修正主义文艺路线。〔34〕

---

〔34〕1998年林默涵的《"文革"前的几场文艺风波》："第一个批示下达后，文联各协会都整风检查工作。整风告一段落时，写了一个报告交给我，我看了以后修改了一下，送周扬看。他不满意，认为报告写得不深刻，没有提出改进工作的具体措施，因而把报告压下了。后来，江青问我，主席批示（指第一个批示）以后为什么没有行动？我说，已经进行了学习和检查并写了一个总结（草稿）。江青要看。我只好把稿子从周扬那里取来给她。江青转给主席，主席就在这个报告草稿上批了那么一大段话。批示下达后，大家没有思想准备，打了一闷棍，震动很大。现在看来，两个批示是江青搞了名堂。据我所知，主席在这一段时间内没有找文艺界、中宣部、文化部的任何人谈过情况，只是听江青的。江青给主席讲了什么话，不得而知，她是把文艺界看成一塌糊涂的。文联各协会都是党领导下的组织，缺点是有的，但是把它们说成是裴多菲俱乐部，这是完全不符合实际的。""……从1963年开始，江青插手文艺工作。解放之初，江青在中宣部当过半年

文化部的整风，最初由原文化部党组领导，本来是想草草了事的，打算 1964 年国庆节前后，齐燕铭代表党组作一个检查就算了。我是赞成这样做的。但周扬更有经验，他知道那样做太不像样子了，于是在彭真、陆定一的所谓"五人小组"的支持下，亲自出马，派出了所谓工作组。领导小组的成员是周扬自己指定的，我是其中之一。这是修正主义整修正主义，是根子整枝子，是舍车马保主帅，根本不让挖到我们身上的黑线。对群众加以压制，对被牺牲的车马，则加以安慰，周扬曾多次找他们谈话，还要我去看田汉、夏衍等等，使他们知道批评他们是出于不得已，是一种"苦肉计"。[35]

有些同志追问，制造这次假整风的阴谋背景，追问是怎样密商的，

文艺处长，以后就生病了，长期没有做事。毛主席曾对乔木说过，江青不会做什么工作，你们也不要用她。但是，后来主席改变看法了，曾对周扬说，江青看问题很尖锐。江青到了中宣部，就发号施令。她召开会议，部长、副部长都要到会，定一同志也不好顶她。她的野心是逐步扩张的。她想先抓中宣部（文艺）、北京、上海，然后抓全国。抓中央和北京是有阻力的，她便先抓上海。抓上海很顺当。柯庆施投了这个机，靠上了江青。靠上江青就等于靠上主席。张春桥很早就充当了江青的走狗。江青每年都要到上海，联系人就是张春桥。上海市委其他人想见江青很不容易。"

[35] 关于文化部的"假整风"，林默涵 1998 年说，"1965 年，文化部进行文艺整风。开始是文化部自己搞，后来，中宣部认为他们搞得不彻底便派人去抓。周扬曾批评我不积极。我对这件事是有点厌倦。周扬亲自抓了。文艺方面问题，中宣部是有缺点，有责任的，但是中宣部没有承担责任，而把一切责任都推给了文化部。在文联主席团一次扩大会议上，我讲话的时候就是这样指责文化部的。这是不对的。现在想起来，感到内疚。可是，'文化大革命'中，还说那是假整风、真包庇。"

这种追问，完全应当。但是，这整个整风，就是一种公开的阴谋，目的是应付中央，保存自己，这是很明显的，是不用说穿也可以心照不宣的。

这就是周扬和我对待毛主席和党中央的批评所采取的态度，这完全是阳奉阴违的修正主义手法。

七、我为什么会跌进修正主义的泥坑？

我为什么会跌进修正主义泥坑，成为反党反社会主义反毛泽东思想的黑帮分子呢？原因很多，但最根本的，是我坚持自己的资产阶级世界观。

我出身于地主阶级家庭，虽然十五六岁就离开家庭，但剥削阶级的思想意识，在我身上根深蒂固，加上受的是资产阶级教育，读的是资产阶级文艺作品，我的世界观完全是资产阶级的，文艺思想也完全是资产阶级的，我是一个根本没有改造的资产阶级知识分子。

我在民主革命时期，开始参加革命，但是长期所做的，都是伏案的文字工作，从来没有参加过群众的斗争，没有经历过严重的斗争考验。民主革命的关，是革命浪潮把我冲过来的，到了今天，社会主义这一关，我就过不去了。

最严重的，是没有认真学习毛主席著作，根本脱离工农兵群众，上不着天，下不着地。解放以来，官越做越大，生活越过越好，而思想却越来越堕落，我已经丧失了共产党员应有的起码的革命品质，而变成了一个为了个人利益可以牺牲革命利益的政治投机分子。这样的人，怎么可能不掉进修正主义的泥坑中去呢？

我深深地认识到，以周扬为代表的文艺黑线，造成的恶果实在太大了；我是这条黑线上的主要人物，我的罪恶也实在太大了。这条黑线必须彻底挖掉，我的罪恶也必须彻底清算！

我也深深认识到，同志们对我的严肃斗争，是为了保卫党的利益，保卫毛主席思想；同时也是为了挽救我。我一定接受同志们的批判，好好读毛主席的书，听毛主席的话，跟毛主席的指示办事，到工农群众中去劳动改造，脱胎换骨，重新做人！〔36〕

我是一个永远跟毛主席走，老老实实做党的驯服工具和人民的勤务员，鞠躬尽瘁，死而后已！

1966 年 7 月 15 日

---

〔36〕林默涵（1913—2008）福建武平人。"百度百科"关于他早期的生平有这样的记载："1928 年在福州高中师范科求学时受革命思想影响，随后在福州、厦门、上海等地从事革命活动。1935 年到日本学习。次年回国，先后在进步报刊《生活日报》《读书与出版》《世界知识》和《国民周刊》任编辑，并开始用笔名'默涵'撰文。1937 年抗日战争爆发后，曾在上海青年救国服务团和第八集团军战地服务队做抗日宣传工作，后到武汉任《全民抗战》编辑。1938 年到延安马列学院学习。1940 年参加编辑《中国文化》。1941 年主持华北书店编辑工作。1943 年调《解放日报》编辑副刊，在该报上发表不少短论和杂文。1944 年冬调重庆《新华日报》。抗日战争胜利后到上海，后赴香港参与编辑国统区出版的共产党机关刊物《群众》，和共产党领导的文学刊物《大众文艺丛刊》。这期间的政论、杂文和文艺论文结集出版的有《在激变中》《浪花》和《狮和龙》……"这样的忠心耿耿，这样的革命经历，却在自己为之奋斗的阵营中，给自己加上了"反革命黑帮积极帮凶""作恶多端，干尽坏事，犯了大罪""越来越堕落""政治投机分子""罪恶必须彻底清算"等的判决，可能让人感到怪异，也感到心痛。而他所期望的"革命群众"，也没有让他"到工农群众"中去改造，不久他就被投入监狱，有长达十年的牢狱生涯。读了这样表现历史悖谬情景的材料，再读史铁生中篇《关于詹牧师的报告文学》，就会明白中国当代不会出现"荒诞派"文学的原因：你无论如何虚构荒诞情景，也超不过现实已发生的一切。

材料与注释

附录：周扬自传

这是周扬 40 年代在延安鲁艺工作时所写，应该是向党组织提供的材料。"文革"期间，刊登于多种红卫兵、造反派编辑、印制的小报、刊物上。我见到的这份《周扬自传》，刊登于北京大学"新北大公社文艺批判战斗团"所办的刊物《文艺批判》1967 年第 4 期。《文艺批判》刊发时的标题是：《把大毒草〈周扬自传〉拿来示众》。《周扬自传》的题名是原来就有，还是"文革"刊物发表者所加，不得而知。自传没有写明撰写日期，仅篇末括号有"周扬在延安鲁艺工作所写"字句。《文艺批判》加有这样的编者按："《周扬自传》是一幅典型的反革命两面派的自画像。周扬这个地主阶级的孝子贤孙，帝国主义、修正主义的文化买办，三十年代王明机会主义路线在文艺界的代表人物，一贯用两面派手法，篡改历史，蒙混过关，隐藏自己的反革命政治面目，'以革命的姿态写反革命的文章'，'假的就是假的，伪装应当剥去'，周扬这样伪造历史的小丑，终将被历史前进的车轮碾得粉碎。"同期《文艺批判》还刊登由"中共益阳县委机关供稿，原载首都红代会中央工艺美术学院《井冈山战报》"的《周扬罪恶家史》文章。

下面是"自传"全文，按《文艺批判》原来样子录入。《文艺批判》刊载时编排上个别地方有明显错讹，加注释予以说明。目前一些涉及周扬的论著，在引述这份材料的时候，并未更正这些错讹。

1908 年 11 月生在湖南益阳荻城镇新市渡一个村庄里，原名运宜，字起应（入党及初发表文章均用起应一名，后因地下活动及书报检查关系，曾选用周扬、周览、绮影等笔名）。家庭系地主，当我出生时，每年可收七百石粗谷，此外别无其他产业收入。我刚二岁父即去世，祖母与母二代孀居，祖母为有名慈善家，好善乐施，母也待人厚道，故深得一般村民拥护,惟究是女流,又拥有相当田产,家中除我和一长我二岁之兄弟外,又别无其他男子,故有时不免受人欺侮,充满在我幼小头脑中的即为长大成人,替父母争光雪耻之念。祖母与母,亦甚溺爱我,不让我多读书,恐其有伤身体,直至14岁,均在家延师教书,从未住过小学。15岁时因酷慕新学,与母力争,始准我赴长沙住一补习学校,并委托我舅父伴我居住,妥加照顾,补习半年后回益阳即考入一教会学校,且系插班,但因系寄宿,生活较苦,学期未终,即自动离去,母亲因爱我甚,亦不之责。后又陆续在长沙改读二年,均系补习性质,至1925年秋季始考入上海南方大学,后由该校校长亢虎复辟阴谋揭露[37],一部分教员学生另组国民大学,我遂亦转入国民大学,1926年再转入大夏大学。在大学时期,已接近革命思想,惟因当时在李石岭[38]教授影响下,深深

---

〔37〕指江亢虎(1883—1954)。1925年2月,国民党人黄郛、叶恭绰为首的北洋政府清室善后委员会公布清室密谋复辟的大量文证,其中有江亢虎致废帝溥仪的请求觐见书,以及给一些支持复辟的前清遗老们的信函。江亢虎遭到了来自各界进步人士的痛斥。时任南方大学校长的江亢虎不得不到美国躲避。因抗日战争期间在汪精卫政权任伪职,并著文为日本南京屠杀辩护,抗战胜利后为国民党政府逮捕判处无期徒刑。1954年12月7日病死于上海提篮桥狱中。

〔38〕这里的李石岭,应是李石岑之误。李石岑(1892—1934),原名邦藩,湖南醴陵人。1913年(民国二年)入日本东京高等师范学校。回国后,任上海商务印书馆编辑,主编《民铎》,兼任《时事新报》副刊《学灯》主笔。20—30年代,先后或同时任教于大夏大学、国民大学、中国公学、复旦大学、暨南大学、中山大学等校。1934年10月病逝。著有《李石岑讲演集》《哲学浅说》《西洋哲学史》《哲学概论》《中国哲学十讲》等。介绍尼采的《超人思想简说》1931年由商务印书馆出版。

醉心于尼采主义，尼采思想在我的生活中曾起重大的作用，我应该说，是革命的作用，他教了我大胆否定一切因袭，传统，权威，在我脑筋中行了一次大扫荡，没有这次大扫荡，接受马克思主义也许不会有这么纯净、干脆。然而也正因为这点尼采主义的教养，使我在1927年对革命极端的颠倒当中，保持了在组织上超然的立场。但是"四·一二"以后，正当白色恐怖非常高涨，昨天还是革命者的我所认识的好些同乡，今天突然变成了规矩人的时候，我却再也不能抑制我的愤怒，我感到一种要报复的欲望，于是我就加入了党。我非常高兴地做着深夜里在马路上街堂口散传单的工作。介绍我入党的是当时大夏的一个同学又是同乡的夏钟润君，他是一个非常之善良的人，那时候我很信仰他。可惜这样的生活没有过好久，暑假就回了家，当时回家主要是抱着到武汉去工作的目的，我对那虽还怀着一些幻想，这些幻想到汉口住了一个月之后便完全消灭了。在家没有住好久，就再也回到上海，这时是一切皆非。以前的同志许多都不见了，夏去了日本，留下的也是消极的消极，自首的自首。总之，我已再找不到组织这个东西。那时候我正是大学三年级距毕业还有两年，我不能忍受这样长的日子（我那时候极端痛恨大夏），于是就转了高师科，不到一年就毕业了，拿了这张文凭，我就去到了日本，这正是1929年初。我发现夏也已失了关系，我应当自认我那时并不怎样感觉了失了关系的严重性。在东京，我拼命地看左翼文艺书籍，拼命地找日本左翼文化人的关系。我入了日本左翼文化人所主办的暑期外国语大学，参加了中国青年艺术联盟（左倾的中国留学生所组织的，有叶沉"即沈西岭"、许幸之[39]等）因此引起了日本警察的注意。在日本

---

〔39〕这里的"沈西岭"，应是沈西苓之误。沈西苓（1904—1940），原名沈学诚，笔名叶沉，浙江省德清人。30年代先后在天一、明星、联华等影业公司任职，编导过《女性的呐喊》《乡愁》《船家女》《十字街头》《中

大检举时就被逮捕,和一个左倾日本朋友一道,在拘留所关了一月,因无犯罪证据被释放。出来后,在东京再呆了二三个月就回到上海了。这时便开始了写作生活。主要翻译些革命文学作品,出版的有果尔德短篇集,柯伦泰的伟大的恋爱[40]等。从此便不再仰供家庭供给。同时家庭境况已日益衰落,也不再能供给了。从1930年到32年初,这一年多两年中间,都只是一个赤色群众,仅只参加了剧联[41],到31年底,才转入左联。这个时候为什么没有找组织,据现在想有二方面原因的,一方面是主观上没有积极要求,而另一方面造成我不积极要求的一个客观原因是当时立三路线下对知识分子青年的态度。我那时并不认识立三主义的错误,我还没有那个能力和基础,但使我长久不能忘记,刺伤了我的自尊心的,是当时遇到的一位区委同志对左翼非党知识分子所表现的那种令人难堪的鄙夷的态度,当时我得了这样一个印象,他们且正式这样说过,要读马克思主义,就应当是党员,否则就是空读,就是假革命,就是最可耻的行为。我当时承认这句话有一半对,一半不对,但我不敢辩白,从此我见了他们仿佛感到羞愧,局促不安,我渐渐避免见他们了,我孤独地抱着革命的志愿并无行动的生活着,成了如某一位朋友批评我们的所谓"革命的高踏派"[42]。但这样的生活究竟是不能长久的,加入

华女儿》等影片。1949年12月于重庆病逝,年仅36岁。许幸之(1904—1991),生于江苏扬州,电影导演、画家、美术评论家。30年代参与左翼文化运动,左联发起人之一。曾导演《风云儿女》《铁蹄下的歌女》等。

〔40〕柯伦泰(1872—1952),苏联革命家、作家。周扬翻译的她的《伟大的恋爱》1930年由水沫书店出版。《果尔德短篇杰作选》,果尔德,又译为高尔德,20世纪美国左翼作家。

〔41〕指1030年成立于上海的中国左翼戏剧家联盟。

〔42〕"高踏派"——原文如此,似是高蹈派之误。

左联后不久我便做了常委,这时我提出了入党要求,由雪峰谈话(他当时也是左联常委)很快就通过了。在此应补述一句:在一二八期间我做了一个短期的外文宣传工作;当时参加这工作的,还有现在边区之林里夫[43],他担任日文方面的宣传员,我担任英文的。入党以后,在上海的整个时期内我没有过过支部生活,开始是参加左联党团,不久就参加中央文委[44](当时是雪峰负责,参加的有林伯修、吴觉先、华汉等)党外团体工作,一直是在左联,主编过左联公开机关报文学日报,写过一些理论批评文章,反对自由人(胡秋原)反对第三种人(苏汶),在这些理论斗争中,很正确的辩护了文艺的党性与革命作用,但在对中间层(当时第三种人是动摇于革命与反革命之间的小资集团)的政策上,犯了左倾关门主义的毛病。这是我和秋白同志共同的,这一点很快地受到了中央的纠正,我记得洛甫同志为这个问题写了一篇文章就是指责我们这个倾向的[45]。到了1935年春,上海党的组织受到最后一次大破坏[46],文化

---

〔43〕林里夫(1909—2001),曾就读北大,留学日本,20年代末参加革命并加入中国共产党,30年代初在北京、天津、上海从事地下工作,后到延安,曾任陕北公学政治经济学教员。50年代后在中国科学院经济研究所工作,《经济研究》创办人之一。因"右派""反党集团成员"多次受到迫害。

〔44〕二三十年代中共上海地下党组织的中共中央文化工作委员会,1929年10月在上海成立,由中共中央宣传部领导。

〔45〕洛甫,即时任中共中央政治局常委、中央宣传部长的张闻天。这里的文章,指洛甫1932年发表的《文艺战线上的关门主义》。

〔46〕据研究者孔海珠介绍:"1934年至1935年,中共上海中央局机关等遭到毁灭性破坏,仅1935年2月19日,就有上海中央局书记黄文杰等36人同时被捕。中共中央文化工作委员会(简称"文委")五个领导成员中,只有周扬和夏衍幸免于难。"

方面的负责同志如华汉、田汉、林伯修均遭逮捕，这是我入党后所受第一次大刺激，为友情，为工作，我伤心的哭了，但我的工作情绪和积极性，这时却更加提高了，我感到了自己的责任。这时只剩下了沈端先[47]和我支持残局，他比较偏于上层，下层的活动就由我担任，没有两三个月，我们便仍又和中央接上了关系，董文学找到了我，这时文委便正式由我负责。端先因环境险恶，要求离国暂避，董同意了他的要求，他便去了日本。文委除我外，还有钱亦石、曹亮参加，董和我一个人碰头，他在工作中给了我很大帮助，我工作得非常起劲和愉快。可惜这样的日子没有过好久，到七八月间董又被捕了，这次我几乎比听到田汉被捕那一次还伤心，从此差不多一年多的时间，和中央失去了联系。这个时间，我没有一天离开自己的岗位，文委经常开会，文总[48]也很快恢复，我兼书记，左联、剧联、社联、教联等左翼文化团体均仍继续活动。党员由十数人发展到一百多人，由我找来的失掉关系的党员，有汉夫，吴敏，邓洁等，新吸收的有钱俊瑞，艾思奇，我把他们都陆续拉到了文委（只艾一人较迟），这自然是有点危险的办法，但为应付局面，我也没有别的办法了。后来端先回国，阵容便更可观了，只是这时客观局面开展较快，我们主观努力远远不及，既少一般党的工作经验，又失了领导，这段时间可以说是有些瞎摸。那时唯一能够看到的党的文件，是英文版的国际通讯[49]上的，我记得当我第一次读到季米特洛夫在七次大会的

---

〔47〕沈端先，即夏衍。

〔48〕1930年，中国左翼作家联盟成立。随后，中国社会科学家、戏剧家、美术家、教育家联盟以及电影、音乐小组等左翼文化团体也相继成立。同年10月，各左翼文化团体共同组成中国左翼文化总同盟，简称文总。

〔49〕"国际通讯"即《国际新闻通讯》，第三共产国际1921年起办的刊物，用德、英、法等多国文字出版。

反法西斯统一战线的报告[50]，我简直兴奋得跳起来，我读了又读，把这问题想了又想，我在领导下的所有党团会上传达了这个报告，并大胆地提出了解散文总及其所属团体的主张，经过不少阻难，这个主张终于实现了。于是在我们的发动与帮助下成立了上海文化界各种救国团体，救亡工作大大活跃起来（当然自发的成分非常之多）。正在这时，雪峰来了[51]，我初听到西北有人来时，我是高兴得到了极点，等待了多少日子啊！我便写了一封信转给他，告诉了组织大概情形，并约他谈话。但他不惟不找我，不找端先，而且毫不负责地散布关于我们的谣言（如对钱亦石[52]说端先有法西斯嫌疑，对一些不清不楚的人说要把我派往别处去之类），怂恿不满意我们的分子来和我们对立，挑起鲁迅、茅盾来反对我们，挑起了口号的论战，自然在我这方面也有很大缺点，如对鲁迅没有建立很好的关系，处理事情常易偏于情感，对一般党的工作缺少经验等等。但雪峰处理问题，对待干部的态度，我现在还认为是非常之不对的（比起这里的负责同志来，那距离不知多远呵），我由他所受的精神上的痛苦是一生中从来未有过的，关于这些，中央已经知道，毋须在此

---

〔50〕季米特洛夫（1882—1949），保加利亚共产党领袖，保加利亚共和国第一任总理。1935—1943年，主持共产国际工作。1935年七八月间，共产国际第七次代表大会召开，季米特洛夫作了题为《法西斯的进攻与共产国际为工人阶级的反法西斯统一而斗争的任务》的报告。

〔51〕为中共中央委派，1936年4月冯雪峰由延安到上海，年底，冯雪峰领导组织了中共（上海）临时工作委员会（临委），准备重建上海地下党。

〔52〕钱亦石（1889—1938），湖北咸宁人。中共早期社会活动家、教育家、理论家。

多说。到延安[53]我置身在一个新的环境,一切都是帮助我的。我诚恳的说,他比我未来之先所想像的还要好。这里是真正的同志的爱,是真正的领导与帮助。初来时我在中宣部做了很短很短一个时期工作,后即调到教育厅,现在兼着鲁艺的工作,一切都觉得很好,惟一遗憾是读书时间太少。在理论上的进步太少,如果可能,我希望最近能暂时解除职务,使我有一机会完成我译著上的志愿。在我过去所译著中,仅托尔斯泰的安娜·卡列尼娜一书为有价值,新近又译有车尔尼雪夫斯基之生活与美学[54],编校有马恩列论艺术一书,拟著之书有:文学简论,新民主主义与新文学,望党给我机会,完成写出以上二书的目的。

在我的至亲属中,没有一个与政界有关系的,和家庭现在又很少通信。我自己一生中也没有干过职业[55],我的社会关系仅限于文化界出版界,而且是进步的文化界出版界,生活书店几乎是我唯一有经济关系的地方,过去在上海所来往的人中,除左翼圈子的以外,就只有极少数进步的自由主义的文化人,如郑振铎、傅东华等。

我的自传简略的就如上述。

(周扬在延安鲁艺工作期间所写)

---

[53] 周扬 1937 年 10 月到延安。

[54] 周扬翻译的车尔尼雪夫斯基的《生活与美学》出版于 1942 年,据此推测周扬的这篇"自传",似是写在 1941—1942 这段时间。

[55] 原文如此。

1967年《文艺战线两条路线斗争大事记》[1]

《大事记》的编写

"文革"期间,尤其是1966年6月至1968年这几年,各地红卫兵、造反派、革命委员会等组织,出版了大量自印的小报、书刊,《文艺战线两条路线斗争大事记(1949—1966)》(以下简称《大事记》)是其中的一种。它编写、出版于1967年四五月间。《大事记》第一稿1967年4月刊登于《新北大》[2]、《文学战报》[3]的联合专刊上。在"听取了读者的意见、吸收了报刊上的新材料、恢复了原来由于篇幅所限而删节的内容,作了大量的补充和修改"(《大事记·编后记》)之后,1967年5月底重

---

[1] 这篇文章在报纸发表和收入《我的阅读史》一书时,题目为《思想、语言的化约与清理——〈文艺战线两条路线斗争大事记〉》。收入本书改为现在题目。

[2] 北京大学校报原为《北京大学》,1966年8月改为《新北大》,并由毛泽东题写刊名。

[3] 中国作家协会革命造反团成立于1967年1月,全面掌管中国作协的权力,创办了《文学战报》。

新发表,并出版单行本[4]。《大事记》的记述始于中共七届二中全会召开的1949年3月,迄于毛泽东关于文学艺术五个批示公开发表的1967年5月[5]。对这段时间,《大事记》将它划分为1949—1952,1953—1955,1956—1957,1958—1959,1960—1962,1962.9—1965.9,1965.9—的七个段落。编写者所依循的,是当时毛泽东、江青、姚文元等的论述,即将"建国十七年"的文艺界,描述为"围绕政权这个根本问题"所进行的两条路线的"惊心动魄的阶级斗争"。正确路线一边,是"在战无不胜的毛泽东思想的直接领导下,以江青同志为代表的文艺界无产阶级革命派";在《大事记》中,列入这一派别的人物除江青外,还有陈伯达、康生、戚本禹、姚文元等。另一边的反动路线,则是"在党内最大的走资本主义道路当权派刘少奇的全力支持下和直接指使下"的"旧中宣部、旧文化部、旧北京市委的一小撮反革命修正主义分子",他们有彭真、陆定一、周扬、林默涵、齐燕铭、夏衍、田汉、邵荃麟等。对这些人物所做的路线分配,很大程度上其实不是问他是什么,而是问他是谁。因此,设若过一段时间修订《大事记》,如1973年以后,林彪、陈伯达等将会从"革命阵营"那里驱赶出来而进入"反动路线"的行列。

《大事记》采用的是传统编年体的历史叙述体式,在当时产生过一定影响。在1967到1969年间,它被各地的"造反派"组织不断翻印[6];在

---

〔4〕中国作协革命造反团《文学战报》和新北大公社《文艺批判》于1967年9月出版的增刊本。

〔5〕这五个批示是:《看了〈逼上梁山〉以后写给延安平剧院的信》《应当重视电影〈武训传〉的讨论》《关于红楼梦研究问题的信》《关于文学艺术的两个批示》。它们于1967年5月28日发表于《人民日报》。

〔6〕仅我看到的,就有河北大学井冈山兵团独立大队1967年5月翻印本,上海市报刊发行处"大批判资料选编"1967年5月翻印本,东北局

材料与注释

它出现之后，类似性质的文艺方面的"大事记"也纷纷出现：如《戏剧战线两条路线斗争大事记》《电影战线两条路线斗争大事记》《音乐战线两条路线斗争大事记》《美术战线两条路线斗争大事记》《中国30年代文艺战线上两条路线斗争大事记》《电影戏剧四十年两条路线斗争纪实》等。

《大事记》编者署名"中国作家协会革命造反团、新北大公社文艺批判战斗团"，实际的编写者是当时任教于北大中文系的几位教师，有严家炎、谢冕、刘烜、顾国瑞、吴宗蕙，还有我等六七人：他们在学校主要从事文学理论、现代文学史和写作的教学。事情的起因现在已不容易弄得很清楚。2007年曾问过原在北大，后任职深圳大学的胡经之先生（当年他在聂元梓担任主任的北大"校文革"的文化批判组工作）。他说"校文革"认为批判资产阶级反动路线应该走出校门，与社会结合，而中国作协造反团也正好来北大商议合作。1967年初春，我们几个人便带着铺盖和日常生活用品，住进北京灯市西口黄图岗胡同13号的中国作协宿舍[7]。去的时候天气还有点凉（好像还烧过几天取暖的炉子），离开的时候已经穿着短袖衬衫了。13号是一个很大的院子，两进，住着十几户人家。前院比较小，主院有三间北房，还有东西厢房各几间。除此之外还有东跨院，种着枣树等树木；当时的中国作协图书资料室，就在东跨

机关红色革命造反团《长缨报》编辑部1967年5月翻印本，解放军海政红联总红色新闻战士革命造反队1967年7月翻印本，重庆西南师范学院春雷造反兵团《横空出世》编辑部1968年春的翻印本等。许多翻印本并未标明原来编者，有的根据自己的理解作了少量修改。

〔7〕灯市西口的这个大院子，原来是黄图岗胡同6号。"文革"开始"破四旧"时，王府大街改为人民大街，这个院子被重新编为"人民大街九条13号"；"文革"后，13的编号延续了下来。院子和附近的房屋在上世纪90年代被拆除，建起了高楼和商厦。

院。主院北房的一个大屋子是我们几个人的住处。当时住在院里的好像有冯牧、葛洛，东跨院后面是诗人陈敬容的居所（在此之前，郭小川、李季、王亚凡等也曾在这里住过）。因为冯牧等几位文学界名人当时已经成为"走资派"或"反动权威"，正受到批判，而我们却是"革命派"，分属两个营垒，所以没敢（或不愿）登门拜访。

住进黄图岗，才知道要我们做的，是编写1949年以来文艺界的"两条路线斗争"大事记。说是和作协造反团合作，其实他们并没有派人参加。严家炎、谢冕先生应该和作协造反团有许多商议、联络，但我并不知情，印象里只有杨子敏、杨志一、尹一之等先生有时候来我们的住处看望，交换编写的看法，或送来各种图书资料。除了整套的《文艺报》《人民文学》《诗刊》等刊物合订本之外，我们最感兴趣的是从作协档案室里取出的一些内部资料。现在能够确切记住的有：为批判王实味、丁玲、艾青、罗烽，中国作协党组1957年8月7日翻印的统一出版社1942年出版的小册子《关于"野百合花"及其他——延安新文字狱真象》[8]；1957年9月中国作协编印的《对丁陈反党集团的批判——中国作家协会党组扩大会议上的部分发言》；中国作协1961年8月《关于当前文学艺术工作的意见（修正草案）》，也就是所谓"文艺十条"；1962年8月"大连会议"的全部发言记录；冯雪峰的《有关1957年周

---

[8] 作协党组1957年内部翻印这个小册子时，在前面加了这样的按语："《关于"野百合花"及其他》这本小册子是1942年统一出版社编印的。统一出版社是国民党特务机关的一个出版机构。这个小册子得自胡风的家中，扉页上书有'陈守梅'（按即阿垅）字样。现将这本小册子翻印出来，供大家参考。中国作家协会党组　1957年8月7日"。《关于"野百合花"及其他》除"序"外，共有三个部分：一、一片苦闷的呼声；二、一个新型文字狱；三、一种客观的分析。

扬为"国防文学"翻案和〈鲁迅全集〉中一条注释的材料》(1966年8月8日);中宣部文艺处和出版处"文革"初期批判林默涵之后,林默涵1966年7月15日写的检讨材料《我的罪行》;造反派收缴、查抄的几位作协领导人(邵荃麟、严文井、张光年等)的笔记本[9];邵荃麟1966年8月19日写的《关于为30年代王明文艺路线翻案的材料》;张光年1966年12月9日提交的交代材料《我和周扬的关系》;中国作协革命造反团1967年4月8日编印的《周扬反革命修正主义集团篡改和反对毛主席〈在延安文艺座谈会上的讲话〉材料选编》;中国作家协会联合斗批筹备小组1967年6月编印的《反革命修正主义分子邵荃麟三反罪行材料》《反革命修正主义分子刘白羽三反罪行材料》;等等。

《大事记》编写的方法、体例如何商量、确定,现在已经没有印象,但观点什么的却不会是个问题,依据的自然是当年的主流论述。毛泽东1963、1964年对文艺问题的两个批示;中共中央1966年5月16日的《通知》,林彪委托江青召开的"部队文艺工作座谈会"的纪要,江青1966年底到1967年春有关文艺问题的讲话,署名姚文元的几篇文章(《评"海瑞罢官"》《评"三家村"》《评反革命两面派周扬》):这些构成《大事记》观点和措辞的确定依据。想起来,我们当时做的事情,只不过是查阅、搜集资料,补充、细化这些确定的论述而已。当时分给我做的,是1949—1952

---

[9] 从他们的笔记本中,我们曾整理毛泽东的一些谈话(包括听传达,和毛泽东与他们直接谈话)内容。1950年代曾发生有关五四文学的性质的争论,有一种说法是社会主义现实主义从五四就已开始,这次才明白这个观点的来源。在他们的笔记中,看到毛泽东1953年对全国文代会的指示,称"从有共产党就开始了社会主义现实主义,其中最杰出的代表是鲁迅"。在这些谈话中,最重要的是1957年2月16日上午11时至下午3时30分在中南海颐年堂接见文艺界领导人的谈话。

年的部分。回想当年的情景，我们对编写这份材料的"正当性"，投入的热情，应该是没有疑问的。在公开谈论的场合，也没有发现有对"部队文艺工作座谈会纪要"、对姚文元文章观点表示异议的情况发生，至少在公开场合，大家都认同对历史所做的这种"两条路线斗争"的描述。

当然，我和其他老师意识到，事情也不是那么简单，也可能另一时间存在不同阐释，所以我们才会商议，分头将作协提供的部分内部材料，用复写纸抄录每人一份保存（我自己保存的部分，现在有的已经丢失）。对于被宣布为黑线人物的周扬、邵荃麟等，当时我们也批判，但也没有表现什么憎恶；"文革"开始以来，周围朋友、同事、领导突然成为"敌人"的现象已经多有见识，逐渐意识到仅仅是名目、头衔的更换，不足以完全改变对一个人的看法。另外给我印象很深的是，在看冯雪峰、邵荃麟、张光年的检讨、交代材料的时候，我多少看到他们在逆境中可能保持的自尊，尽可能叙述事实真相的态度。他们也批判自己，但更多是谈论事实本身；既没有竭力将责任推给他人，也没有将难堪的骂名加在自己头上讨得宽恕。

另外的大批判写作

"文革"前夕和"文革"期间，我参加的大批判写作自然不止这一项。1964年报刊批判电影《早春二月》（谢铁骊导演，孙道临、谢芳主演）的时候，我写过两篇批判文章。一篇登在北大的内部刊物《红湖》（1964年第6期，11月7日出版）上，题目是《关于陶岚》；在一次全系学生大会上还念过。念的时候，可能有些语调不大像是严正批判的样子，引起学生几次笑声。署名"子晓"的另一篇（《〈早春二月〉给知识分子指出的是什么道路？》），是和中文系一位教现代文学的老师合作的，登在北京市委宣传部办的刊物《前线》1964年第19期。这两篇文章，

材料与注释

指责影片宣扬了"以自我为中心的个人主义""个人享乐主义",指责它宣扬资产阶级人道主义,主张阶级调和,是在"将知识青年引导向不革命甚至反革命的道路上去"。其实,在60年代,《早春二月》是我喜欢的影片之一(另外还有被作为批判对象放映的丘赫莱依的《士兵之歌》,和塔可夫斯基的《伊凡的童年》,都是当时苏联的影片[10]),却参加到对它的批判之中,好像也没有人要我这样做。这里的矛盾,透露出的"人格分裂"的情况,相信这并不只是出现在我身上的普遍的心理现象。

1964年夏天,《文艺报》(8、9期合刊)发表了《"写中间人物"是资产阶级的文艺主张》文章和关于"写中间人物"论的材料,开始批判邵荃麟。在中国作协编写的材料中,涉及严家炎先生。中文系为了配合这一批判,让我从严先生的评《创业史》的几篇文章中,摘出与"写中间人物"有关的论述。我的摘录誊写在红格子的稿子上,共有五六页。交系里之后,想必是印发给师生作为批判的材料。

1974年春天,开始了对意大利左翼导演米开朗基罗·安东尼奥尼的纪录影片《中国》的批判。这部电影,是安东尼奥尼1972年来中国访问之后拍摄的。《人民日报》发表评论员文章,题目是《恶毒的用心,卑

---

〔10〕金晓非在《中华读书报》2006年6月28日发表文章《永远的新浪潮:从法国到全世界》一文中谈到,上世纪五六十年代,新浪潮电影首先在法国开始("法国新浪潮"),以1958年克洛德·夏布罗尔的《漂亮的赛尔日》为标志。此后有让-吕克·戈达尔导演的《筋疲力尽》,阿伦·雷乃的《广岛之恋》等。与法国新浪潮相呼应的是"解冻"后的苏联出现的"新浪潮"。1956年,格里高里·丘赫莱依的《第四十一》打响第一枪。之后他又导演《士兵之歌》《晴朗的天空》,被称为战争与人道主义三部曲。另外还有米哈依尔·卡拉佐托夫的《雁南飞》,谢尔盖·邦达尔丘克的《一个人的遭遇》,安德列·塔可夫斯基的《伊凡的童年》等。

劣的手法》，当年给它定调为"反华影片"〔11〕。《北京日报》到中文系约稿，系里便要我组织几位学生撰写批判文章。我们到城里的电影院看了这部"内部电影"，回来后也讨论过，并分头执笔。学生的文章质量不高，我则根本就没有写出来。一方面，觉得已经讲不出比已发表的文章更多的话，另一方面，是对这部作品的"电影语言"完全陌生。从50年代开始，我已经习惯了纪录片那种为着"确定主题"而选择人物、布置场景的操控模式，因此在看《中国》的时候，感到无法把握的困惑。今年（2009）夏天我重看《中国》，还是没有弄明白这位在《放大》等影片中创造"一个失落了拯救之可能的世界"（戴锦华《镜与世俗神话》）的艺术家，在1972年的中国看到的，究竟是人类未来的影像，还是也感到深深的失望？〔12〕

下面这次倒不是什么"大批判"。也是1974年春天，当时的文化部写作组（发表文章时用的名字是"初澜"或"江天"）到北大中文系，希望组织师生撰写评论浩然长篇《艳阳天》的文章。我当时并不知道为什么要高度评价这部小说。90年代我写中国当代文学史的时候，推测是"激进派"虽然创造了"样板戏"，在文学（小说、诗歌）"样板"的创造上却一事无成，便将目光转向已经产生影响的作品（他们不大明白，

---

〔11〕《从安东尼奥尼其人看反华影片〈中国〉》，《光明日报》1974年3月23日。

〔12〕在21世纪过了几年之后，这部影片重临北京。人们使用了"平反"这一中国式的字眼来谈论它的出现。当然不会有许多人再说它"恶毒""卑劣""反华"了，但观众之间的感受还是有很大的差异。有的说在里面看到一个"真实的"中国，看到那个时代的单纯、诚实、互相尊重，对生活充满希望和爱意。有的则看到编导者那种赛义德论述的"东方主义"的猎奇、歪曲的想象和眼光。

戏曲可以产生"样板","小说样板"却几乎不可能——犹如旷新年说的[13])。评《艳阳天》这件事系里交给1973级的工农兵学员去做,而我和林志浩先生正好在这个班任教。一两个月的时间里,我们和学生读作品,读资料,分组讨论了许多次,然后规定师生每人各交一份作业。林志浩和我算是老乡(他是广东普宁人,我是揭阳,同属潮汕地区),年长我十余岁,也是北大毕业。原是人民大学教师,"文革"中一段时间,人大语文系和新闻系合并到北大。在60年代他已经发表了不少论著,而我这个时候对文学研究、文学批评写作还没有入门。因此,所有作业最后便集中到他那里。他统完稿(其实就是他自己重新写作)后,让我将稿子送到东城区一个胡同里的文化部写作组。过了些天,《人民日报》在刊出署名"初澜"的文章[14]之后,我遇到林志浩,他兴奋地说:"我对了对,我们的文字还留有三分之一!"我却没有他的高兴,那可能是对《艳阳天》不是很喜欢,更重要的是在这个过程中,我的阅读、写作能力受到很大打击,这种挫败感持续了很长一段时间。

怎样回到"过去"

对于这些事情,尤其是《大事记》的编写,在"文革"结束、时过境迁之后,有一个问题是,我们将如何对待,如果讲述那段历史,会采取什么样的态度?

印象之中,我们后来对这段经历很少再提起。90年代末到这个世

---

[13] 参见旷新年:《写在当代文学边上》,第130页,上海教育出版社,2005年。

[14] 初澜:《在矛盾冲突中塑造无产阶级英雄典型——评长篇小说〈艳阳天〉》,《人民日报》1974年5月5日。

纪初，严家炎、谢冕和我相继退休。在陈平原的主持下，北大二十世纪中国文化研究中心（这个"中心"成立时雄心勃勃，壮志满怀，如今已经烟消云散）为几位退休的教授（乐黛云、严家炎、谢冕、孙玉石、钱理群和我等）编辑、印行了内部流通的"学术叙录"。学术叙录中的一项，是自己撰写（或学生编写后认可）的"教学与科研活动记事"（或"学术记事"）。对"文革"这一段，参加《大事记》写作的诸人的记述，分别是：

严家炎：1966年"文革"爆发中止教学和科研活动。1970年至1976年因招收工农兵学员，曾先后与其他老师合作为学员开设"各体文章讲读""鲁迅小说选讲""鲁迅散文杂文选讲""文学理论专题""中外短篇小说选读"等课程。[15]

谢冕：1968年在江西鲤鱼洲五七干校劳动。劳动之余，偶有诗作。所作《扁担谣》有"星满天，月如镰，村头流水过浅滩"之句。1972年，北大中文系1972级学生入学。本届学生分设文学创作和文学理论批评两个班。谢曾带领学生在京西斋堂乡洪水峪和燕家台深入生活，开展学习和写作训练。在此期间，谢还指导部分学生创作长诗《理想之歌》。1976年，带领北大中文系1974级学生在人民日报文艺部实习，亲历了丙辰清明的"天安门事件"。[16]

---

[15]《严家炎教授学术叙录》，第74—75页，北京大学二十世纪中国文化研究中心，2002年。

[16]《谢冕教授学术叙录》，第131页，北京大学二十世纪中国文化研究中心，2003年。另外，在谢冕的《文学是一种信仰》一文中，也有关

洪子诚：1966年6月，"文革"开始，回校参加运动。写大字报，参加"战斗队"，批判自己，也批判别人（印象较深的是贴大字报批判严家炎先生有关小说《创业史》的观点）。1969年9月，到江西南昌县鄱阳湖边的鲤鱼洲北大"五七干校"劳动。先后担任七连（中文系、校医院、图书馆系合编）的"打柴班"（供应伙房燃料）、"大田班"（种植水稻）的班长。属中文系一等劳力。开过手扶拖拉机；两次开进水渠里，一次从鄱阳湖大坝翻下。因未能挺身抢救拖拉机，在场部作过检讨，受到通报批评。1971年夏秋"干校"撤销时，在南昌火车站当搬运工，负责干校物资、收获稻谷的火车装运。10月回到北京，到第二年夏天，在学校后勤劳动：从江西运回的稻谷脱粒，在西城区清运挖防空洞的渣土，担任学校冬季供暖的锅炉工，在图书馆工地当小工。1972年夏，回中文系参加教学工作。1974年春夏，受中文系派遣，到北京市东城区文化馆协助群众文化工作半年，住在西总布胡同的文化馆内，据说那里曾是李鸿章的家庙。随后，与中文系72届、73届学生到京西门头沟煤矿、东方红炼油厂（现燕山石化总厂）劳动、"开门办学"各半年。1976年唐山大地震之后，与73届到唐山灾区"开门办学"，在开滦煤矿劳动，采写抗灾英雄事迹。在唐山时遇毛泽东去世。回校后被告知"文革"结束。[17]

于"文革"期间经历的记述："此后，便是被迫的、无可逃脱的长达十年的苦难经历。大学教师的生活刚刚开始，我便不甘心地停止了诗和文学的思考，以及一切的学术活动。"

[17]《洪子诚教授学术叙录》，第109—110页，北京大学二十世纪中国文化研究中心，2005年。这里的说法有误，宣告"文革"结束应该是稍

我们都没有提到这段经历。推测原因，就严、谢两位先生而言，应该是认为这不属于科研、教学活动之列，是无足轻重、不值一提的事情。他们倒不是想掩盖，证据之一是："文革"初他们曾流露对林彪、江青某些言行的不满，在1968年工军宣队进校后被作为"反动小集团"批判；"文革"后这类事情的性质由"反动"变更、颠倒为"光荣"，但从未见他们在文章中提起以作炫耀。

对于我来说，也有一种与"学术"无关的想法。但事情又要复杂一些。1977—1978年我参加编写《当代文学概观》，当时没有任何当代文学年表、大事记的书籍[18]，我用的还是这份《大事记》；在再一次翻阅《文艺报》等报刊的时候，在它的上面陆续补充许多材料。但编写《大事记》这件事，毕竟觉得是"污点"，是一件不光彩的事，所以很少对人提起，自己也尽量想从记忆中抹去。在"文革"期间，特别最初的那一两年，以我的观察，周围的人许多都是想积极投身这场"革命"的。我也不例外。但在这段历史被作为"噩梦""浩劫"否定之后，大多又愿意强化历史的"断裂"，好能够"减去十岁"[19]，将它忘却。正是这种"遗忘"机制的作用，当90年代后期一些研究者"发现"许多"新时期"的活跃作家，也是"文革"期间的活跃作家这一事实的时候，才会在许多人那里引发惊讶的反应。

前些年，钱理群和台湾学者钱永祥对"文革"记忆的"真实性"问题有过讨论。钱永祥说"文革""当事人"的反思、回顾文章，"多半以

后的事情。

〔18〕较早出版的一种，是仲呈祥参加朱寨主持的《中国当代文学思潮史》工作时编的《新中国文学纪事和重要著作年表 1949—1966》（四川社会科学院出版社），但它出版时间要到1984年。

〔19〕谌容小说《减去十岁》，刊于《人民文学》1986年第2期。

描述和谴责'文革'为主要着力点","当事人如何陈述自己当时的想法、信念的时候,却很不容易找到当事人自己的声音"。这种情况,钱理群归结为几个因素在起作用,如"文革"叙述已经形成的"集体模式"的遮蔽,如影响着"当事人"的"利益驱动",以及回忆者当前的"问题意识"等[20]。我想,这里说的"利益驱动",不仅涉及当事人当年的处境,而且更与他当前的现实位置相关:通过这种回叙要塑造何种自我形象。除此之外,制约这种叙述的还有常被人们忽略的情况,我将它称为由"自我暗示"引发的删削与改写。在当事人接受了某种被界定的经验的情况下,他们会不自觉地将这种经验(情绪、观点)重塑、取代当时的情绪、观点。因此,在"彻底否定"那段历史的时候,会想象当年自己的反叛姿态;当那段历史被发现有着理想风采的另一时候,又会转而放大当年的幸福感。

这并不是推测。在时隔三十年之后,重读《大事记》和我写的批判文章,重读"文革"后期的那些讲课笔记,难以相信这些文字出自我的手。设若这些资料不再留存,设若留存了而我不再去重读,对当年情景的想象将是另一种面貌:这是确定无疑的。这里不想去抽象谈论记忆的性质,也不想放到伦理的层面讨论。这种情况发生的部分原因,也跟我们所处的"时代"有关。就如一位小说家说的,"历史的加速前进深深改变了个体的存在","历史奔跑,逃离人类,导致生命的连续性与一致性四分五裂";因而,"过去的出现尽在不真实之中"。[21]

---

[20] 参见钱理群:《关于"文革"记忆与研究的通信》,《追寻生存之根——我的退思录》,第47—51页,广西师范大学出版社,2005年。

[21] 米兰·昆德拉:《相遇》,第35、44页,皇冠文化出版有限公司(台北),2009年。

精神和语言的"简化"

现在,我当然不会再认同《大事记》的观点,认同那种对历史的描述和方式;如果有人重读这份材料,相信也倾向于把它看作错误时代中的一个毫无可取的"怪胎"。不过对我来说,《大事记》(也包括《评反革命两面派周扬》等)仍有它值得重视的"价值"。

从"认知自我"来说,它可能是了解思想、情感变迁的轨迹,了解生命分裂与连续关系的一个"症候性"文本;假如我还愿意了解自己的话。

从认识当代文学与当代史来说,作为当年主流论述的扩展、补充,可以从《大事记》中窥见当代激进政治、文艺理念的内部逻辑,具体形态,从中见识文学-政治的"一体化"目标在推动、实现过程中,存在着怎样的复杂、紧张的文化冲突,也多少了解这一激进的文化理念的历史依据,以及它在今天延伸、变异的状况。

对一个历史时期的精神风貌,时代气氛,对占据主流位置的思维、表达方式特征的理解,也多少能从《大事记》中窥见一些光影。在一本书里,哲学家卡尔·洛维特曾对他的老师海德格尔,以及上世纪30年代德国的时代氛围有这样的描述:

> ……包尔(Hugo Ball),达达主义——也就是语言结构的崩坏的极端形式——的发明者,在他的《自时间逃脱》一书中写道:在某些时代有一些人他们关注的完全只是"概要和轮廓"而已,因为他们的世界已经涣散而失序了。……然而,如果时代的动荡严重到一定程度,像我们这一代所遭遇到的那样的话,那么人们只能自足于"最被化约,被清理过"的东西。海德格的精神世界也同样是这样经过化约与清理的:一切似乎不再符合时代与位置的东西都从中被清理了出去。

……尼采在《查拉图斯特拉》里就说过,危险是人类真正的"志业"。海德格接着用近乎军人的严厉语调对学生提出要求:作为一名意欲求知者,他要"推进"到"最极端危险的岗位上",他要大步向前,要投入并置身其中……他说,一切的"本质"只对"勇气"却不对观看开显;而真理只会让人认识到某种程度,——端看人多大程度"勉强"自己去面对真理。……类似的话还有:敌人并非仅仅"在面前",而是此在必须为自己创造出自己的敌人好让自己不至于迟钝。……

……对德国人来说,最容易的就是在理念上激进,可是对一切事实层面的东西无所谓。他们有办法忽略一切个别特殊的事实,以便能更加坚决地拥抱整体的理念。并且把"事物"和"人"分开来看。[22]

摘引这些话,并不涉及(也没有这个能力涉及)评价海德格尔,也不是在两个不同国度的不同时代之间划上等号,而是借这一参照,来观察编写《大事记》那个时间的精神氛围。"文革"那个时候,确实也可以看作思想、精神、语言、思维方式化约、简化的时代。在那个时间,精神的要求是将一切复杂、丰富的事物,极端性地变成一种"概要和轮廓"。这个时代的精神、语言简化呈现在两个方面。一是事物、情感、思想被最大程度清理过,事物都被区分为两极,一切"中间"的光影、色调、状态都没有存在的理由(对"写中间人物"的批判在这里带有一种象征意

---

[22] 卡尔·洛维特:《一九三三——一个犹太哲学家的德国回忆》,第49—50页,第60—61页,第97页,区立远译,行人出版社(台北),2009年。

味),我批判《早春二月》持的就是这样的理据。精神、语言简化的另一方面是,一切的"本质只对勇气却不对观看开显";事情本身的复杂、丰富全为着论述本质而被肢解、遮蔽。"简化"的运动,去除了一切与"时代"不符的观点,去除事物之间细微的差异,去除难以理清、剥离的思想、情感,去除感性的血肉,去除对人性某些弱点的宽容……而只留下教条式的、僵硬的观念、立场。并且,这种观念、立场,采用的是极端的,通常由感伤、滥情作为包装的暴力色彩的措辞方式[23]。在那个时候,人们在这种暴力式的语言活动中,获得一种述说"真理"的正义感和崇高感,也获得一种能够冒犯他人感受、展示自身拥有"威权"的那种权力满足。回想起来,在撰写批判文章和编写《大事记》的时候,这样的心理内容在我身上也明显存在着。自然,这种拥有"真理"和述说"真理"的感受和自我满足,也会随着时间流淌而逐渐褪色、分裂,感受和语词之间会更加貌合神离,"真理"出现溃散,语词便更多转化为一种表演——这种现象,特别表现在"文革"的"后期"。

简化自然不是只有负面的意义。在革命、战争、时代变革的年代,新生的、具有创造激情的力量,对纷纭复杂的事物便具有一种抽取"本质"的简化的能力;这种简化,曾经发挥以简驭繁的动员的巨大作用;因此,才会有类似"人人生而平等";"自由、平等、博爱";"资本来到世间,每个毛孔都流着血和肮脏的东西";"无产者在这个革命中失去的只是锁链,他们获得的将是整个世界";"谁是我们的敌人?谁是我们的朋友?这个问题是革命的首要问题"……这样的语录出现。但是,在一个遭遇困境的失败的时代,"失败"的征象假如不是表现为不再具有这

---

〔23〕作为一个时代的语言形态的表征,1967—1968年间各省市自治区成立革委会时向毛泽东和中共中央的致敬信(致敬电),是一个时代感伤、滥情的典型文本,从中可以见识现代汉语的粗陋、贫瘠化现象。

种"简化"的能力的话,那就是表现为这种"简化"已经只对空洞的"本质",而不对"事实"、对事实的"观看"开放,成为姿态性口号,甚或沦为呓语,就如"狠斗私字一闪念","从国际歌到样板戏这一百年是空白","无产阶级文化大革命就是好,就是好,就是好"那样。

  需要补充说明的是,严家炎、谢冕先生和我在这方面的差别。由于他们原先的学识、智慧、情感的丰富积累,清理和化约对他们而言,作用可能只是表面的、一时的。我的情形不同在于,原有阅读、生活经历的单薄,即使简化、清理的压力有所缓解,也没有太多的东西可以释放出来。由是,在80年代以来的三十年间,他们沉稳、镇定,而我则为着改善被统一价值熨平的心灵,处于持续焦灼的心态之中。

2009 年 11 月

"当代"批评家的道德问题

从周扬的"两面派"谈起

"文革"期间正式或非正式的出版物上,刊登有大量的文艺批判文章。今天看来,有点"学术含量"还值得一读的,姚文元署名的《评反革命两面派周扬》[1]是少数几篇之一。所以说"署名",是因为自1965年11月发表的《评新编历史剧〈海瑞罢官〉》开始,署名姚文元的许多文章,包括《评"三家村"》等,应该都是上海的写作班子支持下的产物。"文革"期间,中宣部被毛泽东点名为"阎王殿",文化部是"外国死人部""才子佳人部",说要"打倒阎王,解放小鬼"。虽然周扬从未当过这个意识形态管制部门的部长(长时间由陆定一任部长),却是这个机构而且也是文艺界最主要的实权人物,所以,对"阎王殿"的批判,周扬自然首当其冲。

现在,物换星移,大概不会有许多人再纠缠文章中的论述逻辑,不再太介意里面的种种暴力性语言。在这样的情况下,其中提供的资料线索,某些分析,还是能让我们获益;至少是可以见识这个时期文艺界争斗的主要问题,它们的理论依据,以及冲突展开的方式[2]。比如,今

---

[1] 刊于《红旗》杂志1967年第1期。

[2] 在"文革"初年,北京文化系统的"革命造反派",曾花很大力气

天重读这篇文章,一个突出的印象是,在当年"你死我活"的政治斗争中,"道德审查"显然占据着重要的位置,甚至可以说,"道德审查"是斗争中最具有摧毁力的武器。我们现在读这篇文章,可能对正确路线与反动路线、革命与反革命分歧的实质不甚了了,但诸如"阴一面,阳一面""当面一套,背后一套""用的是马克思主义词句,贩的是修正主义黑货""掩盖真相""顺风转向"等的道德劣迹的描述,印象更为深刻。作者可能意识到,比较起理论分析来,道德指控更具有毁灭性的力量。因此,论证周扬是"反动路线"的代表人物,却将落脚点放置在"两面派"这样的"道德"恶名上。

这种情况,其实不始自"文革",50年代或更早时间就已存在。只要翻检"当代"(1950—1970)的文艺批判资料,就可以频繁遇到诸如"虚伪""露出原形""暴露真面目""剥去伪装""揭开骗局"等等的语词。设想那些对当代史情状不太了解的读者,很容易就会有这样的错觉,以为"十七年"中作家、批评家大多诡计多端,心怀鬼胎,道德水准低下,都是人前一套,人后一套,装神弄鬼,有着普遍性的人格缺陷和心理畸形[3]。1955年批判胡风,他就被加上"反革命两面派"的称号,说胡风及其"一伙",是"以伪装出现的反革命分子",在向"中国共产

搜集、编纂有关周扬的修正主义材料。如由"首都革命文艺造反总部、文化部机关延安造反总团、首都出版系统革命造反委员会、北京大学文化革命委员会"共同成立的"资料组",系统搜集整理周扬相关资料,并编印《周扬在文化艺术方面的反革命修正主义言论汇编》。

[3] 80年代,在反思"十七年"和"文革"知识分子的表现的时候,这种认识具有相当普遍性,觉得这三十年中,有许多的两面派、告密者,更有无数的见风使舵的软骨头。其实,和现在"知识人"的道德状况相比较,当年的情况并不见得就那么不堪。

党和党所领导的文艺战线猖狂进攻"时,"采用两面派手法"[4]。1957年反右派运动,不少右派分子也都获得这样的罪名。陈涌受到的指责之一,是他"学得了胡风的诡辩术":"声东击西,口是心非"。说他1955年写文章批判胡风,1956年却是胡风的共鸣者[5]。这指的是他发表在《人民文学》上的《为文学艺术的现实主义而斗争的鲁迅》;在这篇长文里,他和胡风一样,强调的是"现实主义"的"真实性",并不认为需要在现实主义头顶戴上"社会主义"的帽子。"右派分子"秦兆阳的罪名,也是"不老实","公开一套,暗里一套"。说他用真名字写论文、小说,"口口声声讲社会主义",用笔名(何直,鉴余、何又化)写论文(《现实主义——广阔的道路》)、小说(《沉默》),却反对社会主义精神;以编者(《人民文学》副主编)的身份修改王蒙的小说(《组织部来了个年轻人》),加强了小说的消极因素,又以批评家的身份批评王蒙,指责的正是他所修改的地方。[6]他的"不老实"的另一证明,也是说他1955年写文章批判胡风,可刚过一年,又宣扬了胡风的文艺思想。[7]在1950

---

[4] 见《关于胡风反革命集团的材料》序言和按语,人民出版社,1955年。

[5] 以群:《谈陈涌的"真实"论》,《文艺报》1958年第11期。

[6] 对秦兆阳修改王蒙小说加强"消极"因素,又写文章(《达到的和没有达到的》,《文艺学习》1957年第3期)批评王蒙小说的"消极"因素——这是事实。秦兆阳在1957年4、5月中国作协书记处召开的期刊工作会议上做了检讨。

[7] 上面对秦兆阳的这些批判文字,引自言直(张光年)的《应当老实些》(《文艺报》1958年第2期,收入张光年《文艺辩论集》,作家出版社,1958年),林默涵的《现实主义还是修正主义?》(《人民日报》1958年5月3日)等文。

年代，对冯雪峰、徐懋庸、黄药眠、钟惦棐、萧乾等的批判，也都突出构造他们的"伪装革命""披着马克思主义外衣"、见风转向的"两面派"形象。1958年《文艺报》对王实味、丁玲、艾青、罗烽等的"再批判"，编者按语也特别在他们的道德面目上着墨，称他们40年代在延安写的《野百合花》等"奇文"，"奇就奇在以革命者的姿态写反革命的文章"[8]。后来"文革"期间对邓拓、吴晗的攻击，也如出一辙。

"当代"这样的关注点，和相应的论述方式的产生，原因其实复杂。从"大"的方面看，20世纪社会主义运动内部，在意识形态和权力分配问题上，始终存在区分真假、正伪、正统异端（修正主义）的激烈冲突。中国"当代"推动的又是一种"泛道德化"的政治实践。而对于许多革命作家、批评家来说，他们普遍持有对文学的道德承担的信仰。他们大多有掌握"客观真理"，并为捍卫这一"真理"奋斗的激情。不管是坚守的秉持，还是自我构建的幻觉，至少从表面，从姿态看，都在亟亟扮演着分辨真伪的道德主义者的角色。在涉及与辨明"真相"和"真理"的道德问题上，他们的言辞表情常常峻烈、庄严而凌厉。"潜意识"中也明白如何能激发读者（听众）的或同情或愤恨的情绪。

1957年批判丁玲的时候，涉及她30年代所谓自首变节的旧案。批判会上的发言有这样的话：

> 她只记得自己是一个女人，根本忘记了自己是一个左翼作家，更忘记了自己是一个共产党员。冯达养病时丁（玲）对他的照顾是很好的，据说在他的床前经常都有鲜花。同志们大概都看过伏契克[9]这出戏……当那个革命者在监狱中看见那

---

[8]《文艺报》1958年第2期。按语最主要部分为毛泽东撰写。

[9] 伏契克（1903—1943）是捷克斯洛伐克作家，文学评论家，捷共

个过去的爱人现在的叛徒时,她给了他一个多么响亮的耳光。我还记得,丁玲同志曾经写过信给吴雪同志称赞他扮演的伏契克,我不知道丁玲同志看到这个场面,她心里有什么感想。丁玲今天还口口声声说她是有25年党龄的党员,难道她在南京与叛徒特务同居的三年,也能算是共产党员吗?〔10〕

在这样的追问面前,你会容易认同这样类乎"绕口令"式的结论:这是一个"极其虚伪,极其狡诈,又极其阴狠的两面派的典型";"因为她曾经对党不忠诚,而且后来隐瞒这种不忠诚,因此,她就可以继续不忠诚,而且迫不得已要继续不忠诚,因为她只好用后来的很多不忠诚来掩盖过去的不忠诚。"〔11〕这种"真相"揭露和道德审查所产生的冲击力,在批判运动中常常起到"杀手锏"的效果;这已经为众多的事件所证明。例子之一就是上面说到的1957年6月至9月中国作协党组扩大会上对丁玲的"不忠诚"的揭发,还有同一会上对陈企霞与柳溪"隐私"关系的揭发,对冯雪峰1936年在上海"勾结胡风,蒙蔽鲁迅,分裂左翼文艺界"的揭

党员。1942年因叛徒出卖捕入狱,在狱中秘密写作《绞刑架下的报告》。曾被翻译成80几种文字,在50年代中国也有强烈影响。话剧《尤利乌斯·伏契克》为苏联作家布里亚科夫斯基所著,中译改名为《伏契克》。50年代,中国多个剧团排演,其中以中国青年艺术剧院的演出最有名。当年该剧院院长吴雪饰演伏契克。

〔10〕这些话,以及"极其虚伪,极其狡诈,又极其阴狠的两面派的典型"的断语,为林默涵在批判会上发言,见《文艺报》1957年第20号报道:《文艺界正在进行一场大辩论》。

〔11〕1957年8月14日中国作协党组扩大会上夏衍发言。见中国作协1957年9月内部编印的《对丁、陈反党集团的批判》第109页。

发[12]。8月14日的事先精密准备的揭发冯雪峰30年代在上海"蒙蔽鲁迅"的长篇发言,是这次长达三个多月的会议的"最震动会场"(冯雪峰语)[13]的"爆炸事件"(许广平语)[14]。冯雪峰曾是鲁迅、许广平的"老朋友",却"蒙蔽、欺骗"鲁迅,这一事实的揭发让会场上的许广平十分激动,"哭泣着"站起来当面痛斥冯雪峰"是一个大骗子"。不过,到了1966年周扬、夏衍等沦落为"文艺黑线头目"之后,许广平的关于"欺骗鲁迅,损害鲁迅"的愤怒,便也部分投向周扬、夏衍他们的身上[15]。

道德与权力的关系

作为一种道德尺度,和"两面派"相对立的真实、真诚等自然不是无足轻重;无论是从个体品格修养,还是从社会关系的维系层面上看,都是如此。但在回顾"当代"文艺史时,我们见到的一个事实是,那些义正词严的道德捍卫者和指控者,他们使用的也可能是不那么"诚实",甚至可以说也是类乎"两面派"的手法。譬如,丁玲的历史问题在她去延安之后已有结论,却在没有提供新的证据的情况下,坐实她的叛变自首,然后滥情地施以"不忠诚"的指斥。在对丁玲的批判中,还采用了以作家的思想言行来解释她所写的人物,又以对人物的阐释反过来构造

---

〔12〕1957年8月14日中国作协党组扩大会上夏衍发言。这个发言当年没有公开发表。见中国作协1957年9月内部编印的《对丁、陈反党集团的批判》第109页。

〔13〕冯雪峰1966年8月写的材料《有关1957年周扬为"国防文学"翻案和〈鲁迅全集〉中一条注释的材料》。

〔14〕许广平:《不许周扬攻击污蔑鲁迅》,见《红旗》1966年第12期。

〔15〕同上。

作家形象的循环论证:先说丁玲是个人主义者、变节分子和反党分子,然后说她笔下的莎菲(《莎菲女士的日记》),贞贞(《我在霞村的时候》),陆萍(《在医院中》)也同样极端个人主义、变节和反党,接着又将这些人物与其创造者画上等号,来进一步落实丁玲的罪名,得出"丁玲、莎菲、陆萍其实是一个有着残酷天性的女人的三个不同名字"的结论。[16]

又譬如,周扬等明明没有看过鲁迅答徐懋庸信原稿,却说已经到鲁迅博物馆看过,信誓旦旦地说这封信是冯雪峰笔迹,鲁迅只改了四个字,用来证明冯雪峰操刀代笔,蒙蔽鲁迅。明明对冯雪峰的批判,是一开始就精心策划的行为——召开过多次会议,商讨批判内容、步骤、方法,布置有重磅炸弹效果的发言,组织30年代左翼文学界人士当场表态呼应——可是在和冯雪峰谈话时,却说"斗争丁玲,不斗争你,群众是不服的";"批判胡风时,没有批判你,党外党内都有人有意见";本来准备做总结了,"但中央认为还没有斗争透":总之,斗争冯雪峰似乎是迫不得已,非他们所愿。再譬如,1962年8月的大连会议,会议之前邵荃麟与周扬,林默涵,刘白羽等多次商议,获得一致意见,周扬还在会上作长篇讲话,完全肯定邵荃麟他们的看法。但是,在1964年中宣部和作协展开的批判中,一切"罪过"全都归咎于邵荃麟,邵就成为政治风暴将至的"替罪羊"[17]。当然,在后来周扬等成为"两面派"的时候,

---

[16] 上面对丁玲作品批评的引文,见张光年《莎菲女士在延安——谈丁玲的小说〈在医院中〉》,张天翼《关于莎菲女士》,王燎荧《丁玲的小说〈在医院中〉的反动性质》,华夫《丁玲的"复仇的女神"——评〈我在霞村的时候〉》等。这些批判文章,均收入《再批判》一书(《文艺报》编辑部编,作家出版社,1958年)。

[17] 自然,1964年对邵荃麟"写中间人物"等的批判,直接来自毛泽东关于文艺界两个批示的严重压力。另外,邵荃麟1963年公开抵制,

新崛起的批判者（江青，姚文元）采用的，也是断章取义、任意编排、引申发挥的"不诚实"的方法。而"文革"过后，当年"真理化身"的姚文元，也同样获得"两面派""披上革命外衣"的评语[18]。指控者与受辱者位置的错动甚至互换，是当代史的奇观。当受辱者被推上"不老实""两面派"的审判台的时候，指控者自然获得了道德优势，一旦他们的权力地位失去，立于"道德制高点"上的就是另一些人。"两面派"的道德恶名，原由周扬等加诸丁玲、冯雪峰头上，不久就落到他们自身。而当初道义凛然的姚文元，也没有逃脱这样的命运。历史的吊诡，也许可以用"悲喜剧"来描述。

这样描述发生在当代文艺界的这些事情，并不是要把水搅浑，将历史视作一笔糊涂账，以为人和事没有正误、美丑、善恶之分，那被锁定在"历史链条"上的"零件"（参与者）的思想品格没有高低、贵贱之别，而在于让我们能廓清"当代"政治生活中权力与道德的关系的实质。这也就如有学者在分析历史某个时期权力与道德关系时指出的：在两者无法分辨的时代，"道德唯有在权力的强制之中并且在实体化之形式下始能存在，而权力也是作为道德权威体系之一始能显现其本身的社会意义"[19]。

文学批评家特里林在《诚与真》一书中，讨论了"真诚"的起源所涉及的社会环境问题。他指出，这个问题只有在个人的"社会流动性"

批评上海柯庆施"写十三年"的主张，也让上海的"激进派"极为恼怒，而推动这一批判的进行。

〔18〕参见叶永烈《四人帮全传之三·姚文元传》中对姚文元"发迹"过程的叙述。时代文艺出版社，1993年。

〔19〕丸山真男：《现代政治的思想和行动——兼论日本军国主义》，第375页，联经出版事业公司（台北），1984年。

明显增强之后才会出现。因而,"一旦研究真诚问题,我们就要涉及公共意见甚至政治考虑"。在"真诚"的评价标准上,他认为至少涉及这样的问题:进行评价的人是否真诚;一个社会所宣称的准绳与其形态相对应程度;一个社会培育或败坏其公民的真诚的程度。——这些,都与社会环境,社会政治体制紧密相关[20]。从上面引述的事例可以看到,在"当代",当道德评价成为政治斗争的重要工具的时候,办法之一是尽量掩盖道德问题产生的社会环境因素,将它孤立抽象化,将它与社会体制状况分离,看作对纯粹的个人品格的追问,并以此建构那种道德至上的、绝对主义的评价趋向。而这种道德至上的绝对主义,其实正是产生于个体"自由"空间狭小的、"一体化"的社会里。这种"一体化"的意识形态统制,包含权力与道德关系的重要内容。

1957年反右运动发生前,徐中玉在《文艺报》的文章中说到"当代"有这样一种人,他们:

> 当教条主义还很吃香的时候,他的文章里不仅充满了教条,也积极支持过各色各样的别人的教条主义;当粗暴批评还被当作"原则性强"来看的时候,他不但写过许多粗暴之至的文章,并且也曾实际鼓励了这种敌我不分的风气。……接着情况变了,教条主义终于被揭露为马列主义的大敌,敌我不分的粗暴批评终于被斥为严重的错误,人们大概就会这样想,这种人现在总应该检查一下,坦白那么几句了吧,然而不然,他却又在大写其痛骂教条主义和粗暴批评的文章了。真所谓摇身一变,仿佛他过去什么文章,什么话,什么事都不曾写过说

---

[20] 特里林:《诚与真:诺顿演讲集·1969—1970年》,第29页,刘佳林译,江苏教育出版社,2006年。

过做过一样。[21]

没有原则的转向、见机行事，自然遭人嫌弃。但是，这种现象如果普遍产生，就不能仅从个体品质上解释。费孝通在他有名的文章《知识分子的早春天气》[22]中就委婉指出，知识分子对于"百家争鸣"的号召所表现的矛盾、犹豫、摇摆，重要原因是对权力可能深藏的谋略、圈套的担心。这里，费孝通关注了与道德相关的心理现象，和行为的社会根源。换句话说，不少"不真诚"的，或"两面派"的道德现象，不论是强者基于地位权力的觊觎争夺，还是弱者迫于压力，为保护自己而选择心口不一，除了从社会个体的行为品格上观察之外，还存在着应该深入考察的"一个社会所宣称的准绳与其形态相对应程度"，和"一个社会培育或败坏其公民的真诚的程度"的空间。从已经发生的事情和我们的生活经验看，在某种社会环境中，有时个人连"置身事外"的"边缘化"地位也不能自由选择，在这样的时候不去讨论"环境"问题而专事追究他的"真诚"，确是有点模糊事情的焦点。1955年，中国作协在内部秘密批判丁玲、陈企霞"反党小集团"的时候，据黄秋耘的叙述，不得不参加会议的陈翔鹤就有这样的感叹：

（陈翔鹤）在某一次谈心中，他凄然有感地对我说："你不是很喜欢嵇康么？嵇康说得好：'欲寡其过，谤议沸腾，性不伤物，频致怨憎。'……你本来并不想卷入政治漩涡，不想介入人与人之间的那些无原则纠纷里面，也不想干预什么国家大

---

[21] 徐中玉：《有种好像永远都是正确的人》，《文艺报》1957年第8号。反右运动中，徐中玉成为右派，这篇文章是"罪证"之一。

[22] 1957年3月24日《人民日报》。

事,只想一辈子与人无患,与世无争,找一门学问或者文艺下一点功夫,但这是不可能的,结果还是'谤议沸腾','频遭怨憎'。"[23]

人在自己生命处理上的无奈,在陈翔鹤60年代初写的短篇《陶渊明写"挽歌"》《广陵散》中有所流露。就是说,在一个"言论的强迫统一"的社会里,"优秀的人注定只能沉默,大多数人则学会讲两种语言:一种在他们自己的四壁里的本来的语言,以及一种不是本来的,在公共领域里所说的语言"[24]。不追问社会情境、制度,不解析权力的性质和运作方式,只严苛地纠缠个人道德,只能说是轻重不分。

从这里可以提出的问题有,为什么"道德"拥有"超凡权力"的规范性力量?为什么它具有"终极评价"的地位?谁有资格、权力做出道德评价?审查者在指控他人的道德问题时,是否便证明他的"道德纯正",而可以使用任何(包括"非道德")的手段?后面这个问题,涉及"目的"和"手段"的关系。50年代斯大林事件之后,美国作家法斯特宣布脱离共产党,中国文艺界对他展开批判。巴金在他的文章里就触及了令自由知识分子苦恼的这个问题[25]。"目的"的崇高自然可以抵消在

---

[23] 黄秋耘:《风雨年华》,第171页,人民文学出版社,1988年。

[24] 卡尔·洛维特:《一九三三——一个犹太哲学家的德国回忆》,第61页,区立远译,行人出版社(台北),2009年。

[25] 巴金在《法斯特的悲剧》(《文艺报》1958年第8期)中讨论法斯特对革命的"背叛"时,谈及自由知识分子面对现代革命时经常遇到的"目的"与"手段"关系的难题。他引了美国杰弗逊的话("人类为了夺回他们久已丧失的自由所作的努力,竟然不能免掉暴力,错误,以至罪行,这是不幸的。但是我们为手段悲哭的时候,我们同时也为目的祈祷")之

手段上的"不道德",不过,从"当代"文艺史看,当年标榜的正义、崇高目的(捍卫"正确文艺路线"、还原"历史真相"等等),许多都未能经得起检验。退一步说,即使承认目的的崇高性,这样的忧虑也不能完全消弭:"以太过无情手段促进的人性理想,有变成其相反物的危险;自由,变成以自由为名而行压迫;平等,变成以维护平等为名而久居不去的新寡头体制;公道,变成要打破一切不妥协,人类爱则变成怨恨所有反对以残暴手段达成人类爱之人。"[26]

也是在 1957 年,施蛰存在《才与德》的文章中说,"任人以德,现在恐怕不很妥当,因为我们在最近 20 年中,经过好几次大变革,可以说是一个离乱之世,有德之人,实在太少。'老子打过游击',只能算是'功',不能算是'德'。有功则酬以利禄,何必以位?"[27] 这看起来是"士"对"君主"谏言的现代版本,目的当在争取"知识分子"的"话语权"。不过,里面似乎也透露了对"当代""道德主义"趋向的警惕;这种"道德主义"是在承担推进"一体化"思想政治体制的功能,是在促使这样的现象产生:一边是绝对的纯洁正义,另一边则完全是欺骗和邪恶——端看谁掌握着权力而进行这种二元的道德分配。

后说,"这个问题在一百几十年前已经解释明白了,可是法斯特却没有明白。"不过,"文革"之后,《随想录》中的巴金也发现他自己也"没有明白";他"倒退"到法斯特的那个立场上。

[26] 以赛亚·伯林:《俄国思想家》,第 354 页,彭淮栋译,译林出版社,2001 年。

[27] 上海,《文汇报》1957 年 6 月 8 日。

"真诚"上的迷思

与"伪装""两面派"相对立的,是真实、真诚的道德操守。"真诚"在这里有两个方面的含义。一是意味着人的内心与外表的一致,言和行的统一,另一则是指情感、态度、观念"一贯"的坚守。言行,表里的一致,时间前后上的一致,在传统的道德生活中,已经成为不需论证的准则。这涉及作为"整体"的人的统一性问题;它无疑值得崇敬,也是需要维护;也是回顾自身而感到心安的保证。

不过,是否可以将人的思想、情感、主张的摇摆、更易,不问情况地当作应该受到指责的道德问题来对待?"始终""一贯"是否都是值得钦羡的品质,那是要看具体情况才能判断的。而表里,前后的矛盾、更易是否需要非议,也不能离开具体条件。抛开严重的政治问题不论,仅从学术上而言,也是如此。一位学者说,有的人以为五十岁时写的东西,应该和二三十岁时写的保持一致,"我尊重这样的观点,但……我觉得这种观点令人压抑";二三十岁的那个年轻人虽然为我喜欢,"他是我的好友,但我们是不同的"[28]。

秦兆阳、周扬、何其芳等在五六十年代不同时间,不同场合的观点、主张,的确有许多变化,有的也确实前后矛盾。姚文元文章中列举的事实,许多并非捏造。产生这种现象的原因是多方面的。有压力下的权宜之计,有对自身地位的考虑(也可以称为"机会主义"?),有恐惧,但是,也有面对复杂问题时的摇摆,和对问题深入探求时的"挣扎"。这一点,在"泛政治化"的社会文化环境中,总是轻易归到道德问题然后给予政治裁决,少有人耐心体察其中的苦衷。倒是那些不以先导立场去

---

[28] 宇文所安:《他山的石头记·自序》,《他山的石头记》,第1—2页,江苏人民出版社,2003年。

看待事物的学者,能够有体谅的理解。还在周扬、何其芳等受到姚文元的"两面派"指控的1967年,日本左翼学者、批评家丸山升便写文章,为周扬、何其芳辩护。他批评了将复杂的,有着多层面的问题简单当作政治、道德问题处理的这种粗暴。针对何其芳1962年《战斗的胜利的二十年》[29]文章中表现的思想,表述方式存在的矛盾,观点中出现的裂痕,丸山升认为,"我并不把这当成了隐藏真实想法的修辞,或者外表伪装和真实想法的矛盾的产物","在我看来,是作为文艺界一名指导者的何其芳所直面的问题的困难和沉重,让他步履蹒跚的。"他指出,这个沉重的难题,根源于中国文化根深蒂固的"双重性格和不均等性":一方面,是巨大而厚重的传统文化,另一方面则是广大人口的文盲和文化落后的状况。丸山升说,不是将这一问题认真研究,探求解决的方向、理论,而是确立某种"先导"主张,把另一侧放置在敌对的位置上,这只是改变了力量对比,而问题并没有获得解决。[30]

秦兆阳的"不老实",周扬的"两面派",自然与地位、权力等有关,但不可否认的是,其中也有着为探求事物真相而出现的犹豫、矛盾和分裂。像他们面对的那些问题,如文学与政治,作家主体性与"党性",歌颂的现实主义与批判的现实主义,人性论与阶级论,政策制定、执行者与文学爱好者,精英文学与大众文学……处理这些问题,不大可能坚持某种一成不变的"始终"和"一贯"。"当代"批评家在这样的环境中遇到的难题,他们做出的复杂反应,是需要离开简单的道德判断然后才能理解的。

---

[29]《文学评论》1962年第3期。

[30] 丸山升《中国的文学评论与文艺政策》,该文写于1972年,中文译文收入《鲁迅·革命·历史——丸山升现代中国文学论集》,王俊文译,北京大学出版社,2005年。

苏珊·桑塔格在《乔治·卢卡奇的文学批评》这篇文章中，谈到卢卡奇在匈牙利的处境，说他具有一种"能使自己在个人和政治两方面幸存下来的巨大才能——这就是说，对众多不同的人意味着众多东西的那种才能"，其中之一是那种被称为"内部放逐"的东西，这"明显地见于他对所要撰述的主题的选择"。桑塔格说，卢卡奇最全神贯注的作家是歌德、巴尔扎克、司各特和托尔斯泰，"由于他的年纪以及他所拥有的共产主义文化准则出现前形成的一种感受力"，他能够"通过从现代（从精神上）移民出去而保护自己。唯一得到他无保留的赞许的现代作家，是那些基本上延续着19世纪小说传统的作家——曼、高尔斯华绥、高尔基以及罗歇·马丁·杜伽尔"[31]。这种"在个人和政治"两方面保护自己的表现，在当代中国批评家中也普遍存在，也表现为各种各样的形态。不同的是，在50—70年代的中国，可以容许"内部"放逐、移民的空间相较而言更加窄小，而限制、窄化这种可供"边缘性移民"空间的办法，就是使用这种道德评价的手段。

人们不正是通过正视自己内在的矛盾分裂，通过激化或协调"自我"与环境之间的龃龉，在"抵抗"中取得情感上和认知上的深化吗？因此，特里林的《诚与真》在谈及歌德的《少年维特之烦恼》时说，

> 每个欧洲人都知道，维特的衣着是深蓝色的外套，黄色的马甲和靴子，许多人都模仿这种装扮。歌德痛苦地说，维特就是穿着这套衣服自杀的。最终甚至到他失败的时候，维特仍坚定不移地保持一个真实的、单一的自我形象。毁灭他的恰恰是

---

[31] 苏珊·桑塔格：《反对阐释》，第98页，程巍译，上海译文出版社，2003年。

这种固执。他是一个分裂的意识，却顽固地执着于单纯的，诚实的灵魂。[32]

将这种"整体性"的"一贯"绝对化，从个人说，可能是为了维护在他人心目中的形象；从社会体制上，着眼的却是达到排斥"异端"，不承认"选择"的合理性的目的。在这样的环境中，对"老实""真诚"的绝对化强调，就有可能成为可疑的道德棍棒。而不少作家、批评家，也转而对自己身上的分裂、矛盾，或者不愿承认，或者意识到了，也怀着不安、羞愧的罪感加以掩盖。他们想努力维护一个让他心安的无裂痕的"自我"。但是，"自我"如果拒绝（事实上也不大可能）这种变化和分裂，就是强调对"外部"的，和内化于"内部"的权力的服从。从当代文学批评实践看，倒是分裂、变易、不统一，有可能摆脱各种有形无形的制约，承认在变化中选择的合理。这样，也就意味着发现、创造的活力，意味着对抗的可能，包括抵抗内在的"顺从"。

并非多余的话

写到这里，还有两点意思需要补充，相信它们不是多余的话。

诗人牛汉有题为《为冯雪峰辩诬》的文章，说到1957年底冯雪峰撰写《鲁迅全集》第6卷中《答徐懋庸并关于抗日统一战线问题》的注释。鲁迅这篇文章对30年代的周扬、夏衍等"拉大旗作为虎皮，包着自己，去吓唬别人；小不如意，就倚势（！）定人罪名而且重得可怕的横暴者"的描述，显然让周扬等长久不安，如鲠在喉；这对确立他们"正确路线"代表，维护、扩张他们获得的权力肯定造成尴尬。因此，借着冯

---

[32] 特里林：《诚与真——诺顿演讲集·1969—1970》，第51页。

雪峰的被打倒，便以威胁利诱手段，要冯雪峰"承担责任"撰写这篇文章的注释，为周扬他们"洗冤辩白"。冯雪峰难以抗拒，便起草了初稿。周扬他们对这个初稿并不满意，1957年11月的某天，在林默涵办公室，对注释作了改写。由周扬口述，林默涵当场修改，周扬又改了一次。稿子送出后，林默涵还给当时《鲁迅全集》编辑室负责人王士菁两次去信，称"鲁迅答徐懋庸文，经与周扬、荃麟同志商量，作了一些修改，请再斟酌"。这些情况，在1966年"文革"发生之后已陆续披露——既写在当时批判周扬的文章里，也写在冯雪峰的检讨材料中——它们早已不是秘密。[33]

因此，读到诗人牛汉文章里的这段文字，顿时会让人惊诧而失语。牛汉写道：80年代初在北京召开第二次冯雪峰学术研讨会，会上——

> 几个发言者对冯雪峰在30年代与鲁迅的革命情谊作了热情的赞扬。坐在会场的林默涵举手插话："我提个问题，请解答。冯雪峰是《鲁迅全集》的主持人和定稿人，在《答徐懋庸并关于抗日统一战线问题》的注释中，作了歪曲事实的说明，辱没了鲁迅。这则注释是冯雪峰写的，这难道是对鲁迅友情的忠诚表现吗？请大家研讨。"（凭记忆追记，大意不错）会场上顿时哑默无声。这时，我站起来大声说："我能解答这个问题。"……
> 我说："这个问题我以为不应由林默涵同志提出，默涵同志应该

---

[33] 最早公开披露这一事件的情况的，是1966年《红旗》第9期阮铭、阮若瑛批判周扬的文章《周扬颠倒历史的一支暗箭》。冯雪峰1966年8月8日写的《有关1957年周扬为"国防文学"翻案和〈鲁迅全集〉中一条注释的材料》（当时没有公开发表，只在部分读者中流传），也详细谈到事情经过。

是能够解答这个疑问的当事者,至少是熟知内情的人。[34]

由是,要补充的第一点是,虽说不应将"道德"问题与社会环境剥离,但也不应将一切推到外部环境,认为个人无需担责。也不必做什么忏悔吧,至少是有那么一点不安和愧疚,哪怕是沉默静思也好。一个浅显的道理是,所处的境遇也许相似,但人与人之间确有不同。我们也不应该将这种高下的差异轻易抹平。

补充的另一点意思是,如今,我们在谈论"真诚"这类问题的时候,是否也产生了类乎特里林在上世纪70年代作《诚与真》的演讲时那样的感叹?

> "真诚"一词昔日所有的尊荣如今已消失殆尽。我们今天听到这个词时,会有一种恍若隔世的古怪感觉。如果我们说真诚,我们可能会不太自在或含讥带讽。[35]

2011年3—5月

---

[34] 牛汉:《空旷在远方》,第275页,时代文艺出版社,2005年。
[35]《诚与真》,第8页。

当代文学史答问

关于作家协会的答问

2006年11月26日晚,接受了《南方周末》电话专访,记录稿受访者有修改。发表时由记者加上《文学是组织出来的吗?》的标题。

作协的权威还"专业"吗

记者:建立作协这样的文学体制,初衷是什么?

答:中国作协这样的组织,是1949年第一次文代会成立的。那次会议的主要工作,一是确立"当代文学"应遵循的路线、方针、政策,为"当代文学"确立规范,另一个就是建立"专管文艺"的全国性(也是惟一)的机构。

不过,像作协这样的组织,"左联"已经出现它的"雏形";延安时期政党领导文艺的组织方式,也提供了经验。当然,也直接模仿了苏联的文艺体制。大家知道,中国作协原来叫中华全国文学工作者协会,1953年改为中国作家协会,这应该就是向苏联"看齐"的结果。

中国作协等组织,章程上的说法是"作家自愿结合的群众团体",事实上主要是国家和执政党对作家、对文学生产进行领导、控制,保证文学规范实施的组织。当然，它对作家艺术交流、创作活动、正当权益保障也起到了一定作用。

记者："文革"期间作协好像停止活动？

答：毛泽东认为建国以后文艺界执行的是资产阶级路线，所以，"文革"期间作协（连同它的直接领导中共中央宣传部）瘫痪了。"文革"时控制文艺界的，主要是中央文革小组，以及由江青、姚文元等人控制的国家文化部。

记者：是不是到了1979年，巴金等作家复出之后，作协体制才重新恢复生机？

答：要早一点。1978年初，文化部决定恢复所属艺术表演团体的原有建制和名称。同年5月，中国文联、中国作协和其他协会宣布恢复工作，中国作协最主要的刊物《文艺报》复刊。1979年10月全国第四次文代会召开期间，选举了全国文联新的领导机构，中国作协也改选理事会，选举主席、副主席。机构的组织方式和人员构成，基本延续"文革"前的格局。

记者：当时文学进入了转折点。但是，从1980年到现在，作协对文学生产起的作用还那么大吗？

答：比起"十七年"（194—1966），作协的影响应该说有明显削弱，但它的作用还是相当大的。"削弱"的原因，一方面是进入1990年代之后，社会、文化"转轨"，国家、民众对文学的关注度下降。另一方面，除了作协这样的国家意识形态部门之外，也出现了多种影响文学生产的力量。还有一个因素———出于多种原因，作协不断降低自身的"专业"权威水准，这也导致了影响力的削弱。

但是，作协，包括地方作协还是相当有用的。因为它基本上是"官方"机构，掌握着巨大的政治权力和物质资本。作协的功能，与"十七年"并没有很大不同；与"十七年"有所区别的是，对作家和作品的"评定"，从侧重开展严酷的文艺斗争、批判运动，转移到侧重奖励制度。从1978年开始，中国作协，以及地方作协和其他文化部门实行的评奖活动，名目繁多。种种奖项，如茅盾文学奖、鲁迅文学奖等，对作家获取文化"象征资本"，以及经济利益，都是非常有效的。

不过，一个重要事实是，相对于"十七年"，文学评价机制已经不可能完全由作协这样的机构垄断、控制。1990年代以来，各种"民间"机构也开展评奖活动；而作协的"经典"评定，即使是茅盾文学奖等重要奖项，也不一定都得到广泛承认。大学文学教育和文学史写作，也不会以它的评价作为基准。

媒体的声音，自由写作人的声音，学院的声音等等，出现多种声音。作协这样的文学体制也会吸纳某些意见，但它似乎不太在乎多种声音的存在。虽然受到许多批评，但作协的存在一点也没有受到动摇。

记者：作协在降低自己的"专业"水准，是导致其影响力削弱的重要因素之一？

洪子诚：现在，作家不参加作协，也不妨碍其作品的发表、出版，也可能获得很高的评价。当然，大多数作家还是想加入中国作协的，这仍代表一种资格和评价。

"十七年"，中国作协具有相当高的权威。有的人说，这种"权威"

是国家政治权力赋予的,当然是这样,但当时加入作协,写作成就是不可绕过的"门槛"。1990年代之后,文学的权威性显然大大降低。

有些担任要职的文学团体领导,或者原本与"文学"没什么关系,或者从未写出较高水准的作品,不大可能从"专业"的深度理解文学生产。"十七年"的作家协会,尽管有诸多问题,但"专业性"还是得到了某种程度上的维护。而现在的情况,可能迫使具有文学"自主"意识的从业者,寻找途径另建带有"自主性"的文学圈。虽然这种努力不一定能成功。

记者:作协作为一个合法存在,受到的制约、批评越来越多。比如说这几年有许多人喊解散中国作协;它的评奖也每次都有争议。

洪子诚:这种批评我也注意到了。解散?相当长时间内不大可能吧?当然,作协的具体运作方式肯定会有一些调整。

文学体制不是孤立的,它是整个国家机器的一部分。现在虽然是以市场经济为主导的社会,但是对意识形态的管理,仍然是一项具有"战略意义"的"工程",作协这样的机构不大可能取消、解散的。

不过,我也不认为作协的作用完全是消极的。

记得1980年代初,中国大陆作家代表团访问美国,发现美国作家很羡慕中国的专业作家制度。"专业作家""驻会作家""签约作家"制度,也就是国家对文艺的资助制度。

现代社会,作家、艺术家摆脱了曾经对王室、对贵族的依附,获得"独立"表达的可能,这是一种进步。但"市场"并不是理想的天堂。

目前,不要说一部分作家的工资,就是大部分文学期刊,特别是所谓"纯文学"期刊及一些文学研究类刊物,仍属于各级作协或国家学术机构,它们得以维持,国家拨款是重要条件之一。

确实,"资助"制度有可能销蚀作家的"独立性",滋养依附性,但有时这种制度也能为一些精神生产提供保障。比如,像昌耀这样长期处于"边缘"、相当长时间不被"主流文学圈"认可,而且永远不会被"市场"认可的诗人,作协为其提供生活保障,就是一个例子。

没错,作家应该靠自己的实力养活自己。政治不是衡量一切的惟一标准,但金钱也不是。片面强调作家的"实力",也就是获取金钱的能力,也是一种偏见。

不论在什么社会制度下的国家,"资助"都是普遍现象。不可能什么都靠市场调节。

我想,问题不是资助是否必要,是否合法;而是如何建立一种有效的、尊重文艺及学术独立性的、有合理评定标准的、有一定公信力的资助制度。这个问题,不仅涉及"官方"、国家资助,而且涉及现在大量出现的企业家、资本家的资助。

记者:现在很多年轻作家,包括一些网络作家,还是渴望加入中国作协。他们在乎的是,如果有一个单位给你发工资,能够保证你的身份,还可以组织你出国,那是很好的结果。

洪子诚:这也说明作协在他们心目中还很有用。作协也很清楚这一点。

批评作协的人,有的是出于对文学未来发展的关心,有的可能是因为没能在这个体制中得到预想的利益,情况很复杂,不能一概而论。

从目前的情况来看,我觉得问题的关键在于形成多种表达途径,改变文学界的整体结构,使不同的力量之间形成互相制约。

补充一点,对文学体制进行检讨当然重要,但作家、批评家、学者也应该扪心自问,在当下复杂的社会生活环境中,如何保持自身思想、艺术创造的"自主性"。

期刊的权力很霸道？

记者：文学期刊的作用曾经很大，但1990年代之后，它的作用似乎越来越小。现在的文学与文学期刊是什么关系？

洪子诚：目前在组织文学活动，推出新人和新作方面，文学刊物的作用仍不可低估。当然，期刊在公众中的影响力确实"越来越小"了，这不是期刊本身的问题，而是整个文学在社会文化空间中的位置减缩的问题。1980年代，在社会文化空间中，文学处于中心位置，现在流行文化、消费文化取代了它。

记者："五四"时期，现代文学时期，期刊发行量大吗？文学位于文化的中心吗？

洪子诚：当时有影响的文学杂志的发行量，我想无法和现在的期刊相比。一些著名杂志，影响很大，但也只是在精英知识分子和文学青年之中流传。我们过去编写的文学史，是站在"新文学"的精英立场上的叙述，容易给人造成"新文学"作品、期刊涵盖一切，拥有最多读者的错觉。但当时广大市民读者喜欢的，恐怕还是娱乐性期刊或通俗小说。

不过，在某些特定时期，文学期刊还是相当重要的。比如"十七年"，现代消费性通俗文化受到排斥，文学填补了人们的精神空白。而1980年代，消费文化还没正式登场时，文学承担了思想解放、政治预言、情感宣泄等众多功能。就像北岛说的那样，当时的诗人"戴错了面具"，扮演了先知、斗士、牧师、代言人等角色。这是诗人、文学家的黄金时代。

记者：当时文学力量很大，期刊很有影响力。比如作品在期刊上发表之后，报纸会转载，会发表评论，电台会广播，并产生强烈的社会反响。

洪子诚：确实如此。还有一个有趣的现象，就是目前各种传媒的位置发生了错动。期刊这样的纸质媒体地位下降，而电视、网络等新兴媒体的地位大幅提升。

记者：但是期刊也体现着权力的倾向。

洪子诚：这毫无疑问。在当代，特别是1950—1970年代，文学规范，文学界斗争、批判运动，对创作的奖惩，文学实绩的检阅等，主要通过期刊实现。目前也还是这样，但现在刊物在一定程度上有了个性发展的空间。

记者：今天最活跃的中年作家，都是期刊的"产物"。连文学流派的命名，比如先锋派、新生代、朦胧诗、"70后""80后"，等等，都是期刊的力量。

洪子诚：所以有的学者说，在某种程度上，一部现代文学史，就是一部文学期刊史。文学运动，文学流派的形成，作家确立其在文学史上的地位，都离不开文学期刊。选择哪些作品，推动何种关注，引发哪些争论，都是刊物所要考虑的。不过你也知道，这个情况现在也有变化。像一些作家的"走红"，就不是通过期刊。

记者：也有作家抱怨说期刊很霸道，以前是我们写什么你发就完了，现在是编辑的作用更大，比如他会找一个话题让作家来写，他有解释权，并且很随意地把不同作家放到同一个篮子里。

洪子诚："权力"是无处不在的，期刊当然拥有某种权力。从来没有过"我写什么你就发表什么"这种情况，除非这个作家在文学界拥有崇高威望，而刊物需要借助这种威望自我提升。

不同的期刊、编辑之间，区别相当大。据我所知，许多期刊（包括出版社）的编辑，做了许多不为人知的艰苦劳动。他们许多很有责任心，有很高文学鉴赏力，也有在政治夹缝中把握分寸的敏感。所以，不少重要刊物在文学发展上功不可没。

当然，所有文学刊物都有自己的标准，包括观点最隐蔽的期刊也有自己的选择。选择与拒绝，稿件的处理方式和编排方式，都体现着"权力"，说"霸道"也不无不可。最好的办法，就是我不认同你，我自己办一个刊物，这就是出现许多"民办"诗刊的原因。但是这个情况实现起来很难。包括资本，特别是期刊创办权（获得刊号）目前受到出版总署严格控制，而"民刊"在传播渠道等方面都极为有限。

记者：刊物的等级是不是也发生了一些变化？

洪子诚：是的。等级还存在，但已经不像以前那么清晰、严格了。过去，如"十七年"，文学刊物、文学出版社，中央主办、中国作协主办、地方作协主办，有着明显的等级区分。

大学制造文学灾难吗

记者：近年来，文学界与大学的关系好像越来越密切。建国以后到1980年代，作家和批评家与大学关系比较松散，各级作协、刊物是文学创作、文学批评的最主要组织者。现在，在文学创作、批评领域，学者、教授们的作用越来越重要。

洪子诚：现代中国，大学在文坛占有一定位置，也有影响力。特别是三四十年代的所谓"京派"作家、批评家，大多在大学任职。50年代后，强调的是作家、批评家重视社会斗争实践的"左翼文学"传统，大学、文学研究机构的地位受到很大削弱。受重视的作家、批评家往往在文学领导机关和刊物任职，一些受到压抑的作家、批评家被分配到大学或研究机构，比如废名、钱锺书等。这是有意识地降低大学与研究机构在文学领域的发言权。

1980年代开始，文学从总体上是走着离弃"左翼"和延安文学传统的路子，学院（包括研究机构）在文学界的地位也得到了提升。大学的作用，主要表现在"经典"的筛选方面。当然，像刊物、作协在这方面的地位、作用还是最主要的。但是可以看到，不仅大学自己组织作家作品研讨会，而且，媒体和作协组织的研讨会，与会者也许多是来自大学和像社科院的研究机构。大学进行文学史编写，作品选编选，这些工作对于建立所谓的"文学史秩序"，都起着重要作用。

记者：大学开始"养作家"，作家当上了博导、文学院院长。大学不仅把握着评论权，甚至还插手创作领域，比如有的大学颁发写作硕士学位。大学教授兼任作协负责人，还参与各种评奖……这正常吗？

洪子诚：这也不是什么"不正常"。不过，你对情况的描述可能不很准确。的确有不少作家、诗人在大学任职，比如马原、格非、王家新、西川、柏桦、多多、梁晓声、曹文轩、萧开愚等。其实，他们中有的原本就一直在大学里。而且，大多数作家也并不在大学任职。1990年代市场化之后，许多作家，特别是诗人靠写作达到一定生活水准已经很不容易，作协的资助也不是那么容易实现。作家、诗人当然要寻找"出路"。经商是选择之一，比如目前有不少诗人、作家同时也是书商，或从事其他商业活动，还有许多人在报社、刊物等文化部门供职。诸多选择中，大学也成了较为体面、较为稳定的去处，而近来一些大学，也积极引进有名作家，以提升大学的名气。这是双向选择，无所谓好与不好。

问题在于，大学教授为什么就不能拥有写作"权利"和批评"权利"（评奖也是一种批评）呢？难道只有作协或期刊里的作家和批评家才能拥有这种"权利"吗？但是，这个变化对我们的文学"生态"肯定发生深刻影响。所以，也许可以改换一种提问方式——为什么1990年代之后，不少作家会热衷于进入大学？批评的"重镇"为什么会向大学"转移"？这种情况对中国文学会产生何种利弊？

记者：但我仍然认为这是一个值得关注的问题。大学教授的说法成为文学很重要的判断依据，作家也很兴奋地臣服于他们的评价，这在我看来是不正常的。大学能够参与文学生产、进行价值判断、编写文学史，就差没自行出版了，如此说来，文学基本上可以在大学内部自行封闭循环了。

洪子诚：我承认这是一个值得关注的问题。如果文学生产、阅读、评价都在大学里完成，在大学里循环，文学文本只能供文学系教授、学生解读，那确实是问题，严重地说，也可以说是一种"灾难"。但是，目前是不是已经出现了这种情形？这种描述的真实性还值得考虑。

其实，就像我前面说的那样，包括作协在内的"官方"掌握着的各种资源及其影响力，这仍然是主要的。在这种情况下，大学发挥的作用，对制衡文学写作、文学批评的"主流意识形态化"，效果仍然是积极的，应该得到充分肯定。

当然，应该有另外的声音和力量存在，比如某种独立的、严肃的，而不是热衷于泡沫炒作的媒体批评，某些"自由撰稿人"的写作和声音。

你提出的文学生产的"学院循环"现象，也有可能发生，也的确是一个新问题。

学院的优势和弊端，都有可能对文学创作、文学批评产生值得警惕的影响。最直接的后果，可能是导致写作、批评缺乏直接生活经验，教条僵化，削弱鲜活的生命力。当然，一切事情都不是绝对的，我说的只是有这种可能。

记者：媒体在文学批评中的作用在减弱。过去的报纸副刊有许多短小的批评，现在大部分都砍掉了。

洪子诚：现在的批评，主要由专门的批评刊物承担，且大多文章篇幅较长，常常有很大的理论框架，甚至有的是以某种理论来肢解作品。它们的面目，基本上是研究性质的，学院论文性质的。目前的教育、学术体制，是导致这个情况的主要原因。在大学，研究机构，那种短小、随笔性质的，敏锐、包含更多体验的批评文字，类似三四十年代刘西渭（李健吾）《咀华集》，以及鲁迅等的评论那样的，不被看作"学术成果"，不被看作"学问"，批评有时候在很大程度上失去了与广大读者的联系。

这方面，其实报纸刊物也有责任。如果它们也一味崇尚那种学院式的理论文章，那也应该对批评的"学院化"负有一定责任。

我想，比较理想的局面，可能是批评的多种格局的互补。

说到文学批评,有一个问题大家经常提到,却很难解决,那就是批评家的独立地位问题。我觉得,在中国,批评家和批评对象的关系过于密切,这对于保持批评的严肃品格,总是个很难处理的问题。我们都是"常人",感情上的、实际利益上的因素不可能绝对避免。有才情,有鉴赏力,具有敏锐思想当然很难,但是在我们的时代,要成为独立因而也有些"孤独"的批评家,可能更不容易。

(刊于 2006 年 11 月 30 日《南方周末》)

当代文学史教学及其他

2008年5月9日，接受北京大学内部教学交流刊物记者的采访。本文据录音整理，有修改补充。

问：您1956年到北大中文系读书，后来一直在北大。从学生到老师，在教学方面，对北大的历史传统和现状都很了解，请谈谈在这些方面的看法。

答：我1961年本科毕业，1962年初就开始上课，毕业的时候也就是20出头。开始是教写作课，"文革"结束北大写作课取消以后，我分到中文系当代文学教研室，主要从事当代文学史、中国新诗的教学，还有另外一些专题课。在教学方面，我认为基础课很重要，而且也比较有意思。面对刚进校的学生，确实比较愉快。有的学生"大"了以后，就"油滑"了一点儿，对学习那种认真、真诚的态度有点减弱。我从给77、78级开始上"当代文学"课，一直到2002年退休，总共上了十多次。每次的讲稿我都会重新写。拿旧的讲稿讲课，没有新鲜感，总觉得别扭。因此，退休的时候，当代文学史课的讲稿非常多。现在不上课，大部分也就处理掉了。为什么每次都新写？一是因为当代文学课程变动很大，要处理新出现的很多文学现象、问题，同时，我对当代文学的看法也经常调整，不是那么固定；二是因为从一开始踏上讲台，一直到退休的时候，我上课都非常紧张，所以要非常详细地写出来。这样做，肯定是笨人的笨办法。

问：文学史这样的课，不光要了解文学及其本身的历史，还要了解当时的社会历史等的问题吧？

答：当然。特别是中国当代文学跟历史、政治有密切关联，它们没有办法剥离。比如我们常说的"新时期文学"，简单化地说，所谓的"新时期文学"，其实就是不同作家怎么阐释"文革"、"触摸"当代史的问题。当然，文学也还有自身的规律、特质；我也坚持对文学的"半自律"的那种理解。因此，虽然关联密切，也不主张把文学史讲成政治史、社会运动史。

历史叙述与价值判断

问：在不同的历史语境中，对文学作品的评价有很大的变化、差别，而且也不可避免地受到社会环境的影响。文学史教学总要碰到意识形态、价值观取向问题，您是怎么处理的？

答：价值观问题不可避免。80年代以来的所谓"重写文学史"，主要就是牵涉到这个问题。比如在上世纪五六十年代，对20世纪的中国现代文学史，基本上叙述为革命文学史、左翼文学史，其他思想、艺术倾向的文学，或者被遮蔽，或者评价很低。80年代以后，一种被命名为"自由主义"的文学，迅速上升为这个世纪文学的主要线索，革命的、左翼的文学地位下降，有许多就被排除出历史图景之外了。

文学史教学，离不开意识形态、价值观的问题。哪种文学是好的，哪一种是不够好的，讲述者都会有自己的看法。当然，一般的文学史叙述，常常使用一种确定无疑的"真理性""客观性"的语言方式。其实，所有的叙述都包含一定政治、文学立场，包含广义的那种"意识形态性"。不过，虽然某种理解是经过思考的，但治史者也要有一定的反思、批判意识；包括对自己认定的叙述的反思意识。对于当代文学来说，就是要反思那种将革命文学作为 20 世纪中国文学主流，作为唯一具有合法性文学形态的看法，也要在"自由主义"文学成为文学主流的时候，质疑那种极大压抑"左翼文学"（广义的）的倾向。我想，这并不一定就是"折中主义""混合主义"。

在教学上，我当然也评价，也表达我的看法，或者在多种观点中表示我更认同哪一种观点。但最主要的精力，还是放在所谓"发生学"意味的讲述上。某种文学现象、文学形态、文学概念和问题，它们是在怎样的历史条件中产生的，原因是什么，为什么具有这样的形态、方式，有怎样的内部逻辑，它们的出现、演化发生哪些问题，等等。这样，有助于启发学生去思考问题，而不是简单接受老师的结论。这种提问题的方式，就是"揭发"在对所谓"客观事实"的平面描述中所掩盖的重要问题。发现有意义的，深入事物内部的"裂隙"，这是教学的重要关注点。我想，这对引导学生思考问题会有帮助。

问：留下思考与判断的余地确实很重要。但是，对历史事实、文学作品人物似乎应该有相对稳定的评价，不能根据现实的政治需要任意褒贬改动。也许文学史教学，就是要在纷繁变化的语境中，通过努力去还原作家作品真正的历史地位吧？

答：这确实是个有意思的问题，相信也困扰着许多批评家和文学史教学者。不过,文学评价、文学史地位等,都是属"人"的,由各具不同的文学理想的人,在不同的时间做出的。各种评价可能有共通性,但很难说有本质意义的"真正地位"。但是我也主张,不要把文学史、文学评价当作"意识形态"争战的场地。比如对毛泽东文艺主张的看法。自延安发表《讲话》到"文革"期间,毛泽东都在提倡、实践一种"新的人民文艺"。这种主张,包括实践过程中实施的政策,我认为存在许多问题。在建国后的"十七年"和"文革"期间,毛泽东的这条路线被认为是最正确的,唯一的。新时期以来,主流观点则大致对这条路线持批判、否定的态度,认为导致当代文学的衰落。有的文学史对这个文学现象,就采取一种意识形态批判,或者删削、弃置的处理方式。这种处理方式是有缺陷的。革命,以及和革命相关的革命文学、延安文艺、工农兵文艺、人民文艺,是20世纪中国的重要现象,重要问题。即使我们认为这里面问题、错误很多,也要把它作为一个重要对象来研究,在研究态度上首先应该有一种想去"理解"的愿望。也就是有什么样的历史情境,为什么会提出这样的主张,它的目标是什么,它如何定义自身,它的历史、现实依据是什么,实行的过程中遇到什么矛盾,陷于怎样的"困境",等等。简单、笼统的批判、否定,既不合实际,其实也缺乏力量。

问:教学中引导学生分析问题很重要,但教师对历史的讲解总包含着某种现实的动机,也肯定会有个人的看法。在陈述事实与阐明自己的观点上,在启发学生思考和对学生进行引导上,这里的关系您如何处理?

答:严格地说,"陈述事实"就包含着倾向性和评价,也存在某种意义指向。文学史是历史的一种,能发出"声音"的历史叙述就有可能成为一种"强势语言"。文学史教学肯定有教师自己的观点,也肯定存在对学生进行"引导"的意图。不过在这一方面,我愿意将自己的位置摆放得低一些。即使我有明确的看法，有时也对这种看法是否合理存在犹豫，况且有的复杂问题一时难以做出明确判断。因此，我会讲明我的困惑，同时重视向学生介绍在这个问题上有什么不同的看法，以供学生思考时的参照。在讲到我的看法的时候，如果时间允许，也会讲到我这个看法形成的过程，它是怎么得出来的。一般来说，我觉得不少学生有很强理解力，有的学生也善于思考。这样的方法，在启发、调动他们学习的主动性上是有效的。这样做并不是要学生完全同意你的观点；事实上，文学史问题，作家作品评价，我们总是存在许多分歧。在涉及个人体验、感受的文学问题上，老师和学生之间，学生与学生之间，差异、分歧应该看成常态。

教学中的师生关系

问：教学时与学生讨论、交流很重要，但做的时候似乎也不是那么容易？

答：上大课的时候没有办法讨论。我上当代文学基础课都是大课，人很多，几十到上百人。即使一些高年级的选修课，研究生课程，听的人也不少。除了学生之外，访问学者、进修教师，以及随意来旁听的人很多。在北大最后一次上课，是2002年秋天的"当代文学史专题研究"（后来经过录音整理，由生活·读书·新知三联书店出版的《问题与方法》），是给当代文学研究生开的，开始估计二十多人，也准备了讨论的题目。但听课总是一百多人。也有采取限定人数的小班课，研究型的，如"近年诗歌细读"的课程，在教研室上。效果比上大课好得多。解读90年代一些重要诗人的作品，由一两个学生事先准备，提出必读作品、参考书目，他们做专题发言，然后讨论。讨论很踊跃，争论有时很激烈，还吵起架来了，互相拍桌子。我在课上主要起一种引导、串联的角色。这并不是降低教师责任，实际上压力可能更大。能不能在讨论中提出有意义的问题，将对话纳入一个有意义的，对问题具有穿透力的框架之中，这需要教师的敏锐和知识，和把握现场的能力。我在这次课上做得不大好。有时候引导的方向不大合适，有时又控制不住。这次讨论课的成果后来做成一本书，叫《在北大课堂读诗》，由长江文艺出版社出版，可以看到我作为一个教师在讨论课上存在的问题。90年代初我在日本东京大学待过两年，专业课基本上都是小班课，尤其是到高年级。但我们这里有时候没有办法，基础课、选修课来的人总是那么多；不让听于心不忍。在这样浮躁的社会中，有人愿意静下心来听你的课，你还拒绝，这说不过去。当然，人一多，就只能满堂灌。

教学的另外一个感想，就是要尊重学生。既然是教师，肯定有许多地方，特别在某些知识积累，对问题的思考上，比学生高明。但不少学生有自己出色的见解，在某些方面也有比教师高明的地方。他们也会提出与你不同的意见，不能轻视。有一些优秀的学生，有些看法，包括看问题的角度、方法，是你没有想到的。尊重学生，而且把他们合理、启发性的看法、知识吸收进来，也应该看作教学的一个重要组成部分。

问：还记得这方面具体的例子吗？

答：1962年年初我在北大上第一堂课的时候，课间休息就有一个学生走到我身旁，纠正我读错的字。他用很小的声音，大概是不忘记维护老师的"尊严"。这很让我感动。80年代"朦胧诗"讨论热潮的时候，对北岛、舒婷，对"朦胧诗"的总体特征的描述、概括，我在和学生的交谈，以及他们提交的作业、读书报告中，都发现许多很好的看法，对我真的很有启发。在1983、84年，他们也比我更早敏感到"朦胧诗"向

"第三代诗"的转换，指出诗歌从社会、政治激情表达向着日常生活情境偏移的种种迹象。他们对一些作品，一些作家、诗人的艺术特征的把握，常让我自愧弗如。我分析的作品，对一些问题的看法，他们也常有提出不同意见的，有的意见我觉得很合理。这样的例子真的很多，我从他们那里得益不少。我给学生指定、推荐阅读书目，提出思考问题，他们也向我推荐一些书。80（或90年代以来）读过的一些书，如费孝通的《乡土中国》，罗森塔尔的《辩证唯物主义》，卡冈的《艺术形态学》，黑塞的《纳尔齐斯与哥尔德蒙》，韦勒克的《西方四大批评家》，波伏娃的《第二性》，纳博科夫的《文学讲稿》，余定国的《中国地图学史》等等，就是他们建议的。他们也建议我读金庸，读三毛，看周星驰的《大话西游》，听周杰伦的歌，听古尔德的钢琴……有的建议我不一定都能接受，却让我开阔眼界。我想，老师在平时，在讲台上，不要总是一副导师的样子，这样可能更好一些。不过，虽然有这样的意识，由于性格等原因，我和学生的那种平等交流关系，并没有做得很好。有的学生总是说"怕我"，即使我努力想平易近人，那也不大成功。

问：观点和教师不同的学生可能有不同情况。一种情况可能他确实有独立思考，有理有据。这个大可以宽容，不宽容的话，可能就是老师的不对。还有一种情况，就是学生带着先天的偏执情绪。人文学科大概很难避免这样的问题，里面可能涉及比较复杂的人性、信仰与民族方面的因素。

答：是这样。固执、偏执的学生我也遇到一些。但不应该把固执全看成缺点。有时候，应该尽可能从他的角度去理解他的感受。可能是一种情绪的发泄，其中也包含着合理的一面。但也不是说对明显的偏执、错误的观点、方法不加理睬。一般来说，教师在学识、经验上有学生所不及的方面。最重要的是在学习、思维方法上，让他明白问题的所在，走更理性、更健康的道路。但我这方面的努力，不一定取得成效，我有许多失败的例子。

教材是否那么重要

问：您在教学的同时，在编写教材上也做了许多努力。在教学过程中，教材、讲义的重要性体现在什么地方？

答：教材在教学过程中的重要性当然不用多说，它是教师讲授的依据，也是学生自学的主要参考对象。不过，我虽然参加过一些集体编写教材的工作，自己也独立编写一些可供教学使用的文学史（新诗史）的书，但我不主张把教材的功用过分夸大。我们上大学的时候，教材还很不完备。上古代文学史，并没有指定的教材，大多只是老师印发一些作品，他按自己的设计讲授。我们则选择一些文学史著作对比、参照，如刘大杰的文学发展史，林庚的文学简史，郑振铎的插图本文学史等。而且我们当时听的课，杨晦、吴组缃、林庚、杨伯峻、高名凯等教授给我们上课，包括基础课，几乎都是有头无尾，从没有讲完过。我看这对学生来说，不见得就是损失，知识就不完整。我们从先生那里不仅学到基本知识，更学到提出、展开问题的视角、方法，深入问题的路径。孙绍振在他的一篇文章中，谈到上世纪50年代在北大听朱德熙教授的课。朱先生是研究现代汉语语法的，用结构主义的方法，在课堂上讲述索绪尔、布龙菲尔德的学说。孙绍振说，"虽然，我对于现代汉语语法毫无兴趣，但是朱先生那种把自我肯定和自我非难结合起来，推进论点，深化思考的方式，却魅力四射，深深的迷住了我，只能用如痴如醉来形容。和许多教授着重于结论的宣布加例子的'证明'不同，朱先生并不看重结论，而把主要精力放在得出结论的曲折过程中……"，他"并不要求我信仰，他的全部魅力就在于逼迫我们在已有的结构层次上进行探求，他并不把讲授当作一种真理的传授，而是当作结构层次的深化。他特别强调的是：如何攀登重重障碍，而不是回避无处不在的绊脚石。"（孙绍振：《我的桥和我的墙——从北大出发的学术道路》）我在50年代没有系统听过朱先生的语法课，但听过他多次的文章分析。他对语言的敏感令人折服。对于词、句的使用，结构的安排，他会提出若干可能性进行比较，让它们相互辩驳，从中发现较佳的处理；但也从不将这种处理渲染为唯一正确。他让我感受最深的一点，是从不自以为是，他提出某个论点，又"自反"地质疑这个论点。他教给学生的，是如何在看似平滑的表面上发现裂痕，如何提问和深入问题内部。

基于老师们的影响，我80年代以来上当代文学史课，虽然学生会自动购买北大编的教材，但我确实从不指定教材。我告诉学生，当代文学史的书很多，有较高质量的也有多种，你们可以任选一种看；有时间、精力可以比较地看，弄清不同文学史在理念、方法上的区别。看教材的好处，是了解某些重要的基本事实，了解事情发生、发展的某些线索，了解重要作家作品的历史位置。但它们为什么这样选择作家、现象，为什么这样描述、评价，描述、评价是否得当，都需要我们思考。我讲课的时候，也不是按照教材章节那样去讲。我会提出一些重要的，需要展开的问题、作品来展开，来讨论。

问：在文学史教学，或者扩大地说，在目前中文类课程的学习中，您认为存在哪些值得重视的问题？

答：这个问题太大，我只能从自己很有限的感受方面提一点看法。我觉得理论崇拜在我们这里还是很强大。有时候，教学、学术研究不是从事实本身,从复杂的材料入手来提出问题,重视考察、研究的对象自身的丰富复杂经验,而是引用某种权威理论作为大前提,然后搜集、列举几个事例加以论证。这样,历史事实、情境被肢解了,失去原来那种丰富性,遗漏了对象本身的复杂性,对象本身内部的差异,细节成为一种填充物。理论当然是很重要的。从50年代以来,"史"和"论"的关系,它们的重要性,就一直争论不休。我是比较更强调史实、细节的重要性的人。先设定一个框架,然后再找材料,这个毕竟要容易一些,也会有新的发现,但也有限。这个问题现在解决起来比较难。要下死工夫去看很多的材料,去看很多前人、同时代人的研究论著。现在的社会风气,以及学生就业问题的严峻,都是一些无法忽略的主客观原因。

教师与学校传统的关系

问:教师和他任职的学校可能构成某种特殊关系,一定程度影响他的工作方向。您在北大上学,也一直在这所学校任教。对此您有什么样的感受?北大总是被赋予某种使命,某种社会责任,这对教学产生怎样的影响?

答:我当然庆幸由于偶然的原因,能在北大上学和任教。不过比起有的老师来,我没有非常强烈的"北大意识"。我觉得北大的学生、老师大多很不错,但我从内心认为,另外的学校,包括一些偏远、不大出名的大学,同样有出色的老师、学生。他们有的因为条件限制,能力不能充分发挥。我对北大的认识,可能跟我长期生活在这里有关系。我接触许多从别的学校来这里的访问学者、进修教师,他们因为有一种对比,对北大的特点比我印象深刻。我有时候可能更多看到它的问题。记得1998年北大百年校庆时候,学校宣传部门约我写一篇有关北大的文章。

我写到 1958 年我们做学生的时候对王瑶先生的批判，对这个事件进行反思。这可能被认为是在讲北大的"阴暗面"，不符合校庆的评功摆好的精神，文章被退回没有采用。但我坚信，一个好的传统，就是不要整天看到并喋喋不休讲自己的光明、荣耀，更要看到自身的问题，有一种危机感；并在这种危机感的自觉意识中，开展一种有效的自我清理、过滤的反思功能。因此，我倒是警惕在学生中宣扬本来已经很强烈的那种特殊意识。

当然，这所学校确实有它的不可代替的特点，这就是在思想、学术上的某种开放、自由的精神，独立思考的精神。不是在任何时候都追逐、呼应社会种种潮流的那种独立性，和在教学中允许发表不同见解的，自由讨论的整体氛围。在我们生活的语境中，这是很难得的。这是思想、学术创新的保证。我 50 年代上学的时候，马寅初校长的那种在风起云涌，看来无法阻挡的潮流面前表现的沉稳，他的独立性，就是北大的精神标志。不过，这种精神传统，目前已有很大削弱，我们虽然沮丧，但是也无可奈何。

问："独立思考"似乎是这所学校最被看重的精神传统？

答：独立思考这个话讲得够多了，有时候都觉得它是陈词滥调。但还是有它的实际意义。独立思考并不是说一定要反对"官方"观点，或者反对"主流论述"，也不是笼统地理解为一种反叛姿态。不是这样一个简单的问题。其实，盲目反叛，或把"反叛"当作一种固定姿态，这也是随波逐流的表现。重要的是要对问题问"为什么"，这种提问要有事实、学理上的支持。在学术工作上，北大许多有成就的学者，他们无不拥有扎实的基础，是在丰厚的知识积累跟知识考察基础上的独立思考。自然，创造性的独立思考，也需要有一个自由思想的空间的保证。允许有不同意见发表，同时也允许一些学者不急功近利追求近时效的那种研究。

问：您觉得目前学校教学、研究的基本环境怎么样？

答：我已经退休多年，对情况不大了解。从一个小的环境来说，比如北大中文系，我觉得还是不错的。对教师有基本要求，但比较宽容。虽然教育部、学校有许多要求，什么教学评估，什么成果量化，什么教案，什么多媒体等等，但我们这里对那些繁琐的、束缚教师、学生积极性的死板、劳民伤财的规定，总是睁一只眼，闭一只眼，不大计较，属于用蒙混过关的方式对待，大家也心照不宣。教学有基本要求是合理的，总要有规范，不能你想怎样做就怎样做。但有些要求就不见得合适，甚且非常不合适。这是宽紧有度。基本要求要有，教学不能吊儿郎当，教师总要负责任，但不能对教学各种环节，观点方法规定得繁琐、死板，应该给老师更多的空间。我的讲稿写得很详细，但有的老师只写一个提纲，他们讲得很好，这也没有什么不好。

另外，说到北大传统，目前整个社会有一种"传统文化热"，"国学"成为热门，尊孔读经什么的。社会上，包括北大的领导，也认为北大的特点就是"守护传统"。重视传统学科，重视所谓的"国学"并不错，但北大是新文化运动的发源地，还是要继承、坚持五四以来的那样一种创新、批判的精神，那种关注现实，关注新事物，从现实中发现问题的精神勇气，以及推动"传统"的新生的能力。

文学史写作：方法、立场、前景

2012年3月季亚娅访谈整理稿。季亚娅，2014年毕业于北京大学中文系，文学博士，现任职于北京《十月》文学月刊社。

季亚娅（以下简称季）：出版在1999年的《中国当代文学史》，有的学者认为是当代文学史范式转变的标志之作，其中常被提到的一点是，这部文学史打破了常见的"作家—作品"的叙述方式。而从文学生产整体，从文学的"内""外"的互动关系中描述当代文学的发生、发展，有的研究者把这种方式称为"文化研究式的整体思路"。当时为什么会采取这样一种叙述框架？

洪子诚（以下简称洪）："范式"的讲法太大了，不大合适。文学史其实有各种写法，抽象谈论各种写法的优劣不大恰当。我就是采用一种和"作家—作品"的叙述有区别的方式罢了。按照"范式转变"这个说法，好像"作家—作品"的文学史叙述体系陈旧，已经落伍，需要被超越；这个判断恐怕不能成立。事实上，我的文学史就被郜元宝先生批评为"没有文学的文学史"。在文学史写作上，我认为作家、作品仍应该是主轴。

当然我也不是没有讲作家、作品，只是没有完全按照这个模式来设计。当时的原因有两个,一个是既然当代文学史已经那么多,你写一本,总要有一点新的东西。最主要的还是,觉得当代文学史有一些重要问题需要面对,需要回应。主要也不是非常想标新立异。相反,我的这个提纲,当时讨论的时候,是被认为比较保守,缺乏新意的。当时想到的是,从方法论上,当代文学史的"历史感"比较欠缺,许多问题只在批评的层面处理;概念、叙述方法,大多是讨论它们的对错、正误、合理不合理,不大追问概念和叙述方法的由来,产生的语境,涵义和变异。另外,"制度性"的问题没有得到关注。或者说,大家比较注意的是权力的控制、干预,包括暴力干预的方面,复杂的文学体制和生产方式,还没有比较深入、系统清理。再就是,文学转折的问题,也就是"当代文学"的发生的研究,也还没有得到重视。当时这几个方面的问题,是我试图解决的。一些重要的作家作品,不是没有涉及,而是想换一种处理的方法,特别在前三十年这个部分。比如写作方式,主题学,评价史,文类的当代变迁等等。

季:您说提纲经过讨论,不是自己独立写的吗?

洪:在另外的地方我已经说过,这本书开始是打算当代文学教研室集体编写的,有五六个老师参加。开始是分别提出大纲,结果发现差别非常大,没有办法扭到一块。文学史写作在起步的时候,很大难题就是所谓"体系""框架"的确定。90年代那个时候,文学史写作,特别是当代部分,普遍有一种建构新体系、框架的冲动,想办法找到一条贯穿的主线。主体性、人性,还有创作方法、流派,以及现代性反现代性等的框架。我的提纲当时有的老师们觉得"新意不多"。后来我决定自己编写的时候,还是用了这个比较保守的大纲。一方面是觉得这是一个教材,不能太"新潮",另外,那种体系性过强的设计,担心又在重复那种

"一元论"体系。过去是阶级论,用资产阶级、无产阶级作为唯一判断标准,现在虽然换了一个新的名目,虽然有它的合理性,但用它来安排、切割纷杂的文学现象,总觉得心里不安定;实际上可能又重新遮蔽另外的许多东西。过去的经验,包括1958年参加集体科研的经验告诉我,这种"坚硬"的体系设计,肯定会导致一种二元对立的看待事物的方式。我不是说二元的描述方法都要不得,但是从文化、文学的性质说,包括作家、作品,特别是优秀的作品,它们的性质,在大多数情况下,都不应该被简化成教条,抽象为某种"意识形态",也就是不可能被单一、僵化的意识形态所缩减和概括。

季:"范式"的讲法是不是合适先不去说它,但是围绕您的文学史,的确有不少文章谈到方法论问题。您这部文学史对于"历史"与"叙述"关系的认识,有学者认为是对自明的既定概念进行"知识谱系学"清理,也就是您所说的把"终点"当成"起点"来思考。您什么时候有这样的清理的意识?

洪:许多事情的发生在我这里,常常不是掌握某种理论,应用某种理论的结果。当然我也读过许多理论书,理论是很重要的。但是有些认识也是生活经验提供的。这几十年来感受最深的,大概就个体生命,以及历史叙事的严重分裂。我偶然看到我60年代、"文革"期间一些笔记、讲稿,简直认不出当时的那个人就是自己。对我来说,这种分裂,包括"历史"和"叙述"之间的关系,并不需要什么深奥的理论才能了解。

写这部文学史之前,当代文学原始性材料我看得很多,很熟悉陈旧书刊灰尘扑鼻的滋味,知道了种种复杂现象,看到不同时期、不同批评家对历史做的不同概括、叙述。"文革"结束后参加编写《当代中国文学概观》(北京大学出版社,1980年,修订版1986年)的时候,主要考虑的是哪种叙述、概括是"正确"的,也就是当时大家经常挂在嘴边的"拨乱反正""正本清源"这些词。后来想法有了调整。觉得弄清楚那些说法、概念的特定涵义,了解形成它们的具体条件、背景,比作出简单肯定或否定要重要得多;即使从批判的意义上也是这样。对这些概念、说法,也不是要全都推翻,主要是将概念、现象、作家作品,放置于特定历史情境中,考察它们的涵义,由来,变异;也就是它的发生、扩散、变迁以及衰减的情况。采用这样的叙述方法有一个前提,就是对事实,对材料有比较全面、细致、历史性的把握;这和在某种理论框架、信念下进行评断的工作方式不同。还有是如何处理评价冲动的挑战。人文学科始终联系,并且深深渗透着权力、价值的问题。我不相信知识和信仰无关,不相信它们可以截然切割。但这种清理的"历史化"方法,又需要抑制评价的欲望。如果一开始就为好坏优劣的判断左右,为急切的好恶情感支配,那么,了解对象的"真相",它的具体情境,就很困难。对这种方法,旷新年在他的书里说的,不是做"最后的审判","只是静观概念的生与死,它的前身,它的投胎,它的解体朽灭,它的灵童转世"。当然,归根结底"审判"你不可能回避,也回避不了。我很理解小说家阎连科对"伪现实主义"的批评,嫌恶,他指的大概是那些"粉饰现实",为政治权力歌功颂德的作品。但在"历史化"的视野下,在进行"内部清理"的时候,"现实主义"并没有真、伪之分,只有不同——不同的历史时间、理论派别,不同的作家——的现实主义。这种不同,根源于对"现实"的不同理解,和对文学与现实关系的不同想象。这样说,当然不是说作家、作品之间,没有高低优劣的区分。

季:您说的这种方式,也就是人们常说的福柯式的解构主义?或者新历史主义的方式?但是我觉得您的"解构"并不彻底。您好像还有另一种方法论资源。譬如您提到卡冈的《艺术形态学》、韦勒克的文学理论对研究的启发;也就是从"结构"上去观察、理解文学历史。您也热衷于寻找一个时期的文学特征。这也就是一种确立序列的传统历史主义方法。这种序列的整理如何避免一种"倒放历史"的危险?您在写作中又如何处理这两种不同的历史叙事手法?

洪:你说得很对,我是个"不彻底"的人;新旧交杂。有年青朋友说我虽然能够跨进到90年代,但是遗憾又有许多80年代的"残留物"。不过他们对我宽容,认为我这样年纪、这样经历的人,能做到这个地步就算很不错了。有一个时期我也相当苦恼,总想办法能更前进一步,清除这些"残留物"。后来发现这很难,特别是情感、心理的层面,"强扭的瓜不甜",也就不再勉强自己,有时也有意迁就我"落后"的一面。我的书、文章,因为提供那些看来稳固的概念、叙述、情感方式、思维方式产生的历史背景,"暴露"了它们的不确定性,指认它们的"叙事"、构造的性质——从这个方面,也可以说就是"解构"的"后现代"方式。但是从我的书里,又可以看到"现代主义""本体论"等等的浓重阴影;有时候后者好像还更有分量。你说得对,热衷去讲"当代文学"有起源、规范、演变和结局的"故事",就说明这一点。从"后现代"的观点看来,这种讲述不可思议。因为从"后现代"的观点看来,"历史"只是一些纷乱的碎片,"文学史还有可能吗?"在结构和解构,同一性和反同一性,系统和反系统,确定性和不确定性之间,我常常处于摇摆之中。

不过,我的基本想法是,意识到概念、主体等的建构性,对"启蒙主义"和"主体论"反思,并不是要否定人作为主体的意义实践。贺桂梅最近写的一篇谈《我的阅读史》(北京大学出版社,2011年)的书评,里面有一段话,比我自己想得更清楚。她说"批判的意义在于,意识到主体的建构性而同时执著于更有价值的生存方式",在此,"'主体'是一个历史性的范畴也是一个伦理性的范畴。这里的'伦理',不是那种源自既定的伦理观念、让人感恩的'道德',而是人作为'主体'的信念与实践。因为了解了人的限度及其历史结构,执着于主体的信念才更为自觉,也才有了突破历史结构的现实可能性。"这层意思,还可以引用一位阐释学家的话来说明:"对后现代精神而言,纯粹自主的自我已不再可能。然而尽管历尽磨难,几度转型,却到底并没有被抹杀。……后现代的主体现在已知道:通向现实的任何道路都必须穿越我们语言的极端多元性和整部历史的含混性。"[特雷西:《诠释学、宗教、希望——多元性与含混性》,汉语基督教文化研究所(香港),1995年。]

季:与您这种理解"主体"的"现代/后现代"方式相似,您对于"文学"的理解似乎也存在同样的犹疑:您强调文学的独立性,但是正如贺桂梅老师说的,"不是一个超越性的文学传统与一个压抑性的政治机制之间的对立,而是希望'文学'能够成为一种与政治机制相当且相抗甚至统摄时代生活全部的一种政治力量"。贺老师称之为一种"信念式的文学本体论","与其说是一种审美主义的残余,不如说是洪子诚对于某种超越论式的信念或视野的表达:他期待并相信人能够超越特定历史的局限而整体地理解世界的存在"。您如何看待这其中"文学/政治"的关系?二者如何在您的叙述中整合又分离?这个问题我还想具体到几个层面:第一,二者是否应该天然被描述为一种二元对立方式,比如"纯文学"对政治的描述?如果不是,文学是否本身只能是"文化政治"的一部分?比如以中国现代文学为例,现代文学本身是政治实践或者行动的"媒介",但这个媒介也有自身独立必然的空间?

洪:这个问题在20世纪,以至现在,是个"永恒"问题了,过一段时间就会拿出来争论一番,就像音乐里的变奏。巴赫的《哥德堡变奏曲》有30个变奏,我们的这个问题恐怕要更多。当然,每次变奏都有新的因素加入,面对不完全相同的社会、文学现象,也说明这个问题还没有失效,有现实的迫切性。近些年来有对"纯文学"的反思,重视文学对现实问题的回应,去年诗歌界有讨论"介入的诗歌",讨论诗歌的公共性。作为这个命题的延伸,文学(诗歌)伦理的问题,在这几年也被反复讨论。

我不大赞成的是,各个时期文学的兴衰、成败,大多拿它来说事。或者说是太强调政治("政治工具论"),或者说是因为远离了政治("纯文学")。而作家的才情、修养、想象力等等,都在这种争论中忘掉。如果说到20世纪中国文学的"传统"(或者"遗产")的话,这可能就是最大的遗产、传统了。这种"二元对立"的描述方式,早就存在;而且主要不是"纯文学"的描述,是由激进、左翼、革命的文学阵营的政治家、文学家首先确立的描述方式,这在俄国,在现代中国都是这样。"政治—文学"在百余年的理论探讨和写作实践中,已经成为有着内部矛盾的"结构"。80年代"纯文学"的那种政治描述,只不过是在这个结构中进行的一次反思性调整。这些问题,我在《问题与方法》《我的阅读史》这些书里,已经有许多讨论。"政治"自然有一种天然的至尊的位置和价值,因为它可能涉及现代人生存的重要问题,处境。在这种理解下,艺术就天然地被理解为对它的依附;就像你说的,文学只是"政治实践或行动的'媒介'"。我不是要推翻这个信念;在中国这样的社会,这样的信念确实有它的合理性,甚至崇高性。我只是想不必什么时候都那么极端。米兰·昆德拉在《相遇》(台湾皇冠文化出版公司,2009年)这本书里,讲到这样一件事情:捷克有一位叫赫拉巴尔的作家,在俄国占领捷克的那些年里,因为他的作品的"非政治化",当局"没有人找他麻烦",他还可以出书。他的这种没有直接对抗、没有表明抗议的政治态度,引起记者E的强烈不满。昆德拉跟他发生激烈争辩。昆德拉说,他和E记者的分歧的性质,是认为"政治斗争高于具体生命、艺术、思想的人和认为政治的意义在于为具体生命、艺术、思想服务的人"的根本的分歧。

在一个极端的、什么事都归结为政治的环境和体制里,有时候你反而会盼望有优秀的、"非政治化"的,也可以说是孤独的诗歌、小说产生。当然,这类作品的遭遇可能是两个,或者因为不能回应现实问题受到批判,或者在解读中发现这种"非政治化"文本的政治涵义,而赋予它们以政治性("文化政治")。在我的生活里,就有曾经为了某种"至高无上"的政治信念而牺牲亲情和友谊的情况,这成为后来难以消逝的自责。现在,我可能会比较亲近昆德拉这样的感受:"事实上,必须非常成熟才会理解,我们所捍卫的主张只是我们比较喜欢的假设,它必然是不完美的,多半是过渡性质的,只有非常狭隘的人才会把它当成某种确信之事或真理。对某个朋友的忠诚和对某种信念的幼稚忠诚相反,前者是一种美德,或许是唯一的,最后的美德。"我用了"比较亲近"这个说法,就是我对昆德拉的说法也有犹豫。吴晓东老师说得好,"昆德拉是西方从冷战到后冷战阶段的,从'社会主义'过渡到'自由世界'的最关键的见证者和言说者"。昆德拉的这些言论其实也都是很"政治"的。"政治"真是无处不在啊,一个大筐,可以装入所有东西,而且你就在里面,想逃也逃不掉。就像在1955年秘密批判"丁(玲)、陈(企霞)反党小集团"时,一言不发的陈翔鹤说的,他引了嵇康的话:"欲寡其过,谤议沸腾,性不伤物,频致怨憎"……这是当代许多人的悲剧。

季:不过,也有一些文学家并不是以这样的方式来提出、整理问题的。比如周作人当年谈到言志/载道的文学,二者并不仅仅是政治/文学的区分,更为关键的是态度:即"言他人之志即是载道,载自己之道即为言志"。那么,今天对于这二者的信奉,有无"真伪"态度之分?是否"真"的态度,成为判断"政治"具有某种合理性的一个价值标准?

比如您虽然强调文学性,但是也一直在为"介入的文学"辩护,从来没有简单粗暴地处理这一类文学的"政治"问题,而是在介入与艺术,诗意与历史,或者文学与历史之间寻找一种平衡。

洪:周作人的这种提问和整理方式,和那种政治/文学的方式不同。其中最主要一点,他将问题落实到文本和作家自身,而不是从一个整体性框架里,去抽象谈这个问题,并且把这个问题绝对化地上升到道德高度。我觉得他的方式,胡风和他有点相近;当然,按我们的理解,一个是"右派"("自由派"),一个是"左派"(革命者),似乎连不到一起。胡风在谈到生活、题材、世界观的意义的时候,重视坚持不离开作家的生命,他的体验,他的创作实践。这个有点像卢卡奇说的,为生动的生活经验所营养。"他人之志"和"自己之道"的分判,"真伪"之类的鉴别,也必须在这个层面才能有效。我欣赏日本学者丸山升用的"抵抗"这个词。在处理那些两难的问题上,需要身心的投入;它不是纯理论,或者简单的态度,是与"个人"的生命有关的问题。也就是说,坚持某种目标、信念的作家,在处理政治和艺术,良知和语言这些问题上,只有通过自己内在生命的"抵抗",来形成属于自己的方式。我在编《我的阅读史》这本书的时候,偶然读到香港梁文道教授的一篇短文,就将它附在写契诃夫一篇的后面。梁文道说到他1989年曾经深陷于"艺术"与"革命"矛盾的困境。后来读到诗人希尼的《契诃夫在萨哈林岛》,说他对这个问题的认识,"乃能逐渐逼近这个问题的核心"。契诃夫虽然想以文学来"诊治"俄罗斯,但是仍愧疚于自己的失责,觉得世间苦难深重,却放纵着自己的艺术才华。抱着这种深重的负罪感,他决定从莫斯科穿过苦寒的西伯利亚,行程六个月,到萨哈林岛,也就是现在的库页岛,为被囚禁的政治犯写一本书。梁文道在文章结尾这样写:终于到达萨哈林岛的契诃夫,"在脚镣撞击的声响中,尽情享受创作的快悦,释放自己天纵的才情,因为这一刻他心安理得,他的赎罪之旅已经结束(也同时开启)。在两座险峻的悬崖之间,他找到了最细微精巧的平衡。"自然,这一"抵抗"、挣扎看似完满终结,其实也是在更高层面上"开启"。在这个问题上,"天纵的才情"且不说,我想我们其实也没有契诃夫那种"赎罪的勇气"。

季:这是不是您提到的"作家的精神结构"? 90年代后期到现在,反思"纯文学"是一个普遍性潮流。但您在多个地方为它辩护。您好像说过,如果说80年代"纯文学"留给我们什么遗产,就是文学如何在权力面前保持独立传统?1988年您的一篇谈作家精神的文章,还有最近的《我的阅读史》,都提到"作家、文学创作如何建立一种与各种权力、与现实政党政治保持距离的独立文学传统,如何维护作家精神独立地位,摆脱对政治权力乃至金钱权力的攀附"的问题。您是不是在文学如何保持与权力的距离,保持自身独立性上质疑"政治"?不过,"独立""自主性"是可能的吗?今天的当代文学如何在介入现实与精神独立之间找到一种平衡?或者是,"创作自主与社会责任之间",孰优孰次?

洪:创作自主和社会责任之间,介入现实和精神独立之间,它们并不就构成对立、矛盾关系。相反,能够有力量介入社会现实,介入政治问题的作家,恰恰是那些追求精神独立性的作家。说到反思,好久以前大家就说过,不要将"反思"看成简单的否定,看成评价上的翻转、颠倒。但是,在实践中却常常表现为简单的翻转、否定。50年代中期反右,批判冯雪峰、丁玲,还有1958年批判巴金的小说,说"个性解放""个人主义"在民主革命时期还有积极性,到社会主义阶段就变成反动的了。哪有这样简单的事情呢?很可惜这样的思路、方式一再重复。对80年代"纯文学"的批评就是这样。虽然大家会说,当时"纯文学"的提出，有它的现实根据和政治涵义，有它的积极性。言外之意是这种"积极性"现在已经消失，已经不存在，成为消极的、阻碍文学发展的因素。没有试图在"剥离"中，将值得珍惜、可以继承的东西留住，成为我们的"遗产"。从我的感受说，我觉得当年有关知识分子问题的讨论，以及"纯文学"的主张里，包含着对当代知识分子、文学写作与"权力"关系的反省。"纯""独立"的主张，包含着作家精神自由独立的诉求。这个诉求，在今天仍然是一个严峻的现实问题。

在80年代，我和许多人一样，确实都有对"自主""独立""精神自由"的绝对化想象。现在也明白这样的常识：人都生活在一定社会环境，在特定"体制"之中，纯粹自主的"主体"只是幻觉。1988年夏天在北戴河有一个文学夏令营，我们在那里上课。乐黛云老师课上，据她在国外生活的实例，批评刘晓波关于西方世界绝对自由、个人独立的想象。这就像她后来在自传里引了福柯的话，"没有任何'存在'可以置身于这个罗网之外"。不过，同样也是"常识"的是，"罗网困陷"的个人，也不是就无所作为，不是完全失去可选择的空间；至少，"如果把某种主体意识通过自身经验，建构而成的文本也看作一种历史，那么，这些点点线线倒说不定可以颠覆某些伟大构架，在一瞬间猛然展现了历史的真面目，而让人们于遗忘的断层中得见真实"（乐黛云：《我就是我》，正中书局（台北），1995年）。

季：十多年来对于《中国当代文学史》的质疑，集中在对"一体化"的不同理解上。有的从文学与民族国家的关系出发，认为"一体化"不仅是当代文学，也是所有文学比如五四文学的特征；有的认为您描述的"一体化"从建构到解体的过程，本身暗含着"一体/多元"的价值判断，但所谓"解体"恰恰是意味着另一种"一体"的体制权力；有的认为，当代文学"一体化"是个过程，不是结果；有的认为50—70年代文学就是"多元"的,并以这样的视角,共时性地建构"打破以往文学史一元化的整合视角"的当代文学史;有的则认为您的"一体化"叙事,是把毛时代的历史,以及其实施的文化战略"妖魔化",不理解毛时代文化的政治特征和它的合理性;有的认为您对"一体化"进程本身"历史化"不够,将一体化的动力抽象地看成一种"自我纯粹化的冲动";……您是不是意识到存在缺陷,在2007年的修订中,对于这种"一体/多元"的价值判断,进行了某种辩证式的自我修正?如何看待这种"一体/多元"背后的80/90年代文化转型的知识背景?处在这两种背景转换之中的您自己,是不是与任何一方都有共鸣但又都不能全部认同?你的这个情况,是不是许多质疑者都对你的论述不满意的原因?

洪:这些讨论、批评文字我大多读过,但是没有认真去编排;这回对我的批评我就有全面的了解了,谢谢你的整理!这些质疑,讨论,批评,有不少是来自朋友、学生,要对他们表示感谢。让我知道我的说法、描述有什么缺陷,存在哪些问题。当然,有的批评我也不同意。对这些质疑、批评,我有一些回应。回应包含自我批评和自我辩护两个方面。这些都写在《当代文学史写作及相关问题的通讯》《当代文学的"一体化"》《当代文学史中的"非主流"文学》这几篇文章中。2007年《中国当代文学史》修订版,也尽我的能力做了一些修补。你说的"辩证式自我修正"?其实用"修补"比较好。就像一件衣服,没有条件换件全新的,只能补补那些被人发现,我自己也发觉的破绽。自我辩护方面,主要是说,"一体化"并不是说它就是"铁板一块",内部也存在"多层"的情况。多层是什么意思?一个是在"一体化"的实施、推进中,必然发生不同文学理想的作家、派别的冲突。另一个意思是,文学写作和成果不是简单概念,存在不能被理论概括的复杂性。还有是具体各个阶段情况也有不同。但是我的"一体化"论述确实存在问题,认识到的是,"一体/多元"的这种"对立项"的设置显得僵硬、绝对,尤其是其中的价值判断过于简单。对"文革"以后文学的制度化问题认识、研究也不够。还有就是表现了"新时期"开始的那种"文学复兴"的想象,那种幻觉。贺桂梅批评我在谈当代"左翼文学"的"自我纯净化"冲动这个问题的时候,说我将问题抽象化,"历史化"不够。这也是真的。我用了"宿命"这个词,觉得当代"人民文学"的建构者被一种看不见、摸不着的力量左右,拖着他们走向他们不想去的地方。命运在作怪啊!瞿秋白、胡风、周扬、冯雪峰、郭沫若、丁玲、赵树理、江青都是这样;他们都是现代的"悲剧性"人物,都不能掌握自己的命运,操纵在冥冥之手中……当然,放大来说,现代人的命运,其实多少都有着悲剧的意味……

但无论怎么说,当代50—70年代文学是个特殊时期。说任何时期都存在"一体化",说"文革"之后更"一体化",那大概是我们都用了这三个相同的字——拽一个时髦的词,就是一样的"能指"罢了。我是不是妖魔化那个"毛时代"?……这怎么说呢?可是对我的另一种批评是说我胆小怕事,揭露、批判那个时代很不够,也就是说我"妖魔化"不够。我这就不知道我的错误主要是在哪个方面。所以就像你说的那样,两个方面"都不满意"。这种尴尬,和80/90年代社会转型的知识背景有关系,但也是我的性格、立场造成的后果。

季:说到性格、立场,您内心好像很抵制那种左右站队。您在《关于切·格瓦拉的通信》里说,您"并不认为应该接受这种两极化创造世界的方法,也不想在这样的两极世界中左右站队,进行选择"。您的这种立场是不是表现了某种阶级意识?如姚丹老师谈到的,您的历史叙述不是工人阶级主体性式的表述,而是自由主义式的,小资产阶级式的,或者中间状态的、暂时的、悬浮的……

洪：她有这么说吗？我一点都不知道。在什么地方，哪篇文章？

季：是在《"一个人的文学史"：洪子诚学术研究的范式意义》这篇文章，里面有一段讨论您的历史叙述与左翼"历史与阶级意识"这类要求的差异，原话我记不大清了。

洪：姚丹说得很对。不过她说的"中间状态""悬浮""暂时"，好像说总归要落实到一个固定落脚点，这个对我来说不是很容易，不太现实。"悬浮"大概是我的常态。不过姚丹从阶级意识上对我的分析，应该很切合我的实际。我在《关于切·格瓦拉的通信》(《我的阅读史》)的最后，有一些无奈的话："一个人所属的'阶层'所给予的'视野和立场'，有时候几乎是命定的，难以更改的"。这个有点模仿杨绛《干校六记》结尾的几句话。我确实很"小资产阶级"。从50年代上大学，1961年参加工作，到"文革"，对我的批评主要都是说我小资产阶级思想、情调严重。那时候还不大流行缩略语"小资"；而且那时候的"小资"和现在的"小资"意思很不一样。在"毛时代"，小资意味着斗争性不强，温情主义，立场不坚定，不能把自己的一切交给"党"，不能和群众打成一片，清高，空想，感情不健康，莫名其妙的感伤忧郁，审美上的贵族化，但还是有一些革命的要求和热情……总之，它的错误程度，没有资产阶级那么严重，属于可上可下的"悬浮"状态。我总是在这方面受到批评。不过，现在我真的不知道怎样判定一个人的阶级属性，根据哪些经济、政治、思想的指标。有的自称代表"工人阶级"或"底层"的人，怎么看怎么不像，不过是在表演而已。他们是说变就变的，没有操守可言。当然，我现在说我"小资产阶级"什么的，并没有过去的那种负罪情绪，这是和过去大不相同的。现在"小资"大概不是政治污名了，倒好像很值得炫耀。这也是时势使然。以前被看作"敌对势力"、剥削阶级的资本家、财主,现在不是已经转换为成功人士、人民代表,加入了"工人阶级先锋队"了吗?

季:这和前面谈到的"真伪""抵抗"等问题有点像。过去是可以在"抵抗"意义上谈论"小资"的,现在就不是这样。

洪:立场、站队的问题,那个时候是严重政治问题。因为世界就被"一分为二",生活在"一体化"的世界里,世界观、情感也强制性地要求明确站队。社会主义帝国主义两个阵营,革命反革命,无产阶级资产阶级,革命路线反动路线,正面人物反面人物,香花和毒草,"文革"中的造反派和保皇派……没有中间地带。文学方面,五六十年代,有的批评家、作家在一个时期,曾经想争取一点"中间地带",发明了奇奇怪怪的词语、概念,什么"中间人物",什么"无害文艺"(有益和有害之外的),什么"次花"("主花"之外的),香花毒草之外发明莠草,结果都受到批判。这种站队的冲动,我感到有点奇怪的是,到了90年代,在文化思想界,好像还在延续。"文革"的时候,大家都要组织"战斗队",我和谢冕老师六七个人的,起名"平原战斗队"。因为北大分裂成两大派,有一派是"新北大公社",掌权的,另一派叫"井冈山"。我们既不想依附掌权的一派,也不想上"山",就在"平原";当然也就落得两头都不讨好。

季:这大概是您强调的"怀疑的智慧",或者"边缘""限度"的意思吧?您的这种性格,在精神资源和个人经验层面的依据是什么?"文革"记忆吗?

洪:个人生活经验肯定是主要的,留在情感、心理方面的负担。被迫站队表态讲假话的那种屈辱感、羞耻感。在运动中,我对同学、老师

材料与注释

曾经的"政治正确"的指责、批判,也是长时间难以释然的心理负担。这个方面,我在《回答六个问题》那篇,还有谈看小剧场剧《切·格瓦拉》的文章里,讲过许多,再说就饶舌了。你说的精神资源,我说不大清楚。也许天生就是这样的。

季:这种立场、性格会以什么方式影响到文学史写作?比如某种叙事上的"犹疑"?中间立场的站位,有时候是不是比左/右的选择更难?这种态度,能获得一种更理性的视角和对现象、问题整合的可能性?

洪:对写作的影响肯定存在。什么影响呢?大概是说了这个方面又想到另一方面;就含糊其辞,不敢或不愿下确定的结论;该鲜明肯定的东西却留有余地,该批判否定的又有那么一点同情;文风不鲜明尖锐,不生动活泼,缺乏激情;在研究上过于经验主义,没有事实依据不敢多说一句,缺乏演绎铺陈的想象力,更谈不到叱咤风云的气势……这样的性格其实不大好。我刚退休的时候,2002年吧,当时还是学生的刘复生、李云雷、鲁太光他们和我有一次对话。他们说得很对,在需要果断、明确表明立场态度的时候,就该表明自己的立场;他们说,勇气和"片面的深刻"在我们的时代更重要。当然,我不大理解的是,究竟哪个"时代"可以不那么"更重要"呢?

不过我不大赞成你"中间立场的站位"的说法。我有点讨厌"站队""站位"这些词语。准确说,站队即使不能避免,但不一定都始终站在固定位置。有时候可能站在这边,有时候站在那边,有时候哪边都不"沾"。说起来好像有点投机分子。在这个问题上,我比较认同耿占春先生的意见:知识界立场的两极对立或站队,其实并不是思想自身的产物而是专制主义的一种投射;如果我们取消了自我批评意识,不管表面上学到什么主义,骨子里还是那种陈旧的斗争哲学……

季：赵园老师的一篇文章，说您的犹疑、怯懦后面有不容易磨损的"坚硬的内核"，您怎样理解她的话？

洪：可能是不容易改变的意思吧？包括情感、观点。"坚硬"也有两面性。我是广东人，iang/ian 分不清楚，电脑输入用的是模糊音输入法，敲入 jianying，就蹦出来"坚硬"和"僵硬"。这就是"坚硬"的两面性：固执，僵化，不能"与时俱进"，常跟不上形势。一年多以前，有一位在报社工作的朋友也问这个问题，这个访谈发在一份内部刊物上。当时的回答是：

> ……在性格上，我确实是个不自信的人。我的讲课、研究都是这样。我常常问学生，我这样讲、这样写行不行。我在研究时，面对"对象"，哪怕是一些受到批评甚至谴责的人物，有时都会产生"我有资格（学识、智慧、感受力）评论他们吗"的疑问。我 62 年第一次上课的一位学生（他也已经退休）这样说我，说我的自省、低调"不是处世，不是修养，不是道德，乃性格"，他说的很对。
>
> 但也许有某些"坚硬"的东西，就是我一个时期的认知，我的感受。我不大会随机应变；或者说，当我要做出随机应变的时候（特别是"文革"期间），这会是很困难，也很痛苦的事情。从性格上，我也不习惯热闹，喜欢独处，对各种潮流，因为觉得自己跟不上，心理承受能力比较差，后来就转化为保持距离的习惯。
>
> 我出生于一个基督教家庭，宗教的影响在我最主要的是，一个人要时刻保持对善恶、美丑、经验和超验区分的信心，虽然美丑等等的标准会在历史中发生变化。在研究中，我经常质疑"二元对立"的思维方式和看待世界方式，但我在最基本的

方面,仍是个"二元"的信仰者。我不愿意这个世界变得混沌不清。总之,如果说有"坚硬"的方面,就是不太投机,不愿对权势者(政治的、学术的权势者)谄媚。……

这些表白,现在看起来太过美化自己,有点自恋。

季:但是,文化界这种左/右的立场并不是虚构出来的,不仅涉及历史,而且涉及现实的不同理解。比如您怎么看"当代文学"的"当代性"?说"当代文学六十年",实际上是前后两个三十年,体现了两种不同的政治观和文学观(革命/启蒙),是两个"当代"。您对于这两个"当代"如何理解?或者进一步区分,其实存在三个"当代":50—70,80,90年代。您对于90年代以后的"当代"如何理解,它和前一个"当代"有什么不同?

洪:在"文革"刚结束的80年代初,当代文学史分期其实要更复杂,有所谓三分法和四分法。前面一种是"十七年""文革"和"新时期",四分法以1957年为界,把"十七年"又分为两个阶段。不同分期,体现了有差别的对当代史、当代文学的不同理解。我1979年开始独立上当代文学史课的时候,没有采用三分或四分法,就是以"文革"为界分为两个时期。这种划分,既是对文学事实的描述,当然也包含着价值判断。用"革命"和"启蒙"来概括两个时期(后一个准确说是80年代),可以说是很多人都认同的。问题是评价上的分歧。尽管目前有的学者对前三十年文学的看法改变,评价很高,我仍然认为这是个文学贫乏的时期。这样的认定,依据的标准,和"革命""启蒙"没有直接关系。革命文学里有很差劲的,也有很优秀的;表现人道主义的,启蒙精神的文学也同样参差不齐。除了政治立场、意识形态之外,文学还有另外的（我不说更高的）标准。政治意识形态的评判不是唯一，而且不是最重要的标尺。

说到对 80 年代，特别是 90 年代以来这个"当代"的特征的描述，我没有能力做，真的说不好。很难再用某一个或几个概念来指称。这是一个物化的世界，消费的时代，表现欲望的流行文化成为主流文化，"严肃文学"（姑且这样说）位置日益缩减。说"多元"也好，说"碎片化"也不错。无论是"启蒙"还是"革命"所支持的"文学公共性"，在很大程度上已经削弱。但还是存在着一些作家、诗人，在认识这种时代，这个时代文学的症候的前提下，在意识到困难的情况下，仍有执着的努力；也贡献许多不错的作品。无论如何，在精神、道德衰败的当下，他们的写作支持了我们对未来希望的微弱信心。说这个时代的文学辉煌自然是幻觉，但说文学死了，已经崩溃，也有点耸人听闻。

季：说到文学评价，您在 80 年代中期谈《创业史》的时候说，"像托尔斯泰的《战争与和平》，他的其他作品，我们不一定认同他对历史，对道德问题的观点，但他的丰富的作品不仅是那些历史观念和道德说教。一部长篇，如柳青自己所说，只是为了证明党在农村的道路，政策的正确性，此外没有别的目标，这种艺术目标是很可商榷的。值得庆幸的是，柳青的作品并不像他说的那么简单。"（《当代中国文学的艺术问题》，北京大学出版社，1986 年）那么，您说的"丰富"是什么意思？它是文学的一个评价标准吗？

洪：因为我们在很长时间里，都把政治观念、政策表现作为文学评价的首要尺度，为此争论不休，我提出的"丰富"是针对这种现象的。在政治、道德观念之外，还有另外的并非不重要的东西。人的生存依据、生活的全部内容，他的情感、心理等等，有更丰富复杂的构成。台湾诗人林亨泰有一首短诗，叫《生活》，其中的两句是："不必是一个特别理由来生活／活下去本来就是不用借口。"你这样年龄的，生活总会有自己觉得很重要理由；像我这样老迈的，才能体会到"活下去本来就是不用借口"。是不是？

我对《创业史》的评价，不是把全部注意力放在它表现"党在农村的道路，政策"的对错上。不是说在80年代农业集体化道路受到质疑，《创业史》就该否定，90年代以后，集体化要恢复名誉，《创业史》评价就随着翻转。在社会主义现实主义，或者革命文学名目下，不同作家、不同作品，区别其实是很大的。即使同一个作家也是这样。法捷耶夫早期作品《毁灭》就不错，《青年近卫军》就说不上。高尔基的《母亲》被看作社会主义现实主义奠基的经典，但他值得读的小说其实是《克里木·萨姆金的一生》。肖洛霍夫《被开垦的处女地》远不如《静静的顿河》。长篇《红岩》，在我看来其实不如陶承的回忆录《我的一家》。我不是以"革命"还是"启蒙"，"阶级论"还是"人道主义"作为唯一的，或最主要的评价标尺。所以，当代文学"前三十年"和"后三十年"的文学，它们有很大不同，但是并不一定要在政治观念和阶级立场的层面，作对立性质的评价。

季：您的这些看法我不大能同意。那你怎么看待当代左翼文学所体现的左翼历史目的论？体现的阶级主体性的叙事自觉？包括左翼大众文化，那种既非精英也非今天意义上的大众文化实践？如何评价左翼文学中"民族文学或者东方文学的主体性"？如果引入全球冷战的地缘政治视野，您对左翼新文学"解体"的"必然性"有没有新的解释？今天新左翼重新激活左翼批判遗产的努力，如何在自我反思和自我批判的过程中，将左翼文学变成一种具体的动态的"中介物"，而不是固定化的概念？

洪：我对当代"左翼文学"的看法，许多都写在《问题与方法》这本书里。你读过这本书也知道，我对这个问题其实很矛盾，许多没有想清楚。记得我说到左翼文学有它的合理性，它的出现、存在有社会历史的、文学传统的依据。"左翼文学"这个概念，我不是在特定文学流派上使用，是宽泛地看作这样的文学形态：它试图表达"底层"工农大众的诉求，表达变革不合理社会的强烈愿望，提供一种刚健清新，给人以希望，自身也介入社会实践、社会斗争的文学。但我认为需要检讨的是，在前三十年，它靠政治强力定为一尊，甚至是唯一合法存在，它自己又不断地"纯净化"，自我封闭地耗尽自身的活力、生命。陈映真说过——原话记不清了，大意是——二战之后，台湾社会和文学家只有右眼，没有左眼，只是向右看，追随西方。这些话放到八九十年代的中国大陆，也有一定的现实意义。所以，这些年关于激活左翼批判文学遗产的主张，关于重视亚洲、中国经验的论述，有它的理由，也有积极意义。不过，话说回来，台湾的左翼文学界、思想界毕竟比较幸运，他们有陈映真这样的作家，这样的没有被大陆当代左翼文化规范所缩减、所教条化的作家。你只要读读陈映真早期的作品就可以明白这一点。因此，当吕正惠、陈光兴、赵刚等教授拿陈映真来表达他们的左翼文化理念的时候，让人感触到一种厚实感和可信性。你说的那种自我反思、自我批判很重要，没有这样的工作，总是简单地拿浩然，拿《创业史》来支撑全部论述，那是不能解决问题的。

说到"阶级主体性叙事自觉"，那当然很好，也必要。问题是，我们如何能获得这种"主体性"？谁的创作体现了这种"阶级主体性叙事"？在五六十年代，提出作家要深入生活，改造思想，这是转移立足点获得工农的阶级意识、情感的途径。可是后来却被鉴定为"社会主义改造收效甚微"，作协等几乎成为"裴多菲俱乐部"；从工农中直接培养的作家，像胡万春，后来也说他变质了。我们如何想象这个阶级意识和阶级主体性，是当代遗留下的，现在也还得不到讨论的问题。不过，和"前三十年"很大不同的是，现在获得"阶级意识""阶级主体性"，好像要容易得多。坐在屋子里，书斋里想象、宣布就可以。周扬1946年评赵树理的文章，里面一个重要论点是，过去作家写农民，都是在外部，在上面，赵树理是从内部，以农民身份来表现他们的生活的。这应该说就是"阶级主体性叙事自觉"吧？柳青、浩然这些作家，近几年在左翼批评家那里获得很高评价，也应该基于这样的理由。可是，在"文革"前夕和"文革"，浩然得到荣耀，赵树理却受到非人迫害致死：同一"阶级主体性"的表达者却有这样的相异遭遇，这样的诡异、蹊跷，是需要解释的，需要纳入自我反思、批判的内容之中。回避当代史的许多复杂情况，过滤掉那些血泪，过滤掉左翼文学道路发生的残酷，也令人尴尬的问题，不是一种清醒的态度。

季：我们还是回到文学史的问题上来吧。近来另一些文学史写作干脆去"当代化"，出现了王朝文学，如晚清文学、民国文学、共和国文学这样的概念；在空间上，也出现了一种整合两岸三地主体性的企图，比如"世界华语文学"。对此您怎么看？还有，贺桂梅老师的"知识社会学"，主要从文学外部即文学作为知识生产总体体系的一部分的方式；蔡翔老师，以批判理论和现实"批判"诉求重新解读文学史的尝试；韩毓海老师，在左翼文化政治脉络中强调历史目的和"历史主体性"的方式等。新的文学史叙事将有何种可能性？有没有一种可以设想的新的"范式"出现？会不会是出现站在各自立场上分裂的具体的文学史？

洪：有几个想法。一个想法是，在中国大陆，我们太过于重视教科书式的，大的文学史，虽然有学者一再质疑，希望降温，但是这个势头没有得到遏制。这和现在的学科体制，和大学课程设计关系密切。后面这个问题不解决,温就降不下来。因为在这样的体制下,文学史写作、出版是有利也有名可图的事情。当然我也是这个病症的推波助澜者。另一个想法是,应该有不同的文学史,体现不同的历史观、文学观,和不同的文学史"范式"。你说过的以文学批评方式写的文学史,也是重要的一种。这个方面,文学、文学史研究,应该开放边界。一是文学自身的边界,一是研究、解读文学的学科边界。社会学、文化研究、思想史等方式的引入都具有积极意义。你提到的几位老师近些年的工作,都很有价值,是近年来当代文学研究的开拓性成果。去年11月我去台湾开会,路过新竹的交通大学,蔡翔正好在那里的社会与文化研究所讲他的《革命/叙述》,听说反应很热烈。贺桂梅的书也很受重视。第三个想法是,如果文学还有理由存在,也确实还没有死亡,那么,偏于审美的、文学性的研究、解读、体验,也不能忘却。

季:最后再问一个问题。您对于自己哪一本书或者文章最满意?似乎每一本书您都尝试一种不同的表达,比如《作家姿态与自我意识》注重文本细读和作家审美风格,《当代文学概说》则重在文学制度的考察。而相比《"当代文学"的概念》等奠定"当代文学"学科合法性的学术论文,我更喜爱您后来《我的阅读史》这类更感性、更"个人"的表述方式。

洪:确实没有"最满意"的。比较起来,《我的阅读史》里个别文章,有较多的"感性",也比较直接透露自己的性情,写作时候的心境也比较放松,所以好一点。一些朋友也说比较喜欢这样的文字。我的许多文章发表、书印出来,通常不愿意去重读。几年前读丸山升的书(《鲁迅·革命·历史——丸山升现代中国文学论集》,王俊文译,北京大学出版社,2005年),许多话很触动我。他说,1996年重读他自己八年前刊登在北京《文学评论》的文章,"真的十分厌烦",因为想到在这段时间里"没有多大长进",而且还不断说相同的话。是的,厌烦!这也说出我在重读自己作品时候的心情,理由和丸山先生是一样的。我的"当代文学史"和论文里那些干涩的文字,那么多的引号,那么多的注释:当时是怎么想的啊?!所以这次,日本学者说要将当代文学史翻成日文,我就要删去大部分注释。可是他们好像又不大同意……

季:如何理解"我的阅读史"的"我"?"我"的偏好、趣味、情感在学术研究中应占什么位置?如果把"阅读"看成一种主体批评实践,"阅读"何以是"私人"同时又是一种"集体"行为?如果"我"既是"昨日之我"又是"今日之我",那么对于"我"的追溯与回顾,是否就构成了"一代学人"对于历史、现实的对话?

洪:个人经验在学术研究中的地位,它是积极的,还是有消极意义,是要倚重,还是要抵制排斥,这些年学术界也谈过不少。我想也是因人而异吧。我是既有抑制,但也有借重;这种平衡有时候也相当劳神费心。《我的阅读史》不是一般读后感,是想建立起一种对话,就像你说的,"今日之我"和"昨日之我"的对话,还有"我"和他人在"今日"和"昨日"的对话。将这种对话放到一个历史过程里,我想以个人感受的方式,来留下当代历史变迁的点滴痕迹,也回应我关心的现实问题。不过——也学着你的学术化语言——"今日之我"和"昨日之我",也不要分得那么清晰,就像前面说到的"主体性"那样,很大程度是这个写作者现时的想象、构造之物;从这样的意义上,对话也就是独白。

最后要补充一点的是,我虽然说了不少为"非政治性""纯文学"辩护的话,其实内心期待、向往的,还是一种厚重的,具有时代、历史重量的文学,一种广义的"承担"的文学。它们可能以一种强烈政治性面目出现,但也可能是"非政治"的形态。还是借丸山先生的一段话来表明我的意思吧。在他的一篇文章里,引了日本学者武田泰淳对中国现代文学这样的说法:"逃脱阿Q性的现实,飞跃到瓦雷里似的知性的机会,没有赐予过任何人。"丸山先生对此说:"我以为至今还是至理名言。"他的这篇文章(《战后五十年——中国现代文学研究的回顾》)写在1995年。

关于当代文学史的答问

2013年8月，接受李云雷书面访谈。李云雷，文学评论家。1998年毕业于北京国际关系学院日语专业，2005年毕业于北京大学中文系，文学博士，现任《文艺理论与批评》副主编。

李云雷：我们曾多次问起您最喜欢哪位作家、哪些作品，您总是语焉不详，很不愿意回答这个问题，为什么？在面对这一问题时您是否存在内心困惑，觉得不是一个三言两语能够说清的？

洪子诚：我确实经常遇到这样的提问，因为文学研究是我的职业。不过，每一次我都含糊其辞，避免给出确定的答案。我有一篇文章，写日本学者丸山升的，里面就说到，1991年我在东京大学和他第一次见面，他就问"洪先生喜欢当代哪位作家"。当时我没有一点思想准备，支支吾吾没有回答。造成这个情况可能有几方面原因。第一是性格上的，对自己的审美能力缺乏信心，常常不敢，也就不愿做出明确判断；这对从事文学批评、文学史研究的人来说，肯定不是优点。另外一点是，作为文学史上作家作品位置的评定，和个人的兴趣喜好，并不总是完全一致。我明白一些作家在当代文学史上应该有比较高的地位，但是我并不"喜欢"。所以，我几年前在首师大演讲说到"讲真话"，我说这个问题其实很复杂，说我在编写的文学史中，讲的也不全是"真话"。更重要的一点是，从文学史，也从自己的阅读经验看，评价的高低和"喜欢"的问题，常常变动；包括对不同作家，也包括同一个作家的不同作品。

李云雷：您说的是个人经验与审美趣味的"历史化"问题。您是不是自觉从历史中来确认当下"自我"的审美立场？我认为在这里隐藏着您独特的思想方法。在我看来，相对于"文学"，您似乎更注重"历史"，历史及其变化对您的"文学"观念有着较大的影响。我想这既来自于您的个人经验，也与您从事的当代文学史研究这一学科相关？

洪子诚：正如你说的，80年代后期以来，我和许多文学研究者都逐步认识到，不应当以一种"一元"的、本质化的观念去看待文学，认识到文学是一种"生产"，具有构造的性质。这也不仅仅是来自于理论，从50年代开始，我就经常看到作家、作品、流派在历史过程中的升降沉浮；而且我自己对许多事情的看法，也常常发生意想不到的改变。这让我明白，价值、审美标准的问题，和特定的历史情境相关。倒也不是重视"历史"还是更重视"文学"的问题，而是要把文学放到历史中去观察。不过，历史学总归具有阐释性的品格，历史撰述者肯定有自身的意图、倾向，文学史因为兼具历史和文学这两个不是总能协调的因素，所以，也意识到不能将这种"历史化"推向极端。事实上我们都不可能有绝对的"静观"而不做任何的"审判"。

李云雷：在《我的阅读史》中，您对个人阅读经验的梳理、反思，具有多重意义。您不仅将"自我"及其"美学"趣味相对化，而且在幽暗的历史森林中寻找昔日的足迹，试图在时代的巨大断裂中建立起"自我"的内在统一性。由此书中呈现的便不是一个坚固的"自我"，而是它的形成并变化着的过程。在我看来,这里的"自我"不是孤立的、封闭的个体,而是在历史中诞生并试图将历史"对象化"的主体。正是在这样的意义上,个人的"经验"便获得了非同寻常的意义。"经验"在这里就不仅是"自我"与历史发生具体联系的方式,也是"自我"据以返观"历史"与切入当下的基点?

洪子诚:写"阅读史"这些文字的时候,是有你说的这些意图,但不是很明确,模模糊糊的。当初如果有你这样的清晰认识,或许我会写得好一点。写的过程中,读到米兰·昆德拉一段话,说20世纪和19世纪不同,这是个变化迅速、激烈的世纪,在这样的时间里,"历史的加速前进深深改变了个体的存在","历史奔跑,逃离人类,导致生命的连续性与一致性四分五裂"。这是我们这代人普遍性的感受和焦虑。因而,重建这种连续性和一致性,成为我们写作动力的一部分;也包括我写的当代文学史。我想,发生在文学领域里的"虚构家谱"、寻根、人文精神寻思……,多多少少都有这样的倾向。可是,"阅读史"在写了若干篇之后,虽然有朋友希望我继续写,我却自觉停了下来。主要是意识到再写下去,在这种"重建"中,有可能发生"过去的出现尽在不真实之中"的情景——这是我不大愿意的。

李云雷:那么,在您看来,"自我"及"经验"的变动不居,在保持思想活力的同时,是否也具有其局限性?另一方面,在面对"历史"与"文学"等宏大的词语时,"自我"的有效性是否也有其边界?这其实也涉及一个有意思的问题,就是您"个人写作"的文学史,如何成为"中国当代"文学史?在个人与"历史"之间,有着怎样复杂而微妙的关联?

洪子诚:文学史和"阅读史"这两类文字在性质上有所不同。文学史在发现、总结自身经验的时候,更需要关注克服个人经验的局限,而"阅读史"的那些文字,就是要立足自己的感受、经验。不过,它们也不是截然不同,同样都要程度不同地处理你所说的"自我"的成效和局限的矛盾。这里面没有现成的答案,需要每一个写作者的探索,甚至挣扎。我在那篇写黄子平的文章里说到,"回到"历史情境之路有许多的难题:"既要有个人经验的积极介入,但也要与对象保持一定距离,对自我的立场、经验有警惕性的反思。离开个体经验和自我意识的加入,论述可能会成为无生命之物,……成为悬空之物,但过度的投入、取代,对象也可能在'自我'之中迷失,'历史'成为主体的自我映照。"有一位阐释学家这样说,这种关系,大概就像参加一种游戏,置身其间的游戏者,不将自己从"自我"中解脱出来,放弃已经形成的"前理解",允许对象追问所设定的立场和标准,这种"游戏"就无法进行。

没有疑问,那种"真理在握"的宏大历史叙述,它的重要性是"小历史"——既指立足于个人经验,也指主要讲述非重大事件的历史碎片——不能比拟的。但是,在人们对"大历史"的信任程度下降的今天,众多呈现个体经验的"小历史"的价值,也不容忽视。这可以挑战历史叙述"集体模式"的遮蔽,而让当事人有"发出自己声音"的可能。

李云雷:您写契诃夫的《"怀疑"的智慧与文体》,我认为是《我的阅读史》中最有分量,也最有情感色彩的一篇。这篇文章,融合了您对时间的敏感、对艺术的微妙感受以及对个人经验的执著。特别让我注意的是里面用楷体字插入的抒情性散文部分。在您的著作中,这类抒情性的部分很罕见(另一个例子是《1956:百花时代》的前言与后记)。在理性、思辨的整体框架中,为整篇文章带来了润泽与温暖的因素,仿佛活跃的音符,让我们看到了作者的真性情——那些无法化约的经验与情感。这一写法和您以前的文章大不相同。这是您有意的尝试,还是为了表达复杂感受而不得不然的"选择"?

洪子诚：大学快毕业和刚参加工作那些年，我写过一些散文。许多不成功，也有几篇当时在报纸上刊载。在60年代，因为生活、性格、阅读的种种原因，逐渐形成一种靠拢、推崇节制、简洁，嫌厌滥情、夸张的美学观。有的时候，这种取向在我这里表现得有些极端，不愿明确表达自己的感情，也拒绝使用抒情性的文字、句式。有的学生说我的书、文章枯涩，读起来昏昏欲睡，确实！因为"阅读史"确定了侧重个人的方式、角度，就有意识添加一点水分，一点情感，收缩那种"正确评价"的紧张感，将它降低到个别的感受和认知的范围。这种方式，和处理的对象，写作的目的有关系，但也是岁数一大把之后的一点改变。不过，说到写契诃夫的那一篇，虽然有你和一些朋友的肯定，但是我想我不会再那样写了。几次重读，都有一点不舒服的感觉，有点羞愧：其中有些话，一些写法，属于我尽力想避免的部分。不过，如果我以后还写文章，包括学术性的，会注意采取一种更平易、随意的语言方式，尽量避免堆砌概念，减少注释，少用引号……

李云雷：《一部小说的延伸阅读》描述了您阅读《日瓦戈医生》的历程。在这里，值得关注的不仅是您在不同时期认识的变化，更值得关注的是在这些变奏中不变的因素。我想有以下几个方面：(1) 对"革命"的理解与态度的主题；(2) 对（自由主义）知识分子在历史中的价值与作用的思考；(3) 对文学的"独立性"或"非政治化"的关注；(4) 对当代中国精神语境变化的自觉，以及将之与作品相联系加以考察的思考方式。在这里，我们可以大体辨识出您的自我认同及问题意识，即您更认同于（自由主义）知识分子的"定位"，更强调文学（相对于政治）的"独立性"传统，但这一认同却又是开放的、复杂的、"相对化"的，有着暧昧的边界与微妙的变化。在这篇文章中,您以核心问题的关切为中心,在渐次递进中呈现出了问题的不同层次与不同侧面。请问您这种复杂化与"历史化"的态度,对于1950—70年代的文学是否有效?比如当我们以您这样的方式,重新去阅读《红岩》或者"样板戏",是否会有不一样的发现?

洪子诚:这些都是很大的问题,三言两语肯定讲不清楚;我对它们的理解也不是很确定。不过,你的概括很准确;这几个方面,的确是我自80年代以来借助当代文学史研究思考的问题。在20世纪中国,特别是当代,文学/政治,思想/语言,自由主义/左翼,手艺人/批判知识分子……已经被建构成带有封闭性质的"结构";这当然也反映了当代思想文化的状况。和一些学者将这些结构中的"两造"处理成对立、非此即彼不同,我对它们的对立性质,它们关系的紧张度不是那么强调。它们之间肯定存在矛盾、龃龉,而且在历史过程中,它们也常常更替地以"原告"或者"被告"的关系出现,但是,它们也是互相依存的,它们的矛盾性构成也具有积极意义的张力。这就是你说的开放、复杂、有着暧昧的边界的意思。在我这里,"文学"并非有了"政治"的附灵和托举才有价值;而文学出现严重问题,文学自身自然难辞其咎,可是"政治"也不能就推卸责任。

你说到我特别关注对"(自由主义)知识分子"责任、价值的思考,这里需要做一点解释。如果这里存在一点误解的话,那么可能是在中国语境中,"自由主义"等的边界不是那么清晰。其实从80年代到现在,我最关心,读的资料最多,上课时讲得最多的,恰恰不是那些被称为"自由主义"的作家和知识分子,比如沈从文、废名、卞之琳、萧乾、朱光潜那些人,甚至也不是汪曾祺,而是那些革命、左翼的作家,如丁玲、胡风、周扬、邵荃麟、秦兆阳、赵树理、郭小川、艾青、柳青、姚文元、江青……我觉得"自由主义作家"在当代的命运,他们遇到的矛盾和作出的反应,相对而言较为清楚,而不同的左翼作家的当代命运就复杂得多,那种各个层面的"悖论"情境,值得做更深入的探究,对他们的遭际、命运的了解,也更有现实意义。我的《中国当代文学史》,一些论文,以及《问题与方法》这本书,很大篇幅都在试图处理、解释这里面的问题。这半年我在台湾交通大学社文所讲座,也用很多时间讲胡风,讲晚年的丁玲、讲赵树理,讲周扬,讲江青,讨论他们在当代悲剧命运的不同情形。八九十年代我读罗曼·罗兰、阿拉贡、聂鲁达、爱伦堡的材料,读赫尔岑、卢卡奇,在读了夏志清之后读普实克,读罗兰·加洛蒂,读丸山升,读伊格尔顿的《马克思主义与文学批评》《20世纪西方文学理论》,读法兰克福学派的一些书,以及赛义德的《知识分子论》,也都是出于加深对这个问题的了解;虽然我的研究不深入,也没有多少像样的成果。我的印象里,我涉及的许多左翼、革命作家,不论是信仰、思想情感,还是人格,生活道路,文化修养,都有相当的丰富、复杂性:他们面对时代所作的勇敢选择,他们的无可奈何的退却,他们推动时代的雄心,他们的可敬可叹,可恨可爱……他们中一些杰出者,确实不像现在的我们;我们(当然不是所有人)孱弱,单薄,属于马尔库塞说的那种"单向度的人"。

李云雷:在您关于《文艺战线两条路线斗争大事记》的"阅读史"中,以及编辑《回顾一次写作》这本书的过程中,我看到了您"在历史中拯救个人"以及"以个人的方式拯救历史"的努力。对您来说,重要的并非现在所持的立场,也并非对历史的道德性姿态,而是将"历史"还原到当时的语境中,呈现出历史的"真实"及其内在的曲折,而这对当下立场的选择无疑更具启示意义。我想有的人对这样的事情会选择避而不提,或者他们的知识体系无法容纳这一问题?

洪子诚：从 50 年代上大学起，我经历、参加过许许多多的政治运动。鸣放，反右派，大跃进，集体科研，50 年代末的反右倾，"文革"前夕的大批判和农村四清运动，然后就是十年的"文革"。我"激情燃烧"地做了一些好事，也肯定做了不少坏事，说了许多违心话，伤害过一些同事、朋友、老师。这是我的心理负担，我的"债务"；这需要说出来。自私地说，就是寻求解脱；用你严肃的概括，也可以说是"拯救个人"。从"认知自我"来说，就是达到辨析自身思想、情感变迁的轨迹，了解生命分裂与连续的关系。

但是，就像你说的，简单的道德性忏悔并不能将我们对历史问题的认识推进一步，还是要思考造成这种状况的原因。对当代政治运动的回顾，有两个问题到现在仍然让我十分困惑。一个是革命和暴力的关系，另一个是思想、精神、语言、思维方式的简化趋向。就像我谈编写"两条道路斗争大事记"的文章里说的，当代的许多时候，"精神的要求是将一切复杂、丰富的事物，极端性地变成一种'概要和轮廓'"：这"呈现在两个方面。一是事物、情感、思想被最大程度清理过，事物都被区分为两极，一切'中间'的光影、色调、状态都没有存在的理由……另一方面是，一切的'本质只对勇气却不对观看开显'"。"革命"当然要删减细节，突出主题，但是否必然伴随精神的"简化"运动，必然导致"世界上的道理千条万条，归根结底只有一条"，将"社会主义新人"塑造成头脑简单的意识形态偏执者？这其实还不是我的困惑，而是周扬 60 年代初在多次会议上的追问。

李云雷：《回顾一次写作》收录了您和谢冕、孙绍振、孙玉石、刘登翰、殷晋培等老师在 1958 年编写《新诗发展概况》的经历，还有你们现在的回忆与反思。在回忆部分和研讨会的发言中，我注意到您和谢冕、孙绍振等老师的不同。您对 1950—70 年代与 1980 年代以来的文学有一种双重反思,力图在两种对立的美学原则中艰难地确立一种立场。那么,您如何看待1950年代与1980年代两个时期不同的"新的美学原则",在今天,是否有可能在对它们的反思、继承中,发展出另外的"新的美学原则"? 或者说,在剧烈变化的当代历史与文学史中,将来能否形成一种相对稳定的美学评价体系?

洪子诚:我发起编写对1958年集体科研回顾、反思的书,就是想提供我们在返回历史时,态度、分析、经验提取上的差异。所以我拟定问题之后,采用互相不沟通各自作答的方式。现在看来,差异是有的,但不如我原先估计的那么大。我觉得谢冕老师对50年代的那些事件,那个时期的文学,有更多的同情和肯定,这也反映在他编选的《中国新诗总系》的50年代那一卷中。孙玉石老师的批判、否定要尖锐得多,对自己当年的行为也有更严厉的自责。我和他们的观点总体是一致的,但是有点暧昧,有点含混;也就是你说的"双重反思"。对这种表现,现在我更多看作自身思想欠缺穿透力的缺失。但里面也确实有着我的一个基本看法,即并不将1950年代要崛起的"美学原则",和1980年代崛起的"美学原则",看作对立、正相反对的东西。50年代的"新的美学原则",采取与启蒙的新文学断裂的姿态出现,而80年代的人道主义、新启蒙美学,又宣称与"人民文艺"的决裂。这种断裂的对立性,是特定历史情境下的产物,可能有它合理的方面。不过,从历史过程看,它们严重的互相伤害(特别是五六十年代对新文学的伤害),其结果是严重伤害自身。

你是知道的,我是个没有能力和胆量做出前瞻性预告的人;这个弱点表现在我所有的文章和书里。在文学世界,我们当然不愿意它总是分裂成各种碎片,期待"形成一种相对稳定的美学评价体系"。不过,这不应该是新的"一体化";可行的路子,只能是不同的主张能采取互相倾听、批评、对话，以达到对某种"共识"的接近。

李云雷：我在最近的一篇文章中，谈到了您的"一体化"与"多元化"。我说，"洪子诚教授的描述与概括是富于创见的，他令人信服地解释了'十七年文学''文革文学'与'新时期文学'之间的内在关系。但是在这里，也存在一个问题，那就是他对'多元化'持一种乐观而较少分析的态度。事实上，当他遇到金庸小说等通俗文学作品时，并不能像更年青的一代学者那么顺畅地接受。在这里，可以看到洪子诚教授所能接受的'多元化'的限度，即'新文学'的边界。对于超出'新文学'边界的通俗小说与类型文学，他是难以接受的。"我受您的启发，将新时期的"多元化"细分为三种：左翼文学内部的"多元化"、新文学内部的"多元化"，以及超出新文学界限的"多元化"。在这个基础上，我认为五四文学到 1980 年代末的文学具有一种内在的一致性，而新时期文学不仅是"左翼文学"瓦解的过程，也是"新文学"瓦解的过程。不知您对这个看法有什么意见？

洪子诚：你的看法，和对我的批评很好，对我很有启发。你认为我是在"新文学"的范围内来谈"一体"和"多元"，这个概括很对。自从我的当代文学史出来后，对"一体"和"多元"就有许多讨论和批评。我对"多元化"的确有理想化的态度；赋予它太多的积极意义，而没有能指出它的限度和问题；也没有深入认识到 90 年代以来，特定的政治/文学制度和市场经济形成另一种"一体化"强大制约性力量的事实。不过，我其实并没有排斥"通俗小说"，包括金庸的作品。在当代文学史中，我用了一节讨论通俗小说在当代的命运。编写文学史的时候，也想过如何处理金庸的问题。只不过我限定范围是"大陆"，所以没有列入。事实上，严家炎老师在 80 年代初就提出应该将通俗小说纳入"新文学",也得到学界普遍认同。

你说"新时期文学不仅是'左翼文学'瓦解的过程,也是'新文学'瓦解的过程"——这个观点我很同意。我最近在台湾交大上课,也说"当代文学"结束于八九十年代之交。我们的看法,自然影响不了教育部有关学科界限的划定,但是作为一种文学史观,作为一种文学史论述,也不必要以官方的学科体制规范作为准绳。他们让"当代"这样的无限期延伸,有不便明说的考虑和苦衷。

李云雷:关于左翼文学研究,您在季亚娅的访谈中有这样一段话:"台湾的左翼文学界、思想界毕竟比较幸运,他们有陈映真这样的作家,这样的没有被大陆当代左翼文化规范所缩减、所教条化的作家。你只要读读陈映真的作品就可以明白这一点。因此,当吕正惠、陈光兴、赵刚等教授拿陈映真来表达他们的左翼文化理念的时候,让人感触到一种厚实感和可信性。你说的那种自我反思、自我批判很重要,没有这样的工作,总是简单地拿浩然,拿《创业史》来支撑全部论述,那是不能解决问题的。"陈映真确实是台湾左翼文化界的幸运,但是我觉得浩然与《创业史》也具有很高价值。陈映真的魅力在于其批判性,但是当代大陆试图建构一种具有"建设性"的左翼文学,这应该是左翼文学内在逻辑的展开,也是一种更复杂的文学现象,其成败得失也值得总结。您在这方面做了不少开创性的研究,但在情感上似乎并不能接受?

洪子诚:你提的这个问题,是我观察当代文学的一个没有解开的"结",现在也还不具备充分的条件来回答你的质疑;我会继续思考这个问题。如果说到为什么会形成这样的认识,初步的清理是,我可能十分重视"左翼文学"的批判性,多少认为这是它的生命。这种批判性在当代的弱化和被压制、删除,我认为是个严重的问题。另外,从"左翼文学"（主要指叙事和代言的文类）坚持的现实主义品格上说，我信仰的是马克思、恩格斯的那种拒绝席勒观念化的美学主张，以及卢卡奇的有关整体性的论述。我自己认为，在当代，赵树理是比柳青更值得重视和探讨的作家，虽然他 50 年代以后的创作呈现弱化的趋势。

李云雷：关于路遥的评价问题，包括您的文学史在内的多部"当代文学史"，都没有提到他和他的《平凡的世界》，或者评价不高。但路遥的小说当今却受到很多青年人与普通读者的欢迎。不知道您在写作文学史的时候，对路遥有一个什么样的判断，您如何看待这一现象？

洪子诚：我在不同的学校演讲，总有同学提出这样的问题。除了为什么没有写路遥之外，还有为什么不写王朔，为什么没有写王小波。为什么？我也有点纳闷。不过，2007 年的修订版，好像加入了王朔、王小波的段落。至于路遥，记得 80 年代我上课的时候，曾经用很多时间分析路遥的《人生》。90 年代写文学史，确实对他没有特别的关注，也翻过《平凡的世界》，感觉是《人生》的延伸，艺术上觉得也没有特别的贡献，那时我也不知道他的小说在读者中的广泛影响。这也许就是一个疏忽？当代人写当代史，缺失、偏颇、疏漏应该是一种常态。我们常常举的例子，就是唐朝人选的唐诗选本存在的问题。认识到这种"过渡"的性质，可以减轻压力。如果在这个问题上要为自己辩护的话，那就是：不要说我这样的庸常之辈，即使才华横溢、咄咄逼人的别林斯基，在独具慧眼地正确论述普希金、果戈理等的价值的同时，他也有不少看走了眼的地方。

李云雷：请问您如何看待这几年的打工文学与"底层文学"？在 2007 年深圳召开的"打工文学论坛"上，您指出，"打工文学的那种批判的力量才是它最宝贵的东西。如果在主流的关注过程当中，这种力量慢慢地消失，慢慢被驯化，这个问题就需要我们更多地注意了。"我赞同您的这一看法，但打工文学或底层文学，是否有足够的力量与可能去建构一种美学原则，以之对抗现实与文学的既定秩序？如果有这样的可能性，应该从哪些方面做一些建设性的工作？

洪子诚：按我的理解，"打工文学"和"底层文学"有相同的地方，也有不同之处。强调作家表现"底层"的生活状况，揭示存在的问题，这是五四以来新文学传统的组成部分；当然，无论是观念、角度、方法，现在会出现新的因素。至于"打工文学"或"底层写作"，应该是强调处于"底层"者自己发声，讲述自身的生活，思想情感；这种写作倒是作家难以代替的。但这里有一个"悖论"，这种开始带有自发性质的写作，文学界如果不管不问，它将自生自灭，无法引起人们的重视。但是，当文学界加以关注、评论，写作者逐渐成为"作家""诗人"，就已经被组织进既有的文学秩序、体制之中。五六十年代工农作家的道路，还有"文革"期间的工农写作都说明了这一点。"文革"时上海批判、挽救"蜕变"的工人作家胡万春，其实并不是胡万春自己的问题。而且，我也不大理解"工人""打工"等身份重要性的强调。

李云雷：现在新诗似乎很少受到一般研究者与评论家的注意，但您的态度似乎有所不同，不但持续进行研究，而且对90年代以来的新诗一直有很高的评价。您主编了《在北大课堂读诗》一书，又主编或参与主编北大出版社出版的"新诗研究丛书"和《新诗评论》，不知您如何评价现在的新诗，如何看待新诗受到一般人冷落的现状？

洪子诚：我对诗的尊重，主要来自自己的感受。我从诗中得到许多安慰和鼓舞，加深我对生活，对人内心的认识，增强我对人类美好方面的信心。

前年，也是在一次对我的提问中，也谈到这个问题。我说，在我们生活的时代，诗歌必定是被冷落的。不过，"在现在，诗歌是一种边缘性写作，有可能保持比较多的'纯粹性'。尽管90年代以来诗歌受到严厉批评，也确实存在许多问题，但我还是觉得这二三十年中有不少很好的作品。我们的环境太不重视诗歌、诗人了。没有诗歌的文学是奇怪，也是畸形的文学。中国作家协会不重视诗，他们那里好像也没有人懂诗，评出的诗歌奖，有的很搞笑。所以大家开玩笑说，作协可以改名为中国小说家协会了。"对作协的这些说法可能有些偏颇，但是大体上是符合事实的。对文学负有一定责任的人，不能总停留在诗歌受到冷落的描述。

李云雷：不知您现在在做哪方面的研究？我们都很喜欢您《我的阅读史》中的文章，希望您能延续这样的写作，也希望您能多保重身体，不断为文学界奉献出更多好文章。

洪子诚：岁数大了，精力也越来越不济，新的研究已经谈不上。特别是当代文学，原本就是属于你们这样的年富力强的年轻人的！如果身体允许，会写一点不需要搜集太多资料的文章。目前正和年轻朋友编一本新诗选。也会整理我在台湾讲学的讲稿。

（刊于《文艺报》2013年8月12日）